Ronso Kaigai
MYSTERY
297

闇が迫る
マクベス殺人事件

Ngaio Marsh
Light Thickens

ナイオ・マーシュ
丸山敬子［訳］

論創社

LIGHT THICKENS by Ngaio Marsh
1982

Japanese translation rights arranged with
Aitken Alexander Associates Limited., London
Through Tuttle-Mori Agency, Inc., Tokyo

目　次

主要登場人物

ペレグリン・ジェイ……ドルフィン劇場の演出家
エミリー・ジェイ……ペレグリンの妻
クリスピン（キップ）
ロビン
リチャード
……ペレグリン家の息子たち
アニー……ペレグリン家の料理人
ジェレミー・ジョーンズ……ドルフィン劇場の舞台美術家
ウィンター（ウィンティ）・マイヤー……ドルフィン劇場の支配人
エイブラム夫人……秘書
ボブ・マスターズ……舞台監督
チャーリー……舞台監督補佐
アーニー・ジェイムズ……小道具方
ナニー……マーガレット・マナリングの付き人
スミス夫人……ウィリアム・スミスの母親
照明方
楽屋口門衛
レストラン経営者

ロンドン警視庁（スコットランドヤード）

ロデリック・アレン……………………首席警視
フォックス…………………………………警部
トンプソン…………………………………刑事
ベイリー……………………………………刑事
サー・ジェイムズ・カーティス…………病理医

ドルフィン劇場上演

ウィリアム・シェイクスピア作

マクベス

配役

スコットランド王 ダンカン		ノーマン・キング
マルコム	ダンカンの息子	エドワード・キング
ドナルベイン	〃	俳優
マクベス	王軍の将軍	ドゥーガル・マクドゥーガル
バンクォー	〃	ブルース・バラベル
マクダフ	スコットランドの貴族	サイモン・モートン
レノックス	〃	俳優
ロス	〃	〃
メンティース	〃	〃
アンガス	〃	〃
ケイスネス	〃	〃
フリーアンス	バンクォーの息子	〃
シーワード	ノーサンバランド伯	〃

小シーワード	その息子	〃
シートン	マクベスの部下	ガストン・シアーズ
少年	マクダフの息子	ウィリアム・スミス
血まみれの軍曹		俳優
門番		〃
医師		〃
マクベス夫人		マーガレット（マギー）・マナリング
マクダフ夫人		ニーナ・ゲイソーン
侍女たち		俳優
三人の魔女		ランギ・ウェスタン
		ウェンディ
		ブロンディ
兵士たち、召使たち、幻影		
舞台		スコットランドおよびイングランド
演出		ペレグリン・ジェイ
舞台背景・大道具・衣装		ジェレミー・ジョーンズ

『マクベス』あらすじ

十一世紀スコットランドのマクベス王をモデルにしたシェイクスピアの作品。一六〇六年頃の作と推定されている。

第一幕（第一場～第七場）

将軍マクベスは同じく将軍のバンクォーと勝利の戦場から帰る途中、三人の魔女に出会い、現在のグラミス領主の地位に加えて、コーダーの領主、さらにはスコットランド王になると予言される。コーダー領主になるという魔女の予言は当たり、スコットランド国王になるというマクベスの野心に火がつく。マクベスは夫人の野望にも後押しされて、その夜彼の城を訪れる国王ダンカン殺害をもくろむ。それでも国王暗殺を躊躇するマクベスを夫人は叱咤し、マクベスはついに王殺害を決意する。

第二幕（第一場～第四場）

夜の城の中庭でバンクォーと息子フリーアンスと会った後、マクベスは幻影の短剣に導かれてダンカンの寝所へ行き、薬の入った酒を盛られて熟睡している王を殺す。そこでマクベスは恐怖にかられる。マクベスが持ってきてしまった王殺しの短剣をマクベス夫人は奪い取り、王お付きの者に罪を着せるため、寝所に持っていく。

翌朝、王殺害が発覚する。ダンカンの息子、マルコムとドナルベインが国王殺害の疑いをかけられるのを恐れて逃亡したため、マクベスは国王になる。

第三幕（第一場～第八場）

バンクォーは王にはならないが、子孫が王となるという魔女の予言はマクベスを苦しめ、彼はバンクォーに刺客を差し向けて殺す。直後に行われた酒宴に血まみれのバンクォーの亡霊が現れ、マクベスは取り乱す。

これからどうなるかを知るために、マクベスは再び魔女に会いに行く。

第四幕（第一場～第三場）

魔女たちが呼び出した第一の幻影は、マクダフに注意するようとマクベスに言い、第二の幻影は女が生んだものにマクベスは倒せないと告げる。第三の幻影はバーナムの森がダンシネーンの丘の城に近づいてくるまではマクベスは敗れることはないと予言する。次いでバンクォーにそっくりな八人の王の幻影が現れる。

マクダフがイングランドに逃げたことを知ったマクベスはマクダフの城を急襲し、マクダフの妻と息子を殺す。

イングランドではマルコムがイングランド軍とともにスコットランドに攻め入る企てをマクダフに話す。妻と子供をマクベスに殺されたことを知ったマクダフは、ともに進軍することを誓う。

第五幕（第一場～第九場）

城ではマクベス夫人が夢遊病者のごとく歩き、手に着いた血を拭おうとしつつ、自らが企てた王殺しを独白する

マクベス夫人は間もなく死に、マクベスはバーナムの森が城に近づいてくる―実は木の枝に隠れた敵軍―のを知って自棄自暴になり、闘いに打って出る。、最後に彼はマクダフに首を討たれ、マルコムが王位に着く。

闇が迫る——マクベス殺人事件

第一部　開幕

1　第一週

I

ペレグリン・ジェイはドルフィン劇場の楽屋口が開いて閉じ、誰かが話しているのを聞いた。舞台背景・大道具・衣装のデザイナーと照明係が舞台にやって来た。ふたりは特製の台車を三台運び込むと、巻かれたデッサンを広げて固定した。

どれもすばらしかった。中央に設置された粗い石段がダンカンの寝所へと曲がりながら上がっていく。回転盤が二面あって、右手の回転盤はインヴァネス城の外観と中庭、左手の盤は、ぼろ布をまとった死骸がぶら下がった絞首台のある高い石壇、そして回転すると中庭の別の城壁に続いていた。中央の城壁は階段の上に掛かった鈍い赤色のタペストリーで表現されており、空に開いていた。

照明係は腕によりをかけて制作された様々なセットの大きな絵を十数枚見せてくれた。うち一枚はとりわけ美しかった。沈む夕日にすべてが煌《きら》めく夕暮れの城の前である。空気は穏やかで、鳥の羽音に満ちていた。すばらしい宵だ。その絵の横には、同じ場面で巨大な城門が開き、内部は暗く、松明《たいまつ》、木笛奏者、そして真っ赤な衣装を身にまとった女性が、呪われた運命にある訪問客を歓待すべく待つ様子が描かれていた。

「ジェレミー」ペレグリンは言った。「君は僕らの誇りだ」

「これでいいかい？」

「いいなんてもんじゃない！　さあ、幕を開けてみよう。ジェレミー、頼む」

デザイナーは舞台の袖に入ってボタンを押した。ジーッと長い音がして幕が上がった。劇場は静寂の中でじっと待っていた。

「ジェレミー、ライトを当ててみよう。真っ暗にして、それからライトを当てるんだ。できるだろう？」

「完璧というわけにはいかないが、やってみよう」

「とにかくやってみてくれ、ジェレミー」

ジェレミーは笑って台車を動かし、照明制御盤のところへ行った。

ペレグリンはパスドアを通って観客席へと歩いた。間もなく完全な暗闇となり、一瞬ののち、絵が浮かび上がった。闇の中で輝くばかりに生き生きと。

「もちろん、だいたいのところだ」とジェレミーは暗闇の中で言った。

「このままにして、役者連中に見せてやろう。そろそろ来る頃だ」

「稽古を始める前に、誰かが脚でも折ったらどうする？」と照明係が尋ねた。

気まずい沈黙があった。

「それもそうだ。通路の照明をつけてくれ」ペレグリンはいささかぶっきらぼうな声で言った。「やめよう」と彼は叫んだ。「幕を下ろしてくれ。ちゃんとやろう」

楽屋口が開いて話し声が聞こえた。女性がふたりと男性がひとり、暗さに文句を言っている。

「わかった、わかったよ」ペレグリンは快活に呼びかけた。「皆そこで止まって。ライトだ、ジェレミー。皆がやって来る間だけ。ありがとう。皆、前へ来てくれ。どうなるか見よう。すばらしいよ」

俳優たちがやって来た。まずマーガレット・マナリング。その驚くほど温かい声で階段に文句を言いつつ、いつものように時間どおりよ、と笑いながら。ペレグリンは急いで彼女を出迎えた。

「いとしのマギー、事を華々しく始めるためだったんだが、謝るよ。もう段差はない。ほうら。最前列に座って。ニーナ！　元気かい。ここに座ってくれ。ブルース！　よく来てくれた。テレビの仕事で忙しいのに、この舞台に出てくれてうれしいよ」

ちょっとやりすぎかな、と彼は考えた。神経質になってる。さあ皆が来るぞ。落ち着かなければ。

俳優たちはひとり、入り口で出会ってふたりとやって来た。彼らはペレグリンに、そして互いに大仰に挨拶したり、冗談を言い合ったりしたが、皆が一様に尋ねたのは、なぜ舞台の上やリハーサル室ではなくて観客席の前列に座っているのか、だった。ペレグリンは頭数を数え続けた。十七人になり、十九人になったとき、あと来ていないのはただひとり、領主マクベスだとわかった。

彼はまたひとりずつ数え始めた。サイモン・モートン、マクダフだ。一八八センチの堂々たる体軀で、浅黒い。ギラギラ光る黒い眼、短めに刈り込んだ豊かな巻き毛が頭を覆っていて、いい声をしている。均整の取れた身体はまだ太り始めていない。できすぎといってもいいほどだ。バンクォーのブルース・バラベル。痩せていて、身長は一七八センチ。灰色がかった金髪で声がすばらしい。そして王は？　配役は当然のように決まる。彼はリア王とクローディアスを除いて、シェイクスピアの作品に出てくる王たちをことごとく演じており、完璧とはいかないまでも、すべて見事に演じてきた。彼のすごいところは王にふさわしい気品である。彼はヨーロッパで王冠を戴くどの王よりも気高く、しかも彼の名は実際にキングなのだ。ノーマン・キング。マルコムは彼の実の息子、十九歳の若者で、ふたりの親密さは驚くほどだった。

レノックスもいた。皮肉っぽい男だ。マクダフ夫人を演じるニーナ・ゲイソーンは、医師役の俳優と熱心に話し込んでいた。たぶん迷信についてだろう、とペレグリンはイライラしながら考えた。彼は腕時計を見た。二十分遅れてる。彼なしで始めようか、とペレグリンは思い始めていた。

大きく見事な声と、楽屋口がバーンと閉まる音が聞こえた。ペレグリンは急いでパスドアを通り、舞台に上った。

「ドゥーガル、待っていたよ」と彼は叫んだ。

「申しわけない。ちょっと遅れてしまった。皆はどこだ?」

「前列席だ。今は本読みはやらない」

「やらないって?」

「そうだ。この劇について少しコメントする。劇の絵を見る。そこから始めるんだ」

「ふーん」

「こちらへ来てくれ。そうそう」

ペレグリンは通路を案内した。「ご領主様のお出ましだ」と彼は皆に告げた。

サー・ドゥーガル・マクドゥーガルの登場である。彼は客席への段梯子の上で、申しわけなさそうな笑みを浮かべてひと呼吸立ち止まった。ペレグリンはいいやつだ、と彼は言っているようだった。お高くとまったところなど全然ない。皆好き合っている。そら。彼はマーガレット・マナリングを見つけた。やれうれしや！　互いに会釈を交わす。腕を差し伸べて大急ぎで近づく。「いとしのマギー！　すてきじゃないか！」手と両頬にキスをする。皆、セントラルヒーティングの温度が五度ばかり上がったような気がした。突然皆がしゃべり出した。

　ペレグリンは幕を背にして立ち、これから一緒に舞台に立ち、旅に出ようとしている仲間に顔を向けた。いつもそんな気がするのだ。同じ船に乗り、自分とは別の人格になろうとしている。そうする間、皆に何かが起こる。新たな性格要素を試み、それを取り入れたり排除したりする。自分の横には、自分が演じるべき人物がいる。ふたりは近づき、配役が適切なら滑らかに進んでゆく。舞台に上がれば、ふたりはひとりになる。彼はそう信じていた。旅が終わると、彼らは皆元の自分に戻るが、彼が考えるに、少し違いが加わる。

　彼は俳優たちに向かって話し始めた。

「本読みからは始めない」彼は言った、「本読みは主役級には役に立つが、脇役にはそうじゃない。たとえば侍女と医師（『マクベス』第五幕第一場。王殺しの悪夢にうなされ、眠ったまま歩き回るマクベス夫人の様子を語り合う）だ。彼らは登場とともに非常に重要な役割を演じるが、登場まで二時間もじっと待っていたんでは、情熱に火がつかない」

「そうではなく、この劇を真っ向から読み込んで、それから取りかかるんだ。劇としては短いし、欠陥もある。つまり手書き本が印刷屋に渡されるたびに潜り込んだ間違いだらけなんだ。シェイクスピアはあのつまらないヘカテのくだりは書いていないので、ここはカット。僕は別の劇場でこの劇を二回演出しているが、どちらも成功だったといえるし、凶事にも見舞われなかったから、この劇はよく言われるように縁起が悪いとは思わない。君たちも思わないでほしい。もしそう思っても、黙っていてくれ」

彼は少しの間沈黙し、聞き手の意識の変化を感じ、ニーナ・ゲイソーンの手がすばやく動いて止まったのに気づいた。

「話はわかりやすい」彼は言った。「マクベスには難しいところや矛盾はあまりない。彼は神経過敏かつ病的なほど想像力に富んだ男で、抗しがたい野心に苛《さいな》まれている。殺人を犯したとたん、彼は崩壊し始める。見事な筆致で書かれた詩的な想いはどれも幻滅に変わる。彼の妻は彼自身よりも彼のことをよく知っていて、自分が責任を負って、夫に自信を持たせ、難局に立ち向かう勇気を奮い起こさせ、説得し続けなければならないことを初めから知っている。僕の見解では」ペレグリンはマーガレット・マナリングをまっすぐに見て言った、「彼女はどんなに酷使されても耐えられる鉄製の怪物じゃない。むしろ彼女は鋼鉄の意志を持つ、考え抜いて邪悪な選択をした繊細な生き物なんだ。最後に彼女は打ちひしがれはしないが、眠ったまま話し、歩くんだ。悲惨なことにね」

マギーは身を乗り出し、両手を握り合わせ、目を輝かせてペレグリンの顔を見つめた。彼女はペレグリンに向かって何度も頷《うなず》いた。少なくともそのとき、ペレグリンの言葉を信じたのだ。

「それに彼女にはすごい性的魅力がある」ペレグリンは付け加えた。「彼女はそれを使う。徹底的に」

彼は話し続けた。魔女の存在は信じなければならない、と彼は言う。この劇はジェイムズ一世の時代に彼の依頼で書かれたのだ。ジェイムズ一世は魔女を信じていた。彼女たちの力とその悪意を。「僕が何を言おうとしているか、見せてあげよう」とペレグリン。「ジェレミー、頼む」

暗転、そしてスポットライトが当たった、針のように鋭い絵の数々。

「これが最初のシーンだ」とペレグリンは言う。「僕たちはここからスタートする。死骸がぶら下がった絞首台。魔女たちがしゃぶりつくした死骸だ。魔女たちは絞首台から石壇に飛び降りて、不吉な左回りでその周りを回って踊る。雷鳴と稲妻。ギャーギャーいう声。数秒して魔女たちは空中に飛び上がる。そこで照明を一瞬で消す。役者は絞首台がある高い石壇の後ろに置かれたマットレスの山の上に落ちる。絞首台は引かれ、木笛吹き、火のついた松明《たいまつ》が出てきて、始まりだ」

さて、とペレグリンは考えた、わかってもらえたようだぞ。今のところは。彼らは心を奪われている。願うのはそれだけだ。彼は他の役についても詳細に論じ、この劇がいかにコンパクトに書かれているか、マクベスのような見たところ弱い人物に興味を引きつけるという内在的な困難をいかに克服しているかにも触れた。

「弱い？」ドゥーガル・マクドゥーガルが訊《き》いた。「彼が弱いと思うのか？」

「引きずり込まれそうになっている恐ろしい仕事については弱いんだ。彼は軍人としては最高の名声を勝ち得ている。『伝説的』といってもよいほどだ。舞台に上がれば彼は異彩を放つ。王は彼に恩賞を与え続けると約束している。すべてがこれ以上ないほどバラ色なんだ。だがしかし――しかし――」

「妻だな？」ドゥーガルが示唆した。「それから魔女だ！」

「そうだ。魔女がとりわけ重要だと僕が言うのはそのためなんだ。魔女はマクベスの潜在意識から呼び起こされた存在のような気がする。この劇には魔女の影響力を疑う登場人物はひとりもいない。別のシーンに魔女を登場させて、沈黙のまま恐ろしい目で自分たちの所業を見つめる演出もあるくらいだ」

「魔女たちはマクベスを決定的な行為へと引っ張っていく。そして王を殺して、マクベスは殺人者になる。永遠に。もう変われない。彼の病的な想像は手に負えなくなる。彼はもう殺すこと、そしてまた何度も殺し続けることしか考えられない。イメージをとらえてみよう。劇は彼を包囲して追い詰める。そして僕たちをもだ。すべてが濃密になっていく。彼の衣装は大きすぎ、重すぎる。彼は悪夢にうなされているんだ」

「悲劇には必ずあるように、ここにも小休止、主役が息をつける場所がある。マクベスがまた魔女たちと会った後、イングランドのシーンがあり、そこで若いマルコムが奇妙にねじれたもの言いでマクダフが信用できるかどうかを試そうとするくだり、彼のスコットランドへの進軍、それからマクベス夫人が夢遊病者特有の死人のような声で恐怖を語る場面」

「それからマクベスが舞台に戻ってくる。まったく別人のようになって。年を取り、絶望し、身だしなみにも気を遣わず、王服を乱雑に身にまとっている。シートンがいつものように付き従っているが、彼は前よりも大きくなっている。そして終わりが近づく」

　彼は少し待った。誰も何も言わなかった。

「さて」ペレグリンは言った、「最初のシーンのブロッキング（俳優の正確な動き、立ち位置を決めること。舞台用語）を始める前に、脇役の話をしたい。脇役は面白くないとよくいわれるが、僕はそうは思わない。とくにレノックスについては。彼は人に好かれるし、現実的で機知に富んでいるが、逃げ出すのが遅い。脚本が不完全で、誰が何を言っているのかよくわからないところがあるので、レノックスをマクダフ夫人への使者に充てることにする。次に観客が彼を見るとき、彼はマルコムとともに進軍している。レノックスと名前のない領主（セリフはロスにやってもらう）との場面（第三幕第六場）で、マクベスへの疑念とお互いの心底を探り出そうとして、暗黙の了解に至る場面は、『現代的』に扱って、ほとんどブラックコメディといった雰囲気にする」

「それでシートンはどうだ？」と後ろの席から声が飛んだ。とても低い声だ。

「ああ、シートンか。明らかに彼は影のようにマクベスに付き従う無名の『従者』で、巨大な両刃の剣《クレイモア》を持ち、ふたりの暗殺者とともに登場し、劇の後半で名前が出てくる——シートンだ。彼にはセリフがほとんどないが、不気味な存在だ。大柄で無口で、どこにでもいる善悪の観念なしの男で、劇の最後に主人を見捨てるんだ。この役はガストン・シアーズにやってもらう。皆知っているように、シアーズ氏は俳優であると同時に中世の武器の権威で、すでにその立場で働いてもらっている」気まずい沈黙があり、しかたがないな、というような皆のつぶやきが聞こえた。

　ひとりで座っているその陰気な人物は、咳払いをし、腕を組んで話した。「わしが持つのは」と彼は超低音で重々しく言った、「クレイドヘムモアだ」

「そのとおり」ペレグリンは言った。「君は太刀持ちなのだから。それから——」

「この言葉は簡略化されて『クレイモア』になってしまったが、わしは大剣を意味する『クレイドヘムモア』のほうがいいと思う。というのは——」

「そのとおりだ、ガストン。次に——」

　しばらくの間、声が入り混じり、低音の声が途切れ途切れに聞こえてきた。「……マグナスのお気に入り……荒い突起でできた鍔《つば》の片側……」

「続けよう！」とペレグリンは叫んだ。太刀持ちは黙り込んだ。

「それで魔女は？」と魔女のひとりが助け舟を出した。

「邪悪そのものだ」とペレグリンはホッとして答えた。メグ・メリリーズ（十九世紀の英国の詩人、ジョン・キーツの詩に出てくるロマの女性）

の奇怪なパロディみたいな身なりをしているが、顔はとても恐ろしい。彼女たちが観客に顔を最初に見せるのは『この世のものとも思われぬが、確かにこの大地の上におる』（第一幕第三場。マクベスとバンクォーが魔女たちと遭遇したときのマクベスのセリフ）のくだりだ」

「私はどんな言葉で話すの？」

「正真正銘のスコットランド訛りさ」

「俺はどうなんだ、ペリー？　やっぱりスコットランド訛り丸出しかい？」と門番（マクベスが王を殺した翌朝の第二幕第三場に登場する）が持ちかけた。

「そうだ。君は中央の跳ね上げ戸から登場する。地下室で燃料を集めていたんだ」ペレグリンは自分の演出を誇りつつ言った、「燃料は晒《さら》した流木で、猥雑な形をしている。君はそれぞれの木切れを農夫、二枚舌の男、イングランド人の仕立て屋とみなして話しかけ、全部を火に投じるんだ」

「俺は面白い男なのかい？」

「だといいがね」

「や、そりゃあええ。うまくやるだよ。うん。ええ考えだ」と門番はくすくす笑って言ってみせた。笑わなければいいのにとペレグリンは思ったが、彼はいいスコットランド人俳優なのだ。

　彼は少し待ち、俳優たちの信頼をどのくらい勝ち得ただろうかと考えた。次いで舞台画に話を向け、どのように使われるかを説明し、それから衣装について語った。

「衣装のデザイン画とセットの絵は両方ともジェレミーが描いたもので、私の考えでは、ドンピシャリだと思う。氏族のタータン格子、つまり初期のタータンといったものが、いくらかわかることに気づいてほしい。マントは独特なタータンチェックだ。マクベスの従者や暗殺者は皆これを着ている。

貴族の従僕は皆、主人の紋章と仕着せを身につけていた時代をこれから演じるんだ。レノックス、アンガス、ロス、シートンはそれぞれ一族の格子柄でできた独特のマントを着ている。バンクォーとフリーアンスのマントはとりわけ鮮やかだ。血のような赤と黒、そしてシルバーの縁飾りで。その他の登場人物はズボン、毛皮のジャーキン、そして革紐のついた羊皮のオーバーズボンを身に着ける。大きな宝石が付いた飾り鋲、ぴったり巻かれた重い首飾り、それからずっしりした腕甲《わんこう》——マクベスのは肘を超える長さだ。全体の印象は重々しく古風だが、ついでに言えばものすごく魅力的だ。それに房や飾りがついた籠手《こて》、それから王冠だ！　とくにマクベスの王冠。見たところ特大で重い」

「見たところというのは」マクドゥーガルが言った、「そう見えるだけ、ということだといいがな」

「もちろんだ。プラスチックで作ってもらうよ。それからマギー——この絵の衣装が気に入ったかい？」

その衣装は鈍い金属的な光沢の布で作られた、身体にぴったりしたドレスで、歩けるように片側にスリットが入っていた。毛皮がたっぷりついた深紅色の上着がその上に着せかけられ、上着の前は裾まで開いていた。宝飾品は大きなブローチがひとつだけだった。

「身体に合わせて作ってもらうわ」とマギーは言った。

「そうするといい」とペレグリン。「さあ次は」——彼は胸が詰まるのを感じた——「舞台を片付けて取りかかろう。そうだ、ひとつ忘れていた。一週目はリハーサルが夜になることがある。サー・ドゥーガルが新作映画の最終部分の撮影にかかっているのでね。今の上演劇団がツアーに出ているから、劇場は暗い。いつもとはちょっと違うが、不都合な人はいるかい？」

沈黙があって、サー・ドゥーガルが、申しわけない、というように両手を広げた。

「悪いが、都合がいいとは言えないな」とバンクォーが言った。

「映画の撮影かい？」

「というわけではないが、くるかもしれない」

「こないとありがたいが」とペレグリンは言った。「いいかい？　よし。皆、舞台をクリアしてくれ。第一場、魔女たちだ」

Ⅱ

「とても順調に進んでる」と三日後にペレグリンは言った。「順調すぎるくらいだ」

「幸運を祈ったほうがいいわね」と彼の妻、エミリーは言った。「まだ始まったばかりよ」

「それはそうだ」彼はいぶかし気に妻を見た。「これまで尋ねたことがなかったけれど」と彼は言った、「君は信じるかい？　迷信を」

「いいえ」彼女はすばやく言った。

「まったく信じないかい？　ほんのわずかでも？」

エミリーは彼をじっと見つめた。「本当に聞きたい？」彼女は尋ねた。

「聞きたいね」

「私の母は百パーセント、スコットランド高地人だったわ」

「それで？」

「だから正面から答えるのは難しいの。一部の迷信、いえ、ほとんどの迷信はちょっとした馬鹿らしい習慣よ。塩をこぼしたら、ひとつまみを左肩から投げる（塩をこぼすと悪魔が左肩のあたりに現れて悪さをするので、その塩をひとつまみ投げて悪魔を退散させるというまじない）。考えもしないでやってしまうけれど、やらなくても別に困らない。でも馬鹿らしくない迷信もある。私は信じないけれど、避けると思う」

「マクベスの迷信みたいなやつかい？」

「そう。そんなところ。あなたがやるのは気にしない。というか、やめときなさいよ、というほどにはね。本当に縁起が悪いとは信じていないから」とエミリーは断固として言った。

「僕は信じない。どんなレベルでも。僕はこの劇を二回演出しているが、どちらにも事故は起きなかったし、大成功だった。ゲン担ぎの連中が引き合いに出す出来事——たとえばマクベスの剣が折れて端っこが観客に当たったとか、おもりが落ちてもう少しで俳優の頭にぶつかるところだったとか——こんなことが別の劇の最中に起きても、その劇が縁起が悪いとは誰も言わなかったろう。レックス・ハリソンのかつらがシャンデリアに引っかかって舞台の天井に飛んでいった件はどうだ？『マイ・フェア・レディ』は縁起が悪い劇だと言った人はいないよ」

「思い切って口にする人がいなかっただけでしょ」

「そうかもしれないな」ペレグリンは認めた。

「それに、公平な例じゃないわ」

「どうして？」

「そうね。深刻な出来事じゃなかったし。つまり——その——」

「そのとき劇場にいたら、そうは言わないだろうよ」とペレグリンは言った。

彼は窓のほうへ行ってテームズ川を、そして夕刻にはおなじみの道の混雑ぶりを見た。サウスバンクの道は渋滞して、車は粘り気のある液体のようにノロノロと動き、橋を渡ってノースバンクへと向かっていた。その上に夕陽を受けて輝くドルフィン劇場があった。とくに大きくはないが、真っ白で際立っていたし、周囲に建つ川沿いの小さな建物のために、高々と、荘厳にさえ見えた。

「ゲン担ぎをしているのが誰か、わかっているんだ」彼は言った。「マクベスの名を口にしないんだよ。『領主』だの『スコットランドの劇』だの『領主夫人』だのと呼ぶ。これは伝染するんだ。あのイカれたマクダフ夫人――ニーナ・ゲイソーンだが――は眉までどっぷりと迷信に浸かっている。しかもしゃべって回る。僕が近くにいると黙るんだが、しゃべることに変わりはない。そして他の俳優たちは彼女の話に耳を傾けるとくる」

「そんなことで心配しないで。稽古に影響しているわけじゃないんでしょう?」

「まあね」

「それなら、いいじゃない」

「そうだな、確かに」

エミリーが彼のそばに来て、ふたりはドルフィン劇場が輝いているテームズ川の向こうをながめた。

「こう言うのは簡単だと思うけれど」彼女は言った、「でも気にしないでいられるといいわね。気に病まないで。あなたらしくもない。あのドゥーガル、偉大なスコットランド人がどんなマクベスを演じているか教えて」

「見事だよ。それに気味が悪いくらいおとなしいんだ。フランケンシュタインの怪物と一緒に仕事をするようなもんだ、と皆言っていたのに」

「これまでで一番大きな役なんでしょ」エミリーは尋ねた。

「そうだ。『空騒ぎ』のベネディックは上出来だったが、これ以外にシェイクスピア劇に出たことはない。それにスコットランドが舞台でもない。レパートリー劇団にいた頃にオセロを演じたことはあるが。ヘイマーケットの劇場で再演されたブライディ（スコットランドの劇作家・脚本家）の劇の解剖学者の役は見事だった。これがウェストエンド劇場街での彼の出世作になった。今はもちろんはるかに上をいっている」

「女性関係はどうなの？」

「よく知らないんだ。今のところ一生懸命マクベス夫人を口説いているが、マギー・マナリングは眉にどっさり唾をつけて聞いているから、大丈夫だろう」

「さすがはマギー！」

「君もさすがだ！」彼は言った。「おかげですっかり肩の荷が下りた。ニーナにゲン担ぎの話をしないように正面から言おうか？　それとも気がついていないふりを続けたほうがいいかな？」

「何て言うつもり？『ところでニーナ、ちょっと考えたんだが、縁起でもない話をしてキャストをビビらせるのはやめてくれないか』とでも？」

　ペレグリンはドッと笑い、彼女の肩を軽くたたいた。「これはどうだ」彼は言った「君のほうがずっと頭がいいから、君がやってみるんだ。僕が彼女をここで一杯やるように誘うから、折を見て君が彼女をたしなめる」

「本気なの？」

「いや。ウーン、本気なのかも。うまくいくかもしれないよ」

「そうは思えないわね。彼女、この家に来たことはないし。何のために呼ばれたか気づくわよ」

「それでもいいじゃないか。ウーム、やっぱりどうしたらいいかわからん。しばらく様子を見るのがいいかな？　そんな気がする」

「私もよ」エミリーは言った。「運よくいけば、皆ウンザリして、自然に立ち消えになるかもしれない」

「そうだな」彼はそう聞こえることを願いながら賛成した。「そんなふうに考えれば安心できる。さてあのヒースの荒れ野に帰らなければ」

Ⅲ

そのときくだんの女性が何をやっていたかを見ることができたとしたら、彼はとても安心できなかったろう。ニーナ・ゲイソーンはウェストミンスターにある小ぢんまりしたアパートに帰るやいなや、魔除けのまじないを始めた。帽子と手袋を脱ぎもせずに、ハンドバッグの中をかき回し、十字架を取り出すとそれにキスをし、ニンニクと祈禱書が載ったテーブルの上に置いた。彼女は祈禱書を開くと眼鏡をかけ、十字を切って詩篇の第九十一番を声に出して読んだ。

「『至上者《いとたかきもの》のもとなる隠れたるところにすまふその人は』」とニーナはプロの女優にふさわしい、よく訓練された声で朗々と読んだ。終わりまで読むと、彼女は祈禱書にキスし、もう一度十字を切り、自分のセリフに印をつけた台本をテーブルの上に置き、その上に祈禱書、さらに十字架を置き、少し迷ったすえに、ニンニクを十字架の足元に置いた。

「これで皆の疑いも晴れるはずだわ」と彼女は言って手袋を脱いだ。

彼女が呪いだの何が幸運で何が不運かだのを信じているのは、本格的な研究によるものではなく、四世代にわたる演劇関係者がため込んだ雑多な噂や行動に基づくものに過ぎなかった。女優という運任せの職業――ありとあらゆるものが初日の危なっかしいバランスにかかっており、五週間かけた稽古が完全に無駄になるか、それとも何年も語り草になるか見当もつかない職業では、迷信が根を下ろし、広がっていく肥沃な土壌があるのだ。

　ニーナは四十歳。ロングランの契約も喜んで受け、同じ役を一週間に八回、マンネリに陥らないように気をつけながら何年も続けてやるのをいとわない、優秀で信頼のおける女優だった。こうした仕事が六か月前を最後に途切れてしまい、その後は仕事が来なかったから、めずらしくノーカットのマクダフ夫人という仕事は本当にありがたかった。それに子役は無名の養成所出身のこまっちゃくれた子ではなく、いい子かもしれない。そして劇場はドルフィン劇場なのだ！　あの劇場との契約は非常な名誉なのである。それだけでも途方もない幸運だったうえに、あそこにはいったん登録されれば、適切な役が出てきたとき同じ俳優を何度も起用するという慣行がある。願ってもない契約だ。運が続くように木に触っておかなければ！（木製品に触ると、幸運が続き、また災難が避けられるというまじない）

　だから私は絶対にあのスコットランドの劇について他のキャストにゲン担ぎの話をしてはいけない。ただ何となく口にしてしまうのだ。ペレグリン・ジェイはこれに気づいて機嫌を損ねている。私は決意する、とニーナは考えた。彼女は薄色の目をしっかり閉じて、声に出して言った。

「私は名誉にかけて、この祈禱書にかけて、例のことを口にしないと誓います。アーメン」

「マギー」とサイモン・モートンは叫んだ。「ちょっと待ってくれ」

マーガレット・マナリングは大通りに出るウォーフィンガーズ・レーンの坂の上で立ち止まった。超大型トラックが四台続いて轟音とともに走り過ぎた。モートンは最後の急坂を急いで走った。「ガストンにつかまってしまったんだ」と彼は息を切らして言った。「どうしても逃げられなくて。ジョージの店で食事しないかい？　タクシーなら時間はかからないよ」

「あらサイモン、ごめんなさい。ドゥーガルと夕食の約束をしているの」

「だけど——ドゥーガルはどこだい？」

「車を取りに行ってる。角まで出て待つと言っておいたの。最初の出会いについて話すいい機会なのよ。もちろん劇中のね」

「なるほど。わかった」

「ごめんなさいね」

「どういたしまして。よく理解できるよ」

「ほんとにわかってくれるといいけれど」と彼女は言った。

「わかったと言ってるじゃないか。ほら、夫君の領主が真っ赤なチャリオットを駆って来たぞ」

彼は行こうとして、立ち止まった。ドゥーガル・マクドゥーガルは歩道の縁石に車を寄せた。「さあ来たよ、いとしの君」と彼は声をあげた。「やあ、サイモン。ちょうどいい。走ってくる車に僕が尻をぶつけられないように、別嬪さんに車のドアを開けてやってくれ」

モートンはベレー帽を脱ぎ、前髪を引っ張り（軽い敬意を表すしぐさ）、オーバーなほど丁寧にドアを開けた。マーガレットは彼を見ずに車に乗り込んで言った。「どうもありがとう」

彼はドアをバタンと閉めた。

「どこかへ送ろうか?」とドゥーガルは思いついたように言った。

「いや、結構だ。君たちがどこへ行くのか知らんが、僕の行く方向じゃない」ドゥーガルは仏頂面で頷《うなず》き、車を発車させた。サイモン・モートンは突っ立ったまま彼らを見送った。一八八センチの見事な長身に不機嫌をあらわにし、黒い巻き毛を見せたままで。「こんちくしょうめ。勝手にしやがれ」と彼は言い、ベレーを乱暴に被り、小道へ入ってジュニア・ドルフィン亭という名の小さなレストランへ入った。

「ファイフの領主は何を怒っているんだい」

「別に何も。くだらないことを考えてるだけよ」

「ことによったら、ちょっと妬《や》いているとか?」

「かもね。いずれ立ち直るわ」

「そう願いたいね。僕らがガストンのクレイモアで大立ち回りを始める前に」

「本当ね。ガストンはちょっとおかしいどころじゃないと思わない? 武器について話してばかりよ。それも延々と続くの」

「社会復帰施設みたいなところに短期間入所していたと聞いたことがある。ずっと昔のことで、彼はまったく無害だった。剣を帯びて中世英語で話していただけだそうだ。彼はいいやつだよ。僕らに殺陣《たて》を教えるようペリーに頼まれたんだ。彼は僕らに決闘の練習をスローモーションで五週間毎日やらせて、筋肉をつけ、ゆっくりと少しずつ早くしていく。『トロヴァトーレ』の鍛冶屋の合唱（ヴェルディのオペラ『イル・トロヴァトーレ』の鍛冶屋の合唱は、金床に金鎚を打ち下ろす音をバックに歌われる）に合わせてね」

「まさか?」

「もちろん本番ではやらない。リズムを身につけるためにリハーサルでやるだけさ。クレイモアは恐ろしく重いんだ」

「あなたはともかく、私はごめんね」マギーは言ってどっと笑った。

ドゥーガルはゆっくりと歌い始めた。「ガーン。待て、ガーン。もう一度。そしてガンガンガーン。ストップ。ガーン」

「もちろん両手を使うんでしょ」

「もちろんだ、床から持ち上げるだけでも、息が切れる。ガストンが試しにクレイモアをひと振り持ってきてくれたんだ」

「彼はあなた方が使う剣を実際に作っているんでしょう？　ズルをして柄に軽い材料か張り子でも使えないのかしら？」

「いや絶対に駄目だ。バランスが崩れるからね」

「じゃあ、気をつけて」とマギーは曖昧《あいまい》に言った。

「もちろん。刃は鋭くなくて、なまくらなんだ。どちらかが刃をぶつけても、骨を折るだけだよ」

「ほんと？」

「こなごなにね」とドゥーガルは言った、「それだけは確かだ」

「あなたがたふたりが立ち回りをやってるのは馬鹿げて見えるんじゃないかしら。笑われるわよ。起こるかもしれない手違いはいくらでも考えつくわ」

「たとえば？」

「そうね。どちらかがクレイモアを振り回して的を外して、書割に刺さって取れなくなるとか」

「殺陣《たて》はうんと短いんだ。つまり時間的には。一分かそこらかな。サイモンは後ずさりして下手《しもて》の隅に引っ込んで、僕は叫び声をあげて後を追う。サイモンはものすごく力が強いんだよ。あいつは何げなくクレイモアを持ち上げたんだが、ぐるぐる回り始めて止まらなくなって、恐怖に縮み上がってた。あれは見ものだったね」ドゥーガルは言った、「サイモンには大笑いしたよ」

「それはやめたほうがいいわ、ドゥーガル。彼、感じやすいのよ」

「そりゃないさ。ところで、僕らは八時半に集まるように言われていなかったか？　まずエンバンクメントにある僕の行きつけのレストランへ行って軽く食事しながら僕らの関係に決着をつけて、それからかの流血の地へ行くというのはどうだい？　気が進まないか？　それとも気に入った？」

「仕事の前にお腹にこたえる食事じゃなくて、アルコール抜き？」

「牡蠣を一ダースと、バター付きの薄い黒パンなら？」

「おいしそうね」

「それでよしと」ドゥーガルは言った。

「『僕らの関係に決着をつける』というのは、もちろんマクベス夫妻について言ってるんでしょうね」

「どうかな？　いや、そういうことにしておこう。今のところは」彼は涼しい顔で言い、川を越えて、いくつもの小路を曲がり、サヴォイ・マイナーに出て停車するまで何も言わずに車を走らせた。

「マクベスに取りかかる間、マンションを借りたんだ。テディ・サマセットの家だが、ヤツは一年アメリカに行っているんでね」とドゥーガルは言った。

「すばらしいファサードね」

「すごいリージェント様式だろう？　中へ入ろう。さあおいで」

ふたりは中へ入った。

マンションは贅を尽くしたインテリアで、スーパーリアリズムの手法で描かれた実物より大きいヌードが存在感を発揮していた。マギーはそれをチラリと見ると、その下に座って言った。「整理しておきたい点がひとつふたつあるの。マクベス夫妻は幕が上がる前からダンカン殺害を話し合っていた。それは確かかね。でもそれまでは『もし』とか『だとしたら』といった調子だったのが、『王はここにやって来る。今やるか、一生やらないかだ』になる。それでいい？」

「ああ」

「それまでは話の種でしかなかった。決断する必要はなかったのよ。実際には」

「そうだ。それが本当になって、正面から向き合わなければならなくなり、彼は愕然とする」

「マクベス夫人が気づいていたとおりにね。自分がけしかけなければマクベスはやろうとしない。彼に思い切ってやらせるには何が必要？　まずプランね。うんといいプラン。でも彼はプランを論じるだけで何もしないわ。それからセックス。ペリーは最初の日にそう言った。当時、女性の役は男の子がやっていたから、シェイクスピアはセックスにふれるのは慎重だった。でも私たちはそうする必要はないわ」

「そのとおりだ」彼は言い、彼女の背に回って肩に片手をかけた。

「気がついてる？」マギーは言った、「ふたりが一緒に登場するのはとても短いことに。それから宴会の場面の後、マクベスとふたりだけになったとき、彼女がどれだけ打ちのめされていたかを。彼女は宴会のシーンでは驚異的な努力を見せるけれど、あの馬鹿げた領主たちを追い払って、ブツブツつぶやく動揺したライオンみたいな夫とふたりで身体を引きずるようにして、上階の眠れそうもないべッドへ行くとき、彼女にできるのは口をつぐむことだけだと知ってたと思うわ。次に、そして最後に登場するとき、彼女は眠ったまま途方もない言葉を口にする。ほんと、短い役なのよ」

「僕は彼女の崩壊にどのくらい影響されていると思う?」彼は尋ねた。「気づいているのかな? それともその頃までには、気違いじみた殺人にどっぷり浸かっている?」

「そうだと思うわ」彼女は振り向いて彼を見たが、そのしぐさに何かを感じ取ったドゥーガルは、自分のものと言わんばかりにマギーの肩に置いていた手を離した。彼女は立って、彼から離れた。

「ウィッグ&ピッグレット亭に電話してテーブルを予約しよう」と彼はふいに言った。

「そうしてちょうだい」

彼が電話を済ませると彼女は言った、「登場人物のイメージをずっと考えているの。衣装が大きくて重いという表現が恐ろしくたくさん出てくる。ジェレミーがそれを強調しているんでうれしいわ。バタバタとひるがえって、帯では押さえきれないマント。重い王冠。私たちは意識してそれらをいっぱいに満たさなければならない。私よりあなたのほうがずっとそうね、もちろん。私は次第に消えていく。でも全体を見ると悪夢みたい」

「君には僕がどう見える、マギー?」

「ドゥーガルったら! そう、墜ちる巨星ね。自分の想像力のために破滅する、壮大な野心満々の存在。宇宙の崩壊よ。忌まわしい出来事とともに。天が反乱を起こし、馬が共食いする」

ドゥーガルは深く息を吸った。顎が上がった。驚くほど青い彼の眼が黄褐色の眉毛の下できらりと光った。彼は背丈が一八五センチだったがもっと高く見えた。

「そうそう、その調子」マギーは言った。「うんとスコットランド人らしくするといいわ。高地のスコットランド人に。赤いマクベスだと言われるわ」彼女は少し急いで付け加えた。「あなたの本名なの？　ドゥーガル・マクドゥーガルってのは」

「んだ。わしの本名だ」

「それはおあつらえ向きね」

ふたりはスコットランド方言を使うべきや否やを論じ始め、結局使わないことにした。他の領主たちも使わなければならなくなるからだ。

「じゃあ使うのは門番と刺客だけね」マギーは言った。「もちろんペリーがそう言えばだけれど。私は使わない」しかし彼女は声に出してやってみた。「『このおなごの乳こさ入って乳を胆汁に変えてけろ』（第一幕第五場。マクベス夫人のセリフ）悪くないわね」

「ところで一杯やらないか。いいだろ、マギー」

「いいわ。でもほんの少しだけね」

「了解。ウィスキーでいいかい？　ちょっと待ってくれ」

彼は部屋の端へ行ってボタンを押した。ドアが二枚、両側に開いて小ぶりのバーが姿を現した。

「まあ、すごい！」マギーは驚きの声をあげた。

「だろ？　ちょっと行きすぎみたいだが、テディの趣味なんだ」

彼女はバーへ行って、スツールに腰かけた。彼はウィスキーとソーダを見つけて、自分の役について話した。「マクベスの『大きさ』を十分に理解していなかったようだ」彼は言った、「偉大な、罪深い巨人。そうだ。君の言うとおりだよ。確かに」

「おっとストップ。それが私のなら」

「わかった。はいどうぞ。誰に乾杯する？」

「決まってるわ。マクベスによ」

彼はグラスを挙げた。マギーは考えた——彼はすばらしいわ。マクベスの役にぴったり。だが彼は不安げな声で言った。「いやいや、それを言わないでくれ。不運に見舞われるかもしれない。乾杯はやめよう」マギーが遮るのではないかと考えたかのように、彼はすばやく飲み干した。

「あなた、迷信を信じるの？」彼女は尋ねた。

「別に、そういうわけじゃない。そんな感じがするだけだ。いや、やっぱり信じてるんだろうな。少しだけ。君は？」

「あなたと同じよ。少しだけ」

「信じてないヤツなんかいないんじゃないか。少しだけでも」

「ペレグリンがいる」マギーはすぐに言った。

「確かにそうだな。信じてるとしても胸にしまっておくように、とか何とか言ってた」

「それにしてもよ。二回演出していて、どちらにも何も起きていない」マギーは言った。

「それもある。もちろん」彼は少し待って、ごく何げないふうで言った、「ドルフィン劇場でマクベスをやるはずだったんだ。二十年ぐらい前、あそこのこけら落としで」

「どうしてやらなかったの？」

「主役が死ぬかなんかしたんだ。配役が決まる前に。一度もリハーサルをしなかったそうだ。それでお蔵入りになった」

「ほんと？」マギーは言った。「他の部屋はどんな感じ？　もっとヌードがあるの？」

「見せてあげようか？」

「やめておくわ」

彼女は腕時計を見た。「そろそろウィッグ&ピッグレット亭に行ったほうがいいんじゃない？」

「ペリーは魔女のシーンからやるはずだ。まだ時間は十分ある」

「それでもよ。私の時間厳守は強迫観念みたいなものだし、急いで食べなきゃならないんじゃ、牡蠣を楽しめない」

「どうしてもと言うなら」

「言うわ。ごめんなさい。ちょっと身なりを整えてくる。バスルームはどこ？」

彼はドアを開けた。「廊下の突き当りだ」彼は言った。

マギーはドゥーガルの横を通り、バッグの中を探りながら考えた。もし彼が飛びかかってきたら、うんざりのシーンになるわ。

彼は飛びかかってこなかったが、動こうともしなかった。彼女はしかたなく彼の横をすり抜けて考えた。彼はスコットランド人——高地人だろうと低地人だろうと——の資格十分すぎるくらいね。

トレーニング機器に鉢植えの植物、そして猥雑な詩を収めた額縁でいっぱいのバスルームで、彼女は髪を整え、顔にパウダーをはたき、口紅を塗り、手袋をはめた。

「オーケー？」彼女は居間に帰ってきびきびと尋ねた。

「オーケーだ」彼はコートを着、ふたりはマンションを出た。外はもう暗くなっていた。彼は彼女の腕を取った。「石段は滑るよ」彼は言った、「稽古を始める前に足首を捻挫したくはないだろ？」

「それはごめんこうむりたいわね」

彼の言うとおりだった。石段は季節外れの霜でキラキラ光っており、彼女は支えられていることがありがたかった。彼のオーバーコートはハリスツイードで、泥炭《ピート》の燃えるにおいがした。

マギーは車に乗ろうとして、短いオーバーを着て赤いスカーフを巻いた長身の男を目にした。男は二十メートルほど離れたところに立っていた。

「あら」と彼女は叫んだ。「あれ、サイモンよ。ハーイ」彼女は手を挙げたが、男は背を向けて、小路へ足早に立ち去っていった。

「サイモンだと思ったんだけれど」彼女は言った

「どこだい？」

「間違えたみたい。行っちゃったわ」

ふたりは川を越えてノースバンクへ戻り、エンバンクメント通りをウィッグ&ビッグレット亭に向かった。街灯は明るく輝いていた、冷たい空気の中で煌《きら》めき、光はちぎれて、流れるテームズの川面にスパンコールのようにキラキラと映っていた。マギーの気分は高揚した。ふたりが小さなレストランに入り、大きな暖炉、白いテーブルクロス、輝くグラスを目にしたとき、マギーの頰はほてり、目は輝いた。突然彼女はすべての人が愛《いと》しくなった。

「君はすばらしいよ」とドゥーガルは言った。客の何人かは彼らに気づき、微笑んだ。支配人はうやうやしく彼らを迎えた。彼女はとびきり上質な劇のリハーサルに入っており、隣にいるのは彼女の夫を演じる主演男優なのだ。

彼女は滑らかに上機嫌で話し始めた。シャンパンが持ち出されたとき、彼女は考えた。彼がシャンパンを開けるのをやめさせなければ。私はリハーサルの前には絶対に飲まない。でもそれではこの楽しい宵が台無しになってしまう。

「予測不能な不正確性」彼女は声高く言った。「英国憲法」

「何だって、マギー?」

「試してたのよ、私が酔っていないかどうかを」

「酔っていないさ」

「ウィスキーには慣れてないのに、あなたはたっぷり注いでくれたんだから」

「いや、してない。君は酔っていないよ。急に気分が高揚しただけだ。そら、牡蠣がきたぞ」

「あなたがそう言うなら、大丈夫でしょうね」

「もちろん大丈夫さ。さあ始めよう」

彼女は食べ始めたが、酔ってはいなかった。続く日々、彼女はこの宵を、マンションを出てからリハーサルの終わりまでを、ドゥーガル・マクドゥーガルが欠かせない役割を果たした特別な日として思い出すことになる。

Ⅳ

ガストン・シアーズはダルウィッチのアレン通りから入る袋小路の大きな二階建ての家に住んでいた。この場所は「アレンの驚異」と呼ばれており、家と敷地がその片側全部を占めていた。もう片方には手入れの行き届いていない林と、使われていないポンプ場があった。

このような大きい建物の賃貸料は高いに違いないわけで、ダルウィッチ大学の学生の間では、シアーズ氏はそこに住む大金持ちの奇矯な外国人で、見事な甲冑に囲まれ、剣を作り、黒魔術を行っているという伝説があったほどである。伝説の多くがそうであるように、この伝説も極端に歪曲された事実に基づいていた。彼は確かに甲冑に囲まれて暮らしており、ごくまれだが剣を作っていた。そして彼の甲冑のコレクションは、ヨーロッパでも博物館の外にあるものとしては最高の名声を誇っていた。しかも彼は確かに奇矯だった。

また彼は裕福だった。彼は俳優としてスタートし、極端な奇人の役にはよく合っていたが、議論好きという気性のために誰も彼を起用しようとはしなかった。遺産が転がりこんで、彼は歴史的な武具や装具に対する天性の才を発揮できるようになる。彼の専門知識はヨーロッパ中のコレクターに認められ、彼は様々な大学の名誉学位を得ていた。彼は米国で講演旅行を行い、天文学的な講演料を取った。貪欲かつ無知であくどいバイヤーには法外な価格を要求し、そうして得た金は敬意に値する人に惜しげもなくアドバイスすることを補って余りあるものだった。そんな人のひとりがペレグリン・ジェイである。

マクベスに太刀持ちとして出演してほしいという思いがけない申し出を、彼は満足げに受け入れた。「戦闘を見せてもらう必要がある」と彼は言ったものだ。「そして紛れ込むかもしれない誤りを正す。このマクベスはいささか信頼できない。ドゥーガル・マクドゥーガルとはね！」彼は嘲笑った。「いや、ヤツは信頼できない」

彼は武器製造のための鋳型を作っていた。本物のクレイドヘムモアの鋳型から溶鋼でレプリカを作り、それをマクベスが帯びるのだ。ガストン自身は上演中を通じて本物のクレイドヘムモアを持つ。それほど精巧でないもうひとつのクレイモアは、マクダフが帯びる武器の鋳型になる。

彼の仕事場は壮観だった。部屋のあちこちに甲冑が立ち、様々な時代と国の剣が、装飾の細部の図とともに壁に掛かっていた。鎧兜に身をかためた等身大の日本武士の像が、獰猛さもあらわに、顔を怒りに歪め、刀を構えて、今にも飛びかからんばかりに屈み込んでいた。

ガストンは鋳型を作るための粘土を入れる木槽を作りながら、鼻歌を歌い、ときおりつぶやいた。その巨体ともじゃもじゃの黒髪、筋肉が盛り上がった腕で、彼はウルカヌス（ローマ神話の火と鍛冶仕事の神）そのものだった。

「辛苦も労苦も倍増し、倍増し」彼はハンマーで釘を打つのに合わせてハミングした。そして、

「あいつの亭主はタイガー号の船長で、アレッポに往っている
今に見ろ、ふるいに乗って
尻尾のないネズミに化けて
やっつけてくれる、やっつけてくれる、やっつけてくれる――（『マクベス』第一幕第三場）」

最後の「やっつけてくれる」で彼は釘の最後のひと打ちを打ち込んだ。

V

バンクォーを演じるブルース・バラベルはその日のリハーサルに呼ばれていなかった。彼は自宅で自分のセリフを覚えながら、ぼやいていた。彼の新しいエージェントは仕事をたくさん持ってきてくれるものの、いい仕事につながりそうなものは何もない。グラナダテレビの警察シリーズものの目立たない脇役。そして今はバンクォーだ。マクベス役のオーディションを受けようとしたが、その役は

もう決まっていると言われた。マクダフも同様だった。劇場を後にしようとしたとき、若造が出てきて、バンクォーのセリフを読んでみないかと言った。何か手違いがあったらしい。ブルースは言われたとおりにし、バンクォーの役を得た。大したことのない役だ、実際のところ。あのろくでもない石段に片足をかけて、突っ立っているだけのことが多い。だがちょっといいところもある。彼は自分のセリフを探して台本をパラパラめくり、読み始めた。

「天にも家政の切りまわしがあると見える。燭台がみんな消えてしまった」（第二幕第一場。マクベスの王殺しの前のシーン）

彼は声に出して読んだ。静かに。いささか気まぐれな言葉だ。夜中の時間と、大きく空っぽな中庭の気配が感じられる。いい表現だと認めないわけにはいかない。「天にも倹約がある」なぜか泣きたくなるような温かい筆致。現代の聴衆は家政《ハズバンドリー》が家事を意味しているとわかるだろうか。真夜中の時をこれほど見事に書けるのは、シェイクスピアしかいない。彼の息子フリーアンスを演じるのは、滑らかで澄んだ声をした気持ちのいい若い俳優である。そこでマクベスが登場し、バンクォーが応じる。よくできた場面。僕の見せ場だが、マクベスはもちろん大げさに演じて僕を食い、ペリーはそれを大目に見るだろう。前のシーンをみればわかる。だが公平に言おう、ペリーはそのちょっとした悪ふざけをやめさせた。しかしマクベスの意図は誰の目にも明らかだった。

彼はセリフを覚えようとしたが、楽ではなかった。先頃の出来事が何度もよみがえる。会話――

「実は会うのは初めてじゃないんですよ。北のダンディーでマクベスに一緒に出演したことがあります。何年前かは言いませんが」

「へえ？」

「一緒に魔女をやってたんです」遠慮がちにささやく。

「ほんとかね？　あ、ごめん。ちょっと失礼。ペリー、ペリー、ひと言だけ――」
あのブタ野郎め！　もちろん思い出したに違いない。

Ⅵ

今日はアンガスの誕生日だった。彼、ロスなどの領主たちと三人の魔女は今夜のリハーサルには呼ばれていなかった。彼らは他の手の空いているキャストを誘ってサザークのスワン亭に集まり、アンガスの健康を祝して飲むことにした。

彼らは二人、三人と集まったが、午後にリハーサルがあった三人の魔女が着いたのはだいぶ遅かった。女性がふたりと男性がひとり。男性（一番目の魔女）はランギ・ウェスタンという名で、マオリ人の血が混じっており、肌の色はあまり黒くなかったが、短い特徴的な上唇とギラっと光る眼をしていた。彼は美声で、ロンドン音楽演劇アカデミーでは優秀な学生だった。二番目の魔女は目立たない痩せた女の子でウェンディと呼ばれており、ふいに奇妙な間合いの入る鋭い声をしていた。三番目は可愛い子で、プラチナブロンドの髪、繊細で、驚くほど大きい目と、赤ん坊のようなカン高い声をしており、ブロンディと呼ばれていた。

彼らは終わったばかりのリハーサルに興奮していた。彼らは大声で話しながらやって来た。「ランギ、あなたすばらしかったわ。背筋がゾクッとしたくらい。ほんと。それからあの動き！　ペリーがやめさせるんじゃないかと思ったけれど、しなかった。あの足踏みの音。あれはすごかった。ウェンディ、私たちもランギと一緒にやるべきね。彼の舌。それからあの目。全部よ」

「私たちを魔女にキャストしたのはすばらしいわ。つまり違ってるってこと。普通は魔女は皆似ていて退屈な役よ。仮面を被ってぶつぶつ言うだけ。でも私たちは本当に邪悪なの。本当によ！」

「アンガス！」彼らは叫んだ。「誕生日おめでとう。神の祝福を」

全員がそろった。注目を浴びていたのは魔女たちだった。ランギはあまりしゃべらなかったが、女の子ふたりはリハーサルでの彼の演技を興奮して描写した。

「ペリーの説明を聞いているとき、私たちは一緒に立っていたの。そうよね、ランギ？　私たちは悪の権化でなければならない、とペリーは言っていた。私たちにはひとしずくの善もない」

「そこなのよ。わかるでしょ。私たちの動きには。ペリーは何と言っていたっけ、ウェンディ？」

「憎悪に打ち震えて」とウェンディは言った。

「そう。ランギの横に立っていて彼が震えているのを感じたわ。誓ってそうよ」

「そうでしょ、ランギ？　震えてた？」

「まあな」とランギはもぐもぐ言った。「そんなに大げさに言うなよ」

「でもあなたはすばらしかった。ちょっとうなって、膝を曲げたの。それからあなたの顔ときたら！あなたの舌！　それから眼！」

「とにかく、ペリーはすっかり感じ入って、もう一度やるように彼に言って、私たちにもやるように言ったのよ。でもやりすぎないで、憎しみが波のようにつたわるようにって。うまくいくわ」

「彼に呪いをかける。そうでしょ、ランギ？」

「飲めよ、ランギ、そしてやってみてくれ」

ランギは素っ気ない身振りをすると、振り返ってアンガスに挨拶した。

男性群はアンガスを取り巻いた。酔っている者はいなかったが、皆騒がしかった。劇団の人間は今や他の客よりはるかに多くなり、他の客は飲み物を持って部屋の隅に移動し、興味津々で一団を眺めていた。

「今度は僕のおごりだ」とアンガスは大声を上げた。「僕が皆の分を払うよ。文句はなし。ぜひ払わせてくれ。『あいつらを酔わせた酒で私は大胆になった』（第二幕第二場。マクベス夫人のセリフ）」と彼は叫んだ。彼の声は次第にか細くなり、他の声もばらばらに小さくなっていった。ブロンディのクスクス笑いが残ったが、やがて消えた。声がひとつ――アンガスのだが――不安げに尋ねた、「どうしたんだい。あ、そうか。まずいことを言ったな。気にしないでくれよ。皆、ごめん。飲んでくれ」彼らは沈黙のまま飲んだ。

ランギは自分のビター入りエールを飲み干した。アンガスがバーテンダーに頷《うなず》くと、バーテンダーはもう一杯同じものを用意した。アンガスは何かを入れるようにという身振りをし、曖昧《あいまい》に唇に指を当てた。バーテンダーはウィンクしてジンを少し加えた。彼はランギの手をめがけてグラスを滑らせた。

ランギは背を向けていたが、グラスが手に触れて振り返り、グラスを見た。

「これは僕のかい？」

皆はこの言葉に飛びついた。もちろん君のさ、と彼らは口々に言った。「さあ、飲めよ。一気にだ。残すなよ」

格好の騒ぎの種だったのだ、アンガスのヘマを忘れるための。ランギがその場で飲み干さないと彼らは考えていたが、ランギは一気に飲んだ。一斉に拍手が湧き起こった。

「見せてくれ、ランギ。君が何をしたかを。何も言わないで、見せてくれ」

「イーアー！」彼は突然叫び声を上げた。彼は手で両膝をたたき、足を踏み鳴らした。彼は顔を歪め、目をギラギラ光らせ、舌をすばやく突き出し、引っこめた（ニュージーランドの先住民族、マオリの伝統的な戦いの舞であるハカの動き。ラグビー試合でのニュージーランドチームのパフォーマンスで知られる）。傘を槍のように構えたその姿は奇怪だった。

それは数秒続いただけだった。

皆は拍手喝采して、何を意味していたのか、「呪いをかけていた」のかと尋ねた。彼は、いや、そんなことじゃない、と言った。彼の眼はガラスで覆われたようにどんよりした。「少し飲みすぎたようだ」と彼は言った。「僕は帰る。みんな、おやすみ」

彼らはランギを引き留めた。何人かは彼の身体をつかんだが、本気ではなかった。ランギは彼らの手を払いのけた。「申しわけない」彼は言った。「あの一杯をやるんじゃなかった。僕は下戸なんだ」彼はポケットから札を何枚か取り出し、バーの向こうへ押しやった。「僕のおごりの分だ」と彼は言った。「じゃあ、おやすみ」

彼はスイングドアの方向へ足早に歩き、一瞬よろめいたものの、すぐバランスを取り戻した。

「大丈夫か？」とアンガスが尋ねた。

「いや」と彼は答えた。「とても大丈夫とは言えないな」

彼はドアを押し、ドアが開くと外へ出ていった。皆は彼が立ち止まり、こわばった動作で左右を見、堂々たるしぐさで傘を上げて、止まったタクシーに乗り込み、姿を消すのを見ていた。

「ヤツは大丈夫だよ」と領主のひとりが言った。「この近くに部屋を借りてるんだ」

「いいヤツだな」

「すごくいい」

「誰から聞いたのか覚えていないが」とアンガスは言った。「アルコールはマオリ人に妙な影響を及ぼすそうだ。すぐ脳へ行って昔の野蛮な状態に逆戻りさせるんだとさ」

「ランギはそうはならなかった」とロスが言った。「威厳たっぷりだったよ」

「あのダンスというか何かをやって見せたときはそうだった」とメンティースを演じている俳優が言った。

「僕が思うに」とロスは言った。「あいつは君が劇から引用したとき、動揺したんだ」

「どちらにしても、皆ろくでもないたわ言だ」後ろのほうから低い声が響いた。これをきっかけに混乱した諌《いさ》めの言葉が続き、メンティースの叫び声でクライマックスに達した。「もっともだが、誰もこの劇をその名前で呼ばない。それとも呼ぶか？」

沈黙。

「ほらみろ！」

「他の連中を動揺させると思うからだ」

「そのとおり！」皆が一斉に言った。

年嵩《としかさ》でしらふのロスが言った。「それについて議論するのは馬鹿げている。俺たちには皆、違った感じ方がある。だからありのまま受け入れて、ぺちゃくちゃしゃべるのはやめようじゃないか」

「誰か本を書けばいいのに」ウェンディが言った。

「リチャード・ハゲット（〔一九二九～二〇〇〇〕イングランドの俳優・作家・劇作家）の『舞台の上の超自然』という本の中に、これに触れた章があるぞ」

彼らは酒を飲み終えた。パーティはしらけてしまった。

「そろそろお開きにしようか」ロスが尋ねた。

「そんなところだな」メンティースが賛成した。

名前もセリフもない領主たちがざわざわと賛同し、ばらばらと店を出ていった。

ロスがアンガスに言った。「どうした、君。家まで送ろう」

「やりすぎてしまったようです。申しわけない。『二番鶏が啼くまで飲んでおりやした』（『マクベス』第二幕第三場。門番のセリフ）おっと、またやってしまった」

「おいで、君」

「わかりました」彼は震えながら十字を切ろうとした。「もう大丈夫です」

「もちろん大丈夫さ」

「じゃあ、大丈夫でしょう。おやすみ、門番君」彼はバーテンダーに言った。

「おやすみなさい、旦那方」

彼らは店を出た。

「俳優連中だね」と客のひとりが言った。

「そうですよ」バーテンダーはグラスを片付けながら言った。

「迷信の話をしていたようだが、何だろう？　全然意味がわからなかった」

「この劇のセリフを引用するのは縁起が悪いと言うんです。劇のタイトルも口にしません」

「馬鹿げてるな」と別の客が言った。

「彼らは本当に信じてるんですよ」

「作家の宣伝策じゃないか」

バーテンダーは低いうめき声を漏《も》らした。

「劇の名は何ていうんだい？」

「マクベスです」

Ⅶ

決闘のリハーサルが始まり、仮借なく続いていった。毎朝九時半にドゥーガル・マクドゥーガルとサイモン・モートンは重しをつけた木製のクレイモアを持ち、ガストンの情け容赦のない指示のもとに、バシン、ガーンと互いに切りつけ合った。

殺陣《たて》の全体が、一挙手一投足、一インチごとに綿密に組み立てられていた。このような運動に慣れていない筋肉が上げる悲鳴に、ふたりの男は喘いでいた。彼らは汗びっしょりだった。ガストンは博物館物という四十五回転レコードの「アンヴィル・コーラス」を見つけてきたが、これを低回転でかけると陰気でぎこちなく、悪夢のような伴奏を轟かせたうえ、調子外れのガストンのハミングでさらに不快なものになった。

三人の男の関係は初めからぎごちなかった。ドゥーガルはおどけ気味だった。「ホイ、この野郎。いざっ、悪党め」などと彼は言うのだった。

マクダフを演じるモートンはこうした挑発に反応しなかった。彼は不気味なほど礼儀正しく、大いに不機嫌だった。ドゥーガルが彼に向かって剣を振り回してバランスを崩し、目の色を変え、青くなって自分の剣を追ったとき、モートンはわずかに冷笑を浮かべた。ドゥーガルがとうとうよろけてドサッと尻もちをつくと、冷笑は大きくなった。

「バランスだ！」とガストンは怒鳴った。「何度言ったらわかるんだ？　武器のバランスを崩せば身体のバランスも崩れて、今みたいな馬鹿げたことになる」

ドゥーガルは立ち上がった。クレイモアをついて、やっこらさと。

「こらっ！」ガストンは叱った。「クレイモアは丁寧に扱うものだ。床について立ち上がるなんてけしからん」

「たかがダミーだろ。どうして丁寧に扱わなきゃならんのだ」

「本物のクレイドへムモアと同じ重さなのだ」

「それがどうした？」

「もう一度！　始めからだ。もう一度。立て！　弱虫めが！」

「私は慣れていないんだ」ドゥーガルは胸を張って言った、「こんなふうにあしらわれるのには」

「慣れていないって？　それは失礼、サー・ドゥーガル。それなら言わせてくれ、わし、ガストン・シアーズは気取ったダンス教師のように振る舞うのに慣れていない。わしがおまえさん方に殺陣《たて》を教えるのを承諾したのは、この決闘が本物のクレイドへムモアの正確なレプリカを使って、目の肥えた観客の前で行われることになっているからだ」

「私に言わせれば、決闘は演技のほうがいい。決闘全体が。ああ、わかった、わかったよ」ガストンの顔に現れたただならぬ表情を見てドゥーガルは言い直した。「降参だ。始めよう。さあ来い」

「さあ来い」とモートンも言った。「言語道断の残忍な悪者めが（『マクベス』第五幕第八場。マクダフのセリフ）」

バシッ、ガーン。モートンのクレイモアが振り下ろされ、マクベスの盾にぶつかった。「ダ、ダン――離れて」ガストンが叫んだ。「マクベスはさっと動く。マクダフは刃の上を飛び越える。ダ、ダン。よくなった。進歩だな。リズムが身についた。さて今度は少し速くやってみよう」

「速くだって！　冗談じゃない。俺たちを殺す気か」

「君たちは武器を農夫みたいに扱ってる。さあ、どうするか見せてやろう。剣をよこせ」

ドゥーガルは両手を使ってクレイモアを彼に投げた。ガストンは見事な手際で剣を柄で受け取め、くるりと回すと剣先をドゥーガルに向けて構えた。

「ほらな！」彼は怒鳴った。「ほれ、ほうれ」彼は突きを入れてグリップを変え、武器を上へそして下へと走らせた。

ドゥーガルは横へ飛び退《しさ》った。「なんてこった！」彼は叫んだ。「いったい何をやってるんだ？」

顔を大きくしかめて、ガストンは重いクレイモアを持ち上げて型どおりの刀礼をした。

「武器を正しく取り扱っているのだ、サー・ドゥーガル。終わる前には君にもできるようになるはずだ」

ドゥーガルはささやいた。

「なんだって？」

「ガストン、君の力は悪魔並みだ」

「そうじゃない。力の問題というより、バランスとリズムの問題なのだ。さあ、最初の応酬のテンポをやってみよう。さよう、テンポだ。それ」

彼は儀式ばってクレイモアをドゥーガルに渡し、ドゥーガルは受け取り、何とか持ち上げて刀礼の形をとった。

「そうだ。進歩している。ちょっと待った」

彼はレコードプレイヤーのところへ行って、回転数を変えた。「さあ聞け」と彼は言い、レコードをかけた。容赦ないスピードを取り戻したことに大喜びしたかのように、アンヴィル・コーラスが鳴り出した。ガストンはレコードを止めた。「これが正しいテンポだ」彼はモートンに向き直った。「用意はいいか、モートン君」

「ＯＫです」

「ではキューを頼む」

「言語道断の残忍な悪者めが」

今度の決闘は本物だった。リズムもテンポも音楽にあっていた。一分十五秒の間、すべては上々で、終わったときふたりは汗びっしょりになり、息を切らして武器に寄りかかり、コメントを待った。

「よし。ミスもあったが大したものではなかった。さて、ウォームアップが済んで調子が出たところで、もう一度やってみよう、今度は音楽なしで。そうだ。疲れは取れたか？　よし」

「取れていないぞ」ドゥーガルは息をはずませた。

「今日はこれが最後だ。さあ、私が拍子を取る。音楽なしで。キューからだ」

「言語道断の残忍な悪者めが」

「ガン。休止。ガン。休止。それからガーン、ガーン、ガン。休止」

ふたりはかろうじてやり通し、終わったときはへとへとになっていた。

「よくできた」とガストンは言った。「お疲れさん。明日、同じ時間に」

彼はお辞儀をして出ていった。

モートンは湿っぽい黒い巻き毛と汗で光るモジャモジャの胸毛をタオルでごしごし拭いた。黄褐色がかかった白い皮膚、汗みずくで荒い息をしているサー・ドゥーガルは、自分のタオルに手を伸ばし、そっと胸をぬぐった。

「俺たちはやったぞ」彼は言った。「へばったが、やった」

モートンはうんとうなり、シャツとセーターを着た。

「温かい格好をしたほうがいいぞ」彼は言った。「風邪をひかんように」

「夜、夜、また夜。考えてみたかい」

「ああ」

「いったいなぜこんなことをやってるんだ！　なぜ服従してるんだ！　自問してるよ、なぜ、とね」

モートンは鼻を鳴らした。

「僕はペリーに話すつもりだ。保険を掛けるように要求する」

「自分のどの部分に？」

「全部だ。これは馬鹿げてる。いい演技だけでも観客に息もつかせない劇を見せられるのに」

「代わりに僕たち自身が息もできなくなってるわけだ」モートンは言って立ち去った。これまでに彼らが交わした、最も会話らしい会話だった。

これで一週目のリハーサルが終わった。

2　第二週

I

ペレグリンはダンカン王暗殺に引き続く混乱までのブロッキングを済ませていた。このあと唯一の幕間《まくあい》（劇の休憩時間。インターミッション）が入る。

リハーサルはうまくいっていた。魔女が絞首台の死骸を貪り食うオープニングシーンは上々だった。ランギは横棒に座って、死骸の頭をがつがつ食べていた。ブロンディはウェンディの背中に乗って足に取りかかっていた。稲光。一瞬の後、雷鳴。彼らは猛禽のように飛び降りる。セリフ。そして彼らは飛び上がる。閃光が空中で彼らをとらえる。暗転、そして魔女たちは絞首台から飛び降りる。

「さて」とペレグリンは言った。「アクションは正確だ。感謝するよ。あとは照明次第だが、絶対にぴったりでないと。魔女たちが落ちる前をとらえるんだ。君たち魔女は飛び降りてしゃがみ、暗転したらすばやく移動する。いいかい？」

「もっと離れていていいかな？」ランギが尋ねた。「飛び上がる前に。そうしないと重なって落ちることになりかねない」

「そうだ。ギャーギャーいう叫びに応えるときに位置について。ウェンディ、君は声を聴いたら一番離れた位置につく。ブロンディ、君は今いるところだ。そしてランギ、君は絞首台のすぐ下から叫び声に応える。鴉だと思えばいい。大鴉だ。そうそう、それでいい。次のシーンへ行こう」

これが初めての半通し稽古だった。非常に難しいことはわかっていたが、ペレグリンはできるだけ早いうちに、キャストに全体の感じをつかんでほしかったのだ。王がやって来る。（第一幕第二場）堂々たる態度。見事な登場ぶりだ。石段の上で立ち止まる。下で領主たちが動く。血まみれの軍曹は地上で観客に背を向ける。王は立派だったが、また悪い癖が出た、とペレグリンは考え、劇を中断させた。

「惜しいな、君」彼は言った。「ここに余分な動きがある。わかるかい？ 領主たちは君の後ろでくるりと回る。血まみれの軍曹の戦況報告を聞く。いいか？」

王は手を挙げ、心持ち首を振った。「すまん。君の言うとおりだ」彼は潔く応じた。血まみれの軍曹は正面を向き、端役に与えられたセリフを絞り出すべく、休んだり喘いだりしながらしゃべり始めた。

それが終わるとペレグリンは言った。「ねえ君、君は気絶しないように、うめかないように必死になってるんだ。まだ十分にできていないが、がんばってくれ。だんだん小さくなる声を必死になって張り上げる。『鷲が雀に、ライオンが兎に』ひるむ程度にしかひるまない、というちょっとしたジョークまで言ってみせたところでカット。『ああ気が遠くなりそうだ、傷がとても痛みます』へ行く。君は最後の力を振り絞って敬礼する。手が身体の横に落ちて、血がついているのが見える。助けを借りて運ばれていく。だがやりすぎないようにな。がんばれ。あとでもう一度やってみよう。はい、次へ行こう」

王は石段の上に戻る。ロスが興奮して入場し、逆臣コーダーの敗北を伝える。王は彼の処刑を決め、コーダー領主の称号をマクベスに与えることを宣言する。ペレグリンはこの場面を骨格のみに削り込んだ。彼はいくつかメモを取ると、すぐに魔女のシーンへ進んだ。

一番目の魔女の見せ場で、アレッポへ行った船乗りうんぬんの長いセリフがくる。そしてダンス。膝を曲げ、顔を歪めて。そして眼、舌。これはうまくいくぞ、とペレグリンは考える。太鼓と木笛、そして退却する兵隊の音が舞台の奥から聞こえてくる。とても不気味だ。マクベスとバンクォー登場。魔女たちは床面でひと塊になって動かない。マクベスは見事だ。勝利した将軍——栄誉ある姿、血色がよく、自信に満ち、勝利の喜びに輝いて。そこで彼は邪悪な存在と正面から向き合い、まだ知らぬ称号で呼びかけられる。隠されていた夢が突然現実味を帯びる（魔女たちはマクベスが王となることを予言する）。嫌悪をもよおす偽りが実体を持つ。彼は妻に手紙を書き、自分の到着前に着くように送る。

マクベス夫人登場。マギーはまだ手探りでこの役を演じているが、彼女の意図に疑問の余地はない。彼女は慎重に事実と向き合って選択したのである。正義を退け、悪を熱烈に受け入れることを。彼女は今、夫に王殺し断行の決意をさせるという途方もない仕事をやり遂げるべく、身構えている。これまでの話はただの話に過ぎなかったものの、マクベスの病的なほど鮮明な想像力のおかげで悪夢のようなリアリティがあったことを、彼女は十分に承知していた。

劇は急ピッチで進んでいく。華やかな祝いの宴席。マクベスの笛吹き、料理やワインの大瓶を手に歩き回る召使たちを尻目に、マクベスは崩れかけていた。誰よりも輝いているはずの偉大で勇壮な領主は、情けない失敗をする。王を歓迎する席にいなかったのだ。マクベス夫人は席を外して彼を探し、王が呼んでいると伝えるが、彼の答えは例の計画は取りやめだ、というものだった。ありきたりの理由を付け加えて。

もう時間がない。彼女は力を振り絞って、国王殺害の策略を夫に（そして観客に）明かす。手早く、執拗に、そして明瞭に。マクベスの心に火がついて、彼は「心は決まった」と言い、地獄への道を歩むことを決意する。

シートンがクレイモアを持って、影の中に現れる。彼はふたりの後について退場する。召使が王の寝所の外壁にある燭台の松明《たいまつ》のみを残して、明かりをすべて消す。しばらくの間があり、その間に夜の音が忍びよる。コオロギとフクロウの鳴き声。膨張する木が突然発するパチっという音。明かりがついていてもほとんど見えない幽霊のような姿が上段に現れて王の部屋に入り、心臓が一、二回拍動する間、中にいて、再び舞台に現れ、影の中へ滑り込むように消える——マクベス夫人だ。

舞台面の奥の戸が開いてバンクォーとフリーアンスが登場し、繊細で美しい夜の場面が続く。

（第二幕第一場）

ブルース・バラベルはすばらしい声の持ち主で、その声の使い方を熟知していたが、ことさら「美しい声」を出しているわけではない。声帯と共鳴器の組み合わせで発せられる天性のもので、聞く人をゾクゾクさせるのだ。彼が空を見上げただけで、今が夜であり、天が倹約して星の明かりを消していることが観客にはわかる。彼は真夜中過ぎの不安な弱い緊張を感じ、シートンの長身の影に伴われたマクベスの登場にギョッとする。

あの不気味な三姉妹の夢を見た、とバンクォーは言う。やつらのことは忘れていた、とマクベスは言い、相手の神経を逆なでするかのように、時間のあるときにそのことについて話したいと続ける。話す？　何について？　この話はバンクォーの「名誉になる」はずだ、とマクベスは胸の悪くなるような言い方で続け、バンクォーはすぐに自分の名誉が失われない限り「相談に乗ろう」と応じる。

ペレグリンはそうそう、それでいいのだと考えた。バンクォーとフリーアンスが退場するとき、彼はそっと拍手した。バンクォーにわかる程度の拍手を。

マクベスはひとりになった。殺人への道、石段を昇り始める。幻覚だとわかっている短剣を追って、一段、また一段と。鐘が鳴った。「聞くなよ、ダンカン」

ドゥーガルは長セリフがあやふやだった。彼は台本なしで始めたが、どんどんプロンプターに頼っていき、付けられたセリフが聞き取れずに「何だって！」と怒鳴り、かんしゃくを起こして、とうとう台本を手に取ってやり直した。

「まだこのセリフが入っていないんだ」彼はペレグリンに向かって叫んだ。

「わかったよ。落ち着いて読んでくれ」

「まだダメなんだというのに」

ペレグリンは言った、「よし、ドゥーガル。長ゼリフの終わりまでカット。興奮しないでくれ。最後のセリフを言って、退場だ」

「おまえを天国か地獄へ招くのだ」ドゥーガルは吐き捨てるように言って、石段の上のドアから足を踏み鳴らして退場した。

マクベス夫人が舞台面へ再登場する。

マギーのセリフは完璧だった。マクベス夫人は飲んだワインで上気しており、極度に緊張していてわずかの音でも飛び上がるほどだったが、自分とマクベスをコントロールしようという鉄の意志を持っている。セリフのきっかけでドゥーガルが再登場したとき、彼はまた自分の役になりきっていた。

彼が舞台面まで降りてくると、ペレグリンは心底ホッとした。

「俺はやったぞ。音が聞こえなかったか？」

「フクロウが鳴いた鋭い声と、コオロギの音だけよ。あなた、何か言った？」

「いつ？」

「今よ」

「俺が降りてきたときか？」

「そう」

「聞け！　次の間には誰が寝ている？」

「ドナルベインよ」

「なんて情けないざまだ」

「情けないざまだなんて、馬鹿げてるわ」

彼女は夫をちらりと見る。彼は返り血を浴びて立ち、眠りについて語る。彼女は夫が王の従者ふたりの短剣を手にしているのを見てぞっとする。彼は短剣を部屋に戻すのを拒む。彼女は二本の短剣をもぎ取って部屋への石段を上る。

マクベスはひとりになった。無限の恐怖が砕ける波のように押し寄せる。彼の手が触ると大海原が朱に染まり、青が深紅になる。

マクベス夫人が戻ってくる。

マギーとドゥーガルはこの場面を何度も稽古しており、形になってきていた。マクベス夫妻の性格は正反対だ――彼は神経がピリピリしており、現実となった悪夢のような殺人以外は何も考えられず、自分がやったことの恐怖に慄《おのの》いている。彼女は自制力があり、自らを鍛錬していて、論理的で、彼の制御不可能な想像力がもたらす恐ろしい危険に気づいている。「こういうことをそのように思い出してはいけません。私たちは気が狂ってしまいます」

やったことは少しの水できれいになる、と彼女は言い、身体を洗わせるために——何ということ——夫を連れて退場する。

「そこでひとまずストップ」ペレグリンは言った。「気づいたことはたくさんあるが、順調にいっている。さあみんな座って」

彼らは劇場にいた。舞台は作業灯だけになっており、静まった館内は空虚で、そこに何が注ぎ込まれるのかと皆は期待に満ちて待っていた。

舞台監督とアシスタントは、主だった俳優たちのためにステージの上に椅子を並べ、他の俳優たちは階段に座った。ペレグリンはプロンプト台にメモを並べ、手元ライトをつけて座った。

彼は一、二分かけてメモを黙読し、順序を確認した。

「ここ、蒸し暑いわね」マギーが出し抜けに言った。「息が詰まりそう。そう思わない?」

「天気が変わったんだ」ドゥーガルが言った。「ずいぶん暖かくなった」

ブロンディが言った、「ひどい雷雨にならないといいけれど」

「どうして?」

「背筋がぞくぞくするの」

「魔女らしくもない!」

「電気なのよ。身体中がチクチクするの。どうしようもなく」

迫りくる雷鳴が驚くほど近くで鳴り始め、突然大きく轟いた。ブロンディは悲鳴を上げた。「ごめんなさい！」彼女は言った、「ごめんなさいね」彼女は耳に指を突っ込んだ。「どうしようもないのよ。ほんとに。すみません」

「気にしないで、ブロンディ。こちらへいらっしゃい」とマギーが言った。

彼女は手を差し伸べた。ブロンディは言葉というよりそのしぐさに反応してステージを横切り、マギーの椅子の横にうずくまった。

ランギが言った、「本当だよ、人によってはこんな反応が起きるんだ」

ペレグリンはメモから目を上げ、「どうしたんだ？」と尋ね、ブロンディに目をやって言った、「ああ、わかった。気にするな、ブロンディ。稲妻は見えないし、嵐はすぐやむよ。さあ、シャッキリして」

「ええ、わかったわ」

彼女は背を伸ばした。マギーが彼女の肩を軽くたたいた。彼女の手は突然止まり、閉じた。彼女は他の俳優たちを眺め、もの憂い表情になって、少しの間空いているほうの手を彼らに向かって震わせた。

「寒いの？　ブロンディ」マギーは尋ねた。

「寒くはないわ。大丈夫よ。ありがとう。アッ！」彼女は小さな叫び声を上げた。

また雷が鳴り出した。あまり近くはなく、突然でもなかった。

「遠くなっているわ」マギーは言った。

三回か四回、ズシン、ドンという音がして、雷はやんだ。すると何の前触れもなく、天の底が抜けたような土砂降りになった。

「『序曲開始。俳優は位置について』」とドゥーガルは引用し、笑い声が上がった。

一時間ほどたって、ペレグリンがメモを見ながらのダメ出しを終えた頃、雨は降り出したのと同じくらい突然やみ、俳優たちは雨に洗われた大気の上に星が輝く静かな夜の中へ散っていった。ロンドンは煌《きら》めいていた。緊迫感と興奮に満ちていて、ペレグリンがブランデンブルグ協奏曲の冒頭部を口笛で奏でると、オーケストラ全体が曲を演奏しているように聞こえた。

「マギー、僕のマンションへ来いよ」とドゥーガルは言った、「このすばらしい夜にすぐ家に帰るなんてもったいない」

「いえ、やめとくわ。疲れてお腹がすいているし、呼んだタクシーがもう来ているのよ。おやすみなさい」

ペレグリンは皆がそれぞれの道をたどるのを見守った。まだ口笛を吹きながら、駐車場へ歩いていく途中、川岸にあったオンボロの建物ががれきの山になっているのに初めて気づいた。

「取り壊されていたとは気がつかなかったな」とペレグリンは思った。

翌朝、ショベルカーを操縦していた労務者ががれきの中の石についた黒い傷を指さした。

「わかるかい?」と彼は陽気にペレグリンに向かって言った。「あれは悪魔の指の痕だよ。あまり見ないね。最近は」

「悪魔の指だって?」

「そうだよ、旦那。雷が落ちた痕だ」

Ⅱ

サイモン・モートンはマクダフの役を手中に収めていた。彼の浅黒い美貌、レノックスとともに登場したときの門番へのからかい、王を眠りから起こす世襲権の強調、レノックスが火に当たって夜のひどい荒れようを話す間、口笛を吹きながら血みどろの部屋へと石段を上る陽気さ――そのすべてが彼に勢いを与えていた。（第二幕第三場。次いで彼はダンカン王が殺されているのを発見する）

マクベスは耳をそばだてていたが、マクダフにではなかった。

ドアが開く。マクダフがよろめいて出てくる。取り乱し、たった今の朗らかな男は殺人者の手に撫でられたように真っ青になって。騒ぎが巻き起こり、凶事を知らせる鐘が鳴り、舞台は突然暗殺の衝撃で大混乱となる。眠りからたたき起こされ、寝間着の上にあわててガウンをまとい、取り乱してひどい身なりの男たちで中庭はいっぱいになる。鐘は気が狂ったように鳴り続ける。

この場は王の息子たちの逃亡で終わる。この幕切れの短い場で、マクダフはすでに疑念を抱いており、マクベスの戴冠式が行われるスクーンへは行かず、自分の領地であるファイフへ帰る。彼が方向を変えて南のイングランドへ逃亡するという不運な決断をしたのはこの地であって、彼はイングランドで妻と子供たちが殺されたことを知るのだ。それからというもの彼の目指すところはただひとつとなる。スコットランドに帰り、マクベスを探し出し、殺すことだ。

バンクォーが殺害されると、マクダフは動き始めて、終末は避けられぬものとなる。

モートンはドゥーガルと続けていた殺陣《たて》の稽古に熱中していた。ガストンの提案で彼らはふたりとも実際の戦闘に加えて精力的に体力トレーニングに励んでおり、ハラハラするほど見事に武器を旋回させ、振り下ろすなど、武器の使い方にも熟達してきた。鋼鉄製のレプリカは完成し、彼らはそれを使っていた。

　嵐の翌朝、ペレグリンは早い時間に劇場へやって来て、彼らが熱心に稽古しているのを見た。青い閃光がひらめき、クレイモアがビュンビュン鳴った。俳優ふたりは一か所から別の個所へとすばやく移動し、ときおりうなり声を上げていた。武器を両手で使えるよう、盾は前腕部にしっかりと固定されていた。ペレグリンは強い不安を覚えながら彼らを見守った。

「ふたりとも敏捷だろう？」ガストンは彼の後ろにぬっと現れて尋ねた。

「すごいな」とペレグリンは不安気に頷《うなず》いた。「一週間見ていなかった。安全だといいが。全体的に見て。安全だと！」ペレグリンは金切り声をあげて繰り返した。マクダフが剣を振り下ろし、マクベスが飛び退いてすれすれのところで攻撃をかわしたのだ。

「間違いなく安全だ」ガストンは言った。「私の名誉がかかっているからな。あ、ちょっと失礼。よくできた、おふたりさん。今朝はこれで終わりにしよう。ご苦労さん。ジェイさん、行かないでくれ。安全かというあなたの言葉で思い出した。大道具の寸法と位置にはもちろん変更はないだろうね。本番のときは確実に同じ位置にあるわけだな？」

「そうだ」

「よかった。一インチの違いもないといいが？　俳優のフットワークは細心の注意を払って稽古してきたんだ。ダンスのように。これを見てくれ」

　彼は舞台の平面図を取り出した。非常に精巧な図で、数えきれないほどのマス目に分割されていた。

「むろん気づいているると思うが、ステージはこの図と完全に同じように分割されている。たとえばマクダフが右上から左下に剣を振り下ろし、マクベスがこれをかわして下の段に寄りかかるようにと言うとするなら、こうなる」ここでガストンは声の調子を上げて叫んだ。「マクダフ！　右足を十三Bに。クレイドへムモアを振り上げて――九〇度動かして十二へ振り下ろす。ア、ワン。ア、ツー。ア、スリー。それから……」

彼は数秒この不可解な命令を続けた後、いつもの低音に戻って言った。「わかるだろう、君、マス目が少しでも狂っていると、言ってみれば相手の足をぶった切ることになる。いや、これはオーバーで、ぶっ潰すというほうがいい。そんなことが起きてほしくはなかろう？」

「もちろんだ。しかしガストン君、誤解しないでくれよ。このプランはすばらしく巧妙で、息を飲むような効果があるが、別のやり方でも同じような結果が得られるのではないか、たとえば――」

彼はそれ以上何も言えなかった。ガストンの顔が真っ赤になるのを見たのである。

「『まがいもの』の殺陣《たて》をやれというのか？」ガストンは詰問し、ペレグリンが答える前に言った。「もしそうなら私はこの劇場とはおさらばだ。武器を引き上げて、このクソ芝居は馬鹿げた殺陣《たて》を観客に見せるとタイムズ紙に投稿してやる。さあ、イエスかノーか？」

「イエス、いやノーかな。どちらなのかわからんが、ガストン、頼むからそう気楽に出ていかないでくれ。君が安全だというなら、君の権威を認めるよ。保険を掛けられるよう業者と相談してみよう」

彼はあわてて付け加えた。「それには反対しないね？」

ガストンは仰々しく、だがあいまいに手を振った。彼は舞台に上がって、俳優たちがフェルトの容器に入れておいた武器を集めた。「私は武器の管理を任されている」とガストンは説明した。「毎日持ってくるのだ。さて、私は失礼して――」

「ありがとう、ガストン」ペレグリンは安堵して言った。

Ⅲ

ペレグリンは劇場の雰囲気が少し変わってきたことを、自分にだけは認めないわけにはいかなかった。リハーサルがうまくいかなかったのではない。全体的に大変うまくいっていた。当然予期される俳優たちの間の感情的な衝突以外は。これにかけてはバラベルが一番目立っていた。彼はわざわざステージに出てきて、俳優の様々な動きにイチャモンをつけ、口論を始めるのだ。ペレグリンは概して辛抱強く賢明な演出家で、怒りを爆発させるのは、いよいよとなって、それがいい結果をもたらすと考えたときだけだった。バラベルと接点を持ったことはこれまでなかったが、彼がトラブルメーカーだとわかるのにたいして時間はかからず、今朝それをあらためて確認することになった。バラベルはニーナ・ゲイソーンと一緒にやって来た。彼は見事にコントロールされた美声をごく低くし、ニーナの腕を取っており、ニーナの色褪せた素直な顔には、触れてはならない話題について、悪趣味だが興味がある話を聞いている小学生を思わせるような表情が浮かんでいた。

「誰も予期しなかった……」と例の声がそっと打ち明けた。「僕らは座っていて……」ここで声はほとんど聞こえなくなった。「……集中して……本当に驚くくらい……」

「本当に?」

「……ブロンディは……カチカチになって……」

「そんな！」

「本当だよ」

彼らは舞台のアーチをくぐり、ペレグリンに出くわした。

気まずい沈黙があった。

「おはよう」ペレグリンは陽気に挨拶した。

「おはよう、ペリー。いや、その――おはよう」

「昨晩の嵐の話をしていたんだろ」

「ああ、そうそう、その話をしていたんだ。ひどい嵐だったと言っていたんだよ」

「私は気がつかなかったわ」ニーナは言った。「ちゃんとはね」

「川岸の古い小屋が潰れているのに気がついたかい？」

「ああ！」バラベルは豊かな声調で言った、「それだったんだ！　何か違うと思った！」

「雷が落ちたんだ」

「何てこった！」

「嵐の中心だったのね」

「でもこの劇場じゃなかった」

「そうそう」彼らはふたりとも熱心に同意した。「われらの劇場じゃなかった」

「ブロンディのことを聞いたかい？」

ニーナが何かぶつぶつ言った。

「ブロンディは雷が嫌いなんだ」ペレグリンは言った。

「大気中の電気さ。僕の母親もそうだ。彼女は七十歳で元気だけれどね」

「そうなの?」ニーナが言った。「すてきじゃない」

「ピンピンしているが、激しい雷雨が来ると電気にやられるんだ」

「なるほどね」とバラベルは言った。

「珍しいことじゃない。猫の毛がパチパチいうようなものだ。ところでニーナ」ペレグリンは彼女の身体に腕を回して言った。「午前中にマクダフの子供のオーディションに男の子が三人来るんだ。一緒にあのシーンをやってもらえないかな? これが三人の写真だ。見てくれ」

彼はスポットライト誌の子役の部を広げた。三人の子役が掲載されていた。うち二人はあきれるほど着飾っており、無邪気な表情はしていたものの、うぬぼれを隠しきれてはいなかった。三人目はまともな服装をしており、微笑ましい小生意気な顔をしていた。

「この子、見込みがあるわね」ニーナは言った。「抱きしめられるような気がするわ。写真を撮ったのはいつかしら」

「さあね。彼の名はウィリアム・スミスで、ちょっと惹かれる。他の子は、わかるようにウェインとセドリックだ」

「ゾッとしそうな子たちね」

「たぶんね。でもわからんよ」

「会わなければならないわ」とニーナは言った。彼女は自制心を取り戻し、もうバラベルつまりバンクォーとは関わりを持たないと決心していた。

支配人のオフィスの女性がやって来て、少年たちが親に付き添われて到着したことを伝えた。

「リハーサル室でひとりずつ会おう。ニーナ、来てくれるかい」
「ええ、もちろんよ」
ふたりは一緒に出て行った。

少しの間バラベルはひとりになった。彼は自薦して俳優組合の一座代表をしていた。俳優のほとんどはこの仕事を好んでいなかった。仲間の俳優に組合費の支払いがまだだと言ったり、劇場経営陣による違反――推定されるものであれ、本当のものであれ――を申し立てたりするのは、気持ちのいいことではないが、ドルフィン劇場は誠実さからいっても、堅い「家族の絆」があることからいっても、そんなトラブルに巻き込まれることはなさそうだ。

バラベルはレッド・フェローシップと呼ばれる過激な左派グループに属していた。体制的だったり劇場を儲けさせたりすることに反対であること以外、このグループが何を目指しているのか誰も知らないようだった。ドゥーガル・マクドゥーガルは反対に極端な右派で、ジャコバイト僭王の復位（ジャコバイトは一六八八年イングランドで起こった名誉革命の反革命勢力の通称。追放されたステュアート朝のジェイムズ二世およびその直系男子を正統な国王であるとして、その復位を支持した。運動は細々ながら現在まで続いている）と死刑の復活を狙っていると、もっぱらの噂だった。

バラベルは自分の思想を口外しなかった。ペレグリンは彼の過激思想にぼんやりと気づいていたが、演劇以外にはまったくのノンポリだったため、たいして気にもしなかった。

他のキャストも同様にノンポリだった。

したがって一座の俳優組合代表を選ぶ段になって、バラベルが前にやったことがあるから、もしよければ引き受けようと言ったとき、喜んで彼を組合の一座代表につけた。俳優組合は政治色のない組織で、どんな意見の人間でも受け入れるのだ。

他の俳優たちがバラベルに無関心だったとしても、バラベルは彼らに無関心とはとうてい言えなかった。彼はキャストのリストを持っており、いくつもの名前の横に小さなマークをつけていた。ドゥーガル・マクドゥーガルの名前は枠で囲まれていた。バラベルはしばらくの間、首をかしげてそれを眺めていた。そしてその横にクェスチョンマークをつけた。

午前中のリハーサルに出る残りのキャストが到着した。ペレグリンとニーナは初々しい顔をした子供を連れて戻ってきた。

「こんなに早く配役が決まったのは初めてだ」ペレグリンは言った。「みんな、これがウィリアム・スミスだ。マクダフの息子だよ」

男の子はにっこり笑った。うれしげな表情から魅力的な表情へと変わって。

「こんにちは、ウィリアム」サー・ドゥーガルは挨拶した。

「こんにちは、おじさん」ウィリアムは答えた。母音は完璧で、取り繕ったところはまったくなかった。

「お母さんは一時間で迎えに戻ってくるんだ」ペレグリンは言った。「あそこに座って、ウィリアム。リハーサルを見てごらん」

ウィリアムはニーナの横に座った。

「今朝は新しい場面をやる」とペレグリンは言った。「バンクォーの亡霊が出てくる宴の場だ。亡霊について説明しよう。バンクォー、君は仮面をつける。ぞっとするような仮面だ。口は開いていて血が流れている。着衣を着替える時間はある。君には吹き替えがいて、もちろん仮面をつけている。テーブルの下は偽の表面になっていて、どっしりした彫刻が施された脚が本物そっくりに描かれ、間が黒く塗られていた。君と吹き替えはその後ろに隠れている。君の椅子はテーブルの上座にある」

「さて、マクベス夫妻の衣装だ。夫人は服の一番下まで縫い付けられたたっぷりした袖の衣装を着ている。夫人が『歓迎の心がないと宴は空っぽになります』と言って手を差し伸べる。彼女は例の椅子の前に立って、これを隠している。マクベスは彼女のところへ行って『よくぞ気がついてくれた』で彼女の手を取って接吻する。少しの間ふたりは椅子を完全に隠してしまう。そのときバンクォーはテーブルの下から滑り出て椅子に座る。ここはスピードが肝心だ。バンクォー、君はマクベスを背にして、頭を垂れる。マクベス夫妻は君の右側に動く」

「マクベスが『どこに?』と言ったとき、バンクォーは振り向く。そこでマクベスは気づく。クライマックスだ。バンクォーの様子はまさに亡霊そのものだ。血に染まった髪、かき切られた喉笛、突き刺された胸、身体全体が血まみれだ。『お食事を続けて、主人のことは気になさらないでください』とマクベス夫人が言うと、領主たちはいささか戸惑いながら従う。彼らは食べ、互いに小声で話す。静かにやってくれ。マクベスはたじろいで左に動く。マクベス夫人が続く。マクベスの『俺は平気だ』でバンクォーは頭を元に戻して前に倒す。そして立ち上がり、左方向に出ていく。ここは難しいぞ。君たち領主にはバンクォーが見えない。もう一度言うよ。君たちにはバンクォーが見えないんだ。君たちにほとんど触るくらいのところにいるんだが、君たちにとって彼はいないんだ。君たちは皆マクベスを見ている。わかったかい？　僕の言い方が早すぎたら、そう言ってくれ」

「ちょっと待ってくれ」とバンクォーが言った。そら始まった、とペレグリンは考えた。「なんだい、ブルース?」と彼は尋ねた。

「そのまがいもののテーブルの下には、どのぐらいスペースがあるのかな」

「十分あると思うよ」

「それで、どうやって見るんだ」

君の眼で見るんだ、とペレグリンは言いそうになったが踏みとどまった。「仮面は今、念を入れてデザインされているところだ」彼は説明した。「仮面といっても、頭にすっぽり被る頭全体の被りものなんだ。目の穴は大きく作られていて、君の目の周りは塗りつぶされている。ガストンは見事な図面を見せてくれた。彼は君の顔の型を取って仮面を作ることになっている」

「何とまあ」

「血だらけのマントが仮面の首にしっかり取り付けられていて、あちこち破れている」

「全部見せてほしいな、ペリー。それを身に着けてリハーサルをしたい」

「もちろんやってもらうよ。うんざりするほどね」

「それはありがたいな」と美しい声が滑らかに言った。

「他に質問は？　ない？　ではやってみよう」

彼らは最初はゆっくりと、そしてだんだん早くやってみた。何度も何度も。

「うまくいきそうだな」やっとペレグリンは後ろに座っていたニーナに言った。

「うまくいくわ。ペリー。いくわよ」

「では亡霊の二回目の登場へ進もう。サー・ドゥーガル、君は錯乱し、混乱して、自分の秘密を告白するようなセリフを口にする。それから気を取り直して乾杯しようと言う。君は椅子の前に立って椅子を隠し、左手に盃を持って差し伸べる。ロスが盃を満たす。吹き替えはテーブルの下の位置についている。吹き替えはここにいるかい？　そうそう、トビー、君だ。君はテーブルの端まで動いている。

マクベスの腕と盃を持つ手が君に見える位置に来たら、椅子の上にそっと座る。マクベスは乾杯の音頭を取る。彼は離れて正面を向く。彼はわれわれがしないように願っていること、つまりバンクォーの名を口にする。領主たちは盃を干す。マクベスは向きを変え、舞台後方へ行こうとして亡霊を目にする。『この幻影め。行ってしまえ！』で亡霊は立ち上がる。彼はメンティースとガストンの間、それから警護の兵士たちの間を通って石段を上り、殺人のあった部屋に向かう。皆は狂ったようにわめき散らすマクベスを見ている。さて、少しずつ念を入れて稽古してみよう」

俳優たちは稽古した。自分たちがやることを台本に書き込み、少しずつ、場面全体に取り組んで、メモを取り、動きをさらい、ひとつひとつのピースを組み合わせて。ペレグリンは言った。「端役のために台無しになる場面があるとすれば、ここがまさにそれだ。君たちは亡霊を完全に無視しなきゃならない、君たちにとってはこの亡霊は存在しないんだ、というのは簡単だが、実際にそうするのはとても難しい。もし亡霊に目をやってそれに焦点を合わせないでいられればいいが、それができるのはうんと実力がある俳優だけだ。観客に亡霊の存在を納得させてゾッとさせなければならないんだ。君たちの中で一番聡明なレノックスには『では失礼します。陛下のお具合がよくなりますように』というセリフがある。次にレノックスが登場するとき、彼は自分の疑いをロスに話している。この役者は、ほんのかすかな疑いを抱いたことをこのセリフでわれわれに気づかせるんだ。やりすぎないように。『では失礼します』の後に一瞬の間を入れる、といった具合にね。動作はわかっているはずだ。確実に身に着くようにもう一度やってみて、帰ったらこの場全体をとことん考えて、一瞬ごとに何を感じているか、何をやっているかを確認するんだ」

彼らが帰った後、ペレグリンは暗殺者たちとのマクベスの場（第三幕第一場。マクベスがバンクォーの暗殺を指示する）、そしてバンクォー暗殺の場をとりあげた。

「聞いてくれ！」ペレグリンは言った。「シェイクスピアの黄金の手が君たちに贈ってくれたセリフを聞いてほしい。ここにはすべてが表現されている。日没の最後の煌《きら》めき、蹄の音、迫りくる災厄――

『西の空には昼の名残が
　薄明るい縞模様を描いている
　旅人が宿を取り遅れまいと
　足を速める』

そして蹄の音が聞こえる。音はどんどん大きくなっていく。音が止まる。小休止。馬はいなくなる。バンクォーが角灯を持って登場。ここのセリフにはうんと低い声が欲しい。ごめんよ」と彼は第一の暗殺者に言った。「このセリフはガストンにやってもらう。これは声の問題で、才能の問題じゃないんだ。信じてくれ、問題は声なんだ」

「うん、わかった」と第一の暗殺者は、ショックを受けながらも言った。

彼らは台本を音読した。

「どんぴしゃりの出来だ。シートンが両方の場に出ているのがわかるし、ここから彼はマクベスのやることに深く関わっていく。シアーズさんがこの役を引き受けてくれたのは幸運だった。彼はまさに太刀持ちだ。彼はこの劇に暗い影を落としている。彼のとてつもない武器もそうだ」

「この武器は迫りくる徴《しるし》だ」ガストンが朗々とした声で説明した。「その影は劇が容赦なく閉幕に近づくにつれて、さらに不穏な雰囲気を帯びる。それで思い出したが――」

「そのとおりだ」とペレグリンは遮って言った。「劇はどんどん暗くなっていく。常に。救いはイングランドの場にある。そこで——」彼は先を急いだが、ガストンは相変わらず凶運を語っていた。少しの間、彼らは一緒にしゃべっていたが、ガストンは話の不明瞭なクライマックスに達して、突然蛇口が閉まったように黙り込み、「じゃあな」と言って劇場を出ていった。

ペレグリンは肩をすくめた。「信じがたい人間には耐えるしかないな」彼は言った。「彼は俳優だ。会費を支払っている俳優組合の組合員なんだ。彼はあのちょっとしたセリフで僕の背筋をゾクゾクさせたし、サー・ドゥーガル・マクドゥーガルとサイモン・モートンに見る者の手に汗を握らせるような決闘をやらせている。ときどき起きる奇行には我慢するしかない」

「彼は精神的に問題があるの？」とマギーが尋ねた。

「たぶんね」

「僕だったら我慢しないな」ブルース・バラベルが言った。「ヤツを連れ戻せよ」

「彼が戻ってきたら、いったいどうすればいいんだ？　彼はあの役にまさにぴったりなんだよ。完璧に」

ニーナが言った、「個人的にひとこと言ったら？　彼に頼むのよ、あれをしないように」

「何をしないように？」

「あなたが話しているときに、しゃべり続けないようにとか」彼女は曖昧《あいまい》に言った。

「彼がそれをやったのはリハーサル初日以来二度目だ。今回は大目に見よう」

「もちろん彼が怖いのなら——」とバラベルは軽蔑するように言い、ペレグリンはこれを耳にした。

「確かに怖いよ。彼がこの劇から出ていくのが。それは潔く認める。彼は替えがきかない役者なん

「同感だ、ペリー」サー・ドゥーガルは言った。「彼を失うのはどう考えても惜しいわ」
「私もよ」とマギーは言う。

「じゃあそういうことにしよう」ペレグリンは言った。「さてウィリアム、仕上がりはどうだい。さあやろう、ニーナ。それからレノックス、暗殺者たちもだ」

彼らはうまくいっていた。ウィリアムは理解が早く、文句のつけどころがなかった。彼は少し生意気で、熱意と育ちの良さを感じさせた。彼の母親が戻ってきた。地味な服装をしており、息子に伝わった見事な母音を響かせていた。ふたりは金銭的取り決めを済ませて去っていった。彼との共演を喜んでいたニーナも帰った。ペレグリンはドゥーガルとマギーに言った。「さて、ご両人、今日はもうわれわれだけだ。演技をしっかりかためようじゃないか」

彼らはやってみた。こちらもうまくいった。上々だ。しかしこのリハーサルには、もう少し言い争いが、議論があってもいいんじゃないか、とペレグリンに思わせる何かがあった。マギーが容赦なく切り捨てたセックスアピールを使うようペレグリンは言い続けていたのだ。マギーは折り合った。ドゥーガルもこれに応じた。彼女が彼に触れたとき、実際に身震いしたほどだった。休止して議論に移ったとき、彼女は身も心も議論にのめり込み、一瞬のうちにプロとして細部の演技に取り組む女優に変身した。彼は少し遅れ、恨みがましくさえ見えた。しかし一、二秒後には、熱心に耳を傾けていた。やりすぎているほど。観客に向かってやっているように見える。何というか、マギーに対して格好をつけているようなのだ――「君のためにひと芝居打っているんだよ」と言っているかのように。
想像力を働かせすぎだ、とペレグリンは自分に言い聞かせた。この劇のせいだ、と彼は思う。火山なのだ、溶岩があふれ、粘りけを増し、そして――。あの馬鹿げた迷信がこの劇に付きまとうようになったのは、そのせいだろう。

「何か質問は?」彼はふたりに尋ねた。

「マクベスに対する彼女の性的感情なんだけれど」。マギーは言った、「初めからまったくなかったと思う、彼にやる気を起こさせるために自分の身体を使っているだけでしょう」

「まさにそのとおり。彼女は水道の栓をひねるみたいに彼をその気にさせて、反応が得られたら、はぐらかしてしまう。初めから彼の弱点を知っているんだ。どちらにするか決断できないという」

「そう。彼女のほうは悪に身をささげる。彼女は鈍感ではないけれど、悔恨の念とは完全に無縁だ。殺人の前、彼女は事態を見届けられるよう、ワインをたくさん飲み、それで大胆になれたことに満足する」とマギーは言った。

「彼女は自分に多くを要求しすぎた。それで報いを受けるんだ。台無しになったあの宴会の後で、彼女はあきらめかける」ペレグリンは言った。「マクベスはさらなる殺人を支離滅裂に語る。彼女はほとんど聞いていない。あくまで現実的な彼女は、眠りが必要だと言うんだ! 次に登場するとき、彼女は眠っていて、起きていたら絶対に言わないことを口走る。彼女は自分を追い詰めすぎた。恐怖が眠りの中からにじみ出てくる」

「その間、亭主のほうはどうなんだ?」ドゥーガルが声高に尋ねた。「いったい全体、彼女は亭主のことを考えているのか?」

「それは本に書かれていないが――いや、考えていないと思う。しばらくは彼があけるとんでもない大穴をふさごうとはするが、愛情の素振りや関心さえもゼロだろう。彼は彼女が懸念するとおりに行動する。彼女は彼に共感や慈しみを持っていない。次に登場するとき、彼、ドゥーガルは半分気が狂っている」

「よく言うよ！」

「じゃあ、取り乱している、と言おう。だが何という言葉だ！　言葉は彼の口からあふれ出す。絶望そのものだ。『歴史の最後の一瞬まで』（第五幕第五場。有名な"Tomorrow, tomorrow, tomorrow"に続くセリフ）とね」ペレグリンは言った、「この劇が飽きられることがないのは驚きだ。主役は英雄的なイメージからすればどうしようもない人物だ。魔法を生み出すのは独白だよ、ドゥーガル」

「そうだろうな」

「そうだってことは、わかってるはずよ」とマギーは明るく言った、「何をやっているか彼ははっきりわかってるのよね。そう思わない、ペリー？」

「もちろんわかってるさ」ペレグリンは心から言った。

彼らはステージに立っていた。観客席の照明は消えていたが、そこから声が聞こえた。「勘違いするなよ、マギー。ドゥーガルは何をするのか十分承知だ」そして笑った。

マクダフ役のモートンだった。

「サイモン！」マギーは言った、「そんなところで何してるの？　見ていたの？」

「入ってきたところさ。邪魔をしてすまん、ペリー。事務所にちょっと用事があったんだ」一等席の後ろの扉から長方形の昼光が入って消えた。

「ヤツはいったいどうしたんだ？」ドゥーガルは誰にともなく尋ねた。

「さあね」とペレグリン、「気にするな」

「何でもないわ」マギーは言った。「馬鹿げたことをしてるだけよ」

「馬鹿げてるとは言えないぜ、あの険悪な顔つきでにらまれて、クレイモアを顔から数インチのところで振り回されてたらな」ドゥーガルは指摘した。「それで、もし君の言うとおりなら、マギー、何の意味もないわけだ。僕は血まみれの子供同様に清廉潔白なんだから。自分で選んだわけではないが」

「彼と話してみるわ」

「慎重に言葉を選んでくれよ。ヤツを怒らせるかもしれない」

「ねえ、マギー」ペレグリンは彼女に懇願した、「できれば彼を落ち着かせてくれ。今週イングランドの場をやるから、彼にはまともでいてほしい」

その機会は翌日の午後にやって来た。マギーは夢遊病のシーンを稽古した後、ペレグリンがサイモンとイングランドの場に取り組んでいる間、劇場に留まっていた。ふたりが稽古を済ませてモートンが帰ろうとしたとき、彼女は幸運を祈りながら彼を呼び止めた。

「サイモン、すばらしいスタートよ。私の家へ来て話さない？　一杯やってちょっとした食事をしましょう。いいって言って、お願い」

彼はあっけにとられた。彼は彼女をじっと見つめ、すねたように何かつぶやき、そして言った、

「ありがとう。うれしいよ」

「よかった。コートを着なさいよ。外は寒いわ。台本は持った？　じゃあ行きましょう。おやすみ、ペリー」

「お休み、別嬪さん」

ふたりは楽屋口から出ていった。戸が閉まる音を聞くと、ペレグリンは十字を切ってつぶやいた、「幸運を祈る」彼は作業灯を消し、戸口に鍵をかけ、懐中電灯の明かりをたよりに正面玄関を出た。

ふたりはタクシーに乗ってマギーのマンションへ行った。彼女が玄関のチャイムを鳴らすと、年配の女性がドアを開けた。「ナニー」マギーは言った、「ディナーをふたり分作ってくれる？　急がなくていいの。二時間あるわ」

「スープと骨付き肉のグリルでいかが」

「すてきね」

「こんばんは、モートンさん」

「こんばんは、ナニー」

彼らは暖炉の火が輝き、座り心地のいいソファのある部屋に入った。マギーは彼のコートと帽子を持って廊下のコート掛けに掛けた。そしてかなり強い酒を一杯彼に渡して座らせた。「私、自分のルールを破ってるわ」と彼女は自分の酒を少し注いで言った。「リハーサルの期間中は、アルコール抜き、パーティなし、男性付き合いもなしなのよ。もちろんあなたは自分で承知してるわね」

「僕が自分で？」

「もちろん。ドゥーガルがセックスに関しては豪傑だとしても――そうは思わないけれど――あのスコットランドの劇をやっている最中に彼に惚れ込んだらただでは済まないわ。できる人もいるけれど、いいえ、ほとんどの人はできるかもしれないけれど、私は駄目。幸いなことに私はその気になっていないの」

「マギー？」

「本当よ」

「約束できるかい？」

「もちろんよ」

「彼は同じ見方をしてないんじゃないか？」

「あの人がどう思っているか知らないわ。でも何でもないのよ」とマギーは軽く言って、付け加えた、

「サイったら、彼がどんな人か知ってるでしょ。惚れっぽくて、飽きやすい」

「ことによったら、」彼は酒をひと口飲んだ、「そのことを彼と話した？」

「もちろん話してないわ。今のところ必要ないもの」

「彼と夕食を食べたじゃないか。リハーサルの晩に」

「食事をしたからって、熟れすぎたリンゴみたいに恋に落ちるとは限らないでしょ」

「だけど彼のほうは？」

「サイモン！　子供みたいなことを言わないで。彼は私を口説かなかったし、たとえ口説いたとしても、私には十分に対処できる。言ったでしょう。私はリハーサル中に火遊びはしないの。あなたは何でもないことに病的に嫉妬してるのよ。全然何もないんだから」

「マギー、ごめん。本当に申しわけない。まったく。許してくれ、マギー」

「いいわ。でも寝室シーンはなしよ。言ったとおり、リハーサル期間は、私は誰も歩いていない雪みたいに純白なの。ほんとよ」

「信じるよ、もちろん」

「だったら、讃美歌に出てくる誰かさんたちみたいに周りをうろつくのはやめてちょうだい。ボフィ

ン夫人が言ったように『さあ、楽にしましょうよ』（ボフィン夫人はチャールズ・ディケンズの小説『互いの友』の登場人物で、このセリフは彼女の口癖）」

「わかった」と彼は言い、魅力的な笑みが彼の表情を変えた、「そうしよう」

「クリーンにね？」

「それでいいよ」

「もう一杯やってから、若いマルコムをどう思うか教えてちょうだい」

「マルコム？　難しい質問だな。うまく演じられるようになると思うが、まだまだ努力が必要だ」

夕食の準備ができるまで、ふたりはイングランドの場を楽しく活発に議論した。

夕食でマギーはワインをひと瓶取り出した。スープは本物で、骨付き肉は最高だった。

「よかったわね」食事が終わるとマギーは言った。

「完璧だ」

「腹立ちまぎれに意地悪するなんて、お馬鹿さんだったわね、サイモン。あと半時間暖炉の前でくつろいだら、帰るのよ」

「君がそう言うんならね」

「きっぱり言うわ。これから夢遊病のシーン（第五幕第一場。マクベス夫人が眠ったまま歩き、殺人の恐怖を語る）に取り組むの。夢遊病者の声をものにしたいのよ。死人のようで、抑揚がなくて、金属的な声。うまくいくと思う？」

「思うよ」

彼女はサイモンを見て考えた。黒いカールしたふさふさの髪と滑らかな肌で彼がどんなに美しくロマンティックに見えるか、それなのに馬鹿げた嫉妬をしているのは何とも残念だ、と。彼の口を見ればわかる。どうしてもやめられないのだ。

彼が帰ろうとして腰を上げると彼女は言った「おやすみなさい、サイモン。ドゥーガルに八つ当たりしないでね。馬鹿げてるからよ。八つ当たりする理由なんて何もないんだから」

「君がそう言うんなら」

彼はマギーの腕を取って抱いた。彼女は彼にさっとキスして身を引いた。

「おやすみ、サイモン」

「おやすみ」

彼女が玄関の戸を閉め、外でひとりになると彼は言った。「でもやっぱり、サー・ドゥーガル・マクドゥーガルのちくしょうめ、だ」


木曜日の朝、雰囲気はさらにはっきりと変わっていた。陰気ではない。重苦しく、不安げになっていた。あの雷雨の日みたいだ、とペレグリンは考えた。閉所恐怖症的で、何かを待ち受けて、息詰まるような。

ペレグリンはブロッキングを終えた。金曜日までにはキャストは劇全体を続けて稽古していた。一座の人々の振る舞いには容易に目につく変化があった。普通俳優は自分の出るシーンが終わると不安になるか解放感を感じるかだ。彼あるいは彼女はセリフをもう一度頭の中で復習し、うまくいかなかった部分をチェックしてやり直し、うまくいったセリフには、言ってみれば印をつける。俳優はその後それぞれの気質や性向によって、物陰に消えたり、職業的な興味にひかれて舞台をしばらく見たり、新聞や本を読んだりする。

今朝は違っていた。俳優たちは一緒に座り、これまでにない熱心さで舞台を見、セリフや音を聞いていた。まるで各人がずっと役を演じ続けており、他の現実は存在しないかのように。ブロッキングは終わっているがまだ充分に役作りされていないシーンでさえ、真実が現れ、人物が約束された終末に向かって進んでいくのを知っている、高ぶった緊張があった。

一座は初めて決闘シーンを観た。マクダフがマクベスを探して戦闘シーンの中を歩き回る様子はまるで黒天使だ。彼はマクベス一族のタータンを着た戦士たちを目にしてマクベスと間違える。マクベスでなければ意味がない。マクダフはついに鎧を身に着け、兜をかぶったマクベスを見つけて大声を上げる。『戻れ、地獄の番犬め、戻れ！』

マクベスは戻る。

ペレグリンは手に汗を握っていた。舞台の袖で待っていた領主たちは仰天して立ちつくした。鉄鋼がぶつかり合い、剣が相手の剣の上を滑って鋭い音を響かせる。聞こえるのはふたりの荒い息のみ。マクダフはクレイモアを振り上げ、すばやく振り下ろす。マクベスは剣を盾で受け止め、前によろめく。

観客席にいたニーナが悲鳴を上げた。

息を切らせて戦いながらマクベスが豪語する、女から生まれた者にマクベスを殺すことはできぬという言葉に対するマクダフの答えは、自分は『生まれる前にその母親の腹を裂いて月足らずで取り出された』である。マクダフがマクベスを後ずさりさせ、最後の退場へ追い込む。舞台外でマクベスの短い悲鳴が上がる。舞台は二、三秒空になり、ラッパと太鼓が鳴ってマルコム、老シーワード、領主たちが意気揚々と再登場する。老シーワードが息子の死を誇りつつ悼む。マクダフと、マクベスの首をクレイモアの先に突き刺したシートンが再登場。『簒奪者の憎むべき首をご覧ください』とマクダフは叫ぶ。

マルコムは歓喜とともに王位に就き、劇は終わる。

「みんな、ありがとう」ペレグリンは言った、「本当にありがとう」

彼の言葉に応えた安堵の声の中で、ウィリアム・スミスの歯切れのよいボーイソプラノが最後の言葉を発した。

「天罰を受けたんだね、ミス・ゲイソーン？」

Ⅳ

ペレグリンがメモを取り、間違いが正された後も、キャストは彼らを結びつけていた絆を断つのを惜しむかのように、しばらく劇場に留まっていた。ドゥーガルは言った、「満足したかい、ペリー？」

「ああ、十分に満足したよ。満足しすぎて怖いくらいだ」

「大げさではない？」

「あっさり行きすぎたところが三か所ほどあったが、どれにも君は関わっていなかったよ、ドゥーガル。あったかどうか、はっきりしないくらいだ」

「よかった。ああ、マギー」彼女がやって来て、ドゥーガルは叫んだ。「君はすばらしかった。悪魔的で、美しくて、不吉で。どう言ったらいいのかわからない。ありがとう。ありがとう」彼は彼女の手と顔にキスし続け、止められなくなったようだ。

「ひと言言わせてもらえれば」サイモンが言った。彼は三人の横にいて、髪は汗で湿って額にくっつき、汗が一滴上唇に光っていた。マギーはドゥーガルから身を振りほどき、サイモンのウールジャケットにしがみついた。「サイ!」彼女は言って彼にキスした。「あなた、ものすごくよかったわ」形容詞を使い果たしてしまいそうだな、とペレグリンは考えた、それから皆で一緒にランチだ。

サイモンはマギーの頭越しにドゥーガルを見た。

「僕が勝ったようだな」彼は言った、「違うか?」

「僕たち全員が勝ったんだ。三週間後にもそうであることを期待しよう。有頂天になるのはまだ早い」ペレグリンは言った。

マギーが言った、「車で私を待ってる人がいるの。もう遅れてるわ」彼はサイモンの顔を軽くたたき、身体を振りほどいた。「午後は私がいなくてもいいのよね、ペリー?」

「ああ。ありがとう、マギー」

「みんな、さようなら」彼女は声を上げて楽屋口へ向かった。ウィリアム・スミスが走って彼女を追い越し、ドアを開けた。

「マナーは百点満点ね、ウィリアム」彼女は言った。

誰も彼女を待ってはいなかった。彼女はタクシーを呼び止めた。これであの混乱もかたがついたわ、と彼女は行き先を告げながら考えた。それにあの金属的な声は、うまくできればすばらしい効果がある。彼女は声帯を整えて話した。

『あの老人にあれほどの血があろうとは、誰が考えたろう?』（第五幕第一場。マクベス夫人が眠ったままダンカン殺害を回想するセリフ）

「何ですって、お客さん?」運転手がギョッとして尋ねた。

「いえ、何も。私は女優なの。これは私のセリフよ」

「へえ、そうですか。いろんな役があるもんですね」彼は答えた。

「そのとおりよ」

ロス、レノックス、メンティース、ケースネス、そしてアンガスは三時に来るように言われており、スワン亭でたらふく食べる時間があった。彼らはエンバンクメントに沿って歩き、太陽が彼ら四人の若者と五人目で年嵩のロスの上に降りそそいでいた。彼らには一種独特の雰囲気があった。彼らは元気に歩き、自由かつはっきりと話し、大声で笑った。彼らの顔はほとんど太陽に当たっていないかのように青白く、滑らかだった。他の通行人から離れると、彼らは声を張り上げ、意識せずに会話を続けた。会話に加わっていないとき、レノックスは良い声で歌った。『花を撒くなよ、美し花を、私の黒い棺の上に』

「劇が違うぞ、君」ロスが言った。「それは『十二夜』だ」

「喜劇にしちゃ、おかしな歌だな」

「奇妙じゃないか?」

レノックスが言った、「今の劇は、何というか、重苦しいと思わないか? 重苦しすぎると。つまり、逃げられないんだ。誰かそう感じないか?」

「僕は感じるね」ロスが認めた。「この劇に出たことがあるんだ。同じ役で。確かに重苦しさがくっついて離れないようだな」

「そうだな」メンティースが分別をわきまえたように言った、「どういう劇だ? 殺人が四件、魔女が三人、極悪の女性、殺人を犯す夫、亡霊。そしてタイトル役は死に、彼の首はクレイモアの先に突き刺される。いささか腹にもたれるね」

「純然たるメロドラマさ」アンガスが言った、「書いたのが言葉の才能に恵まれた人物だというだけだ」

レノックスが言った、「それにしても何という才能だ！　だがそれでは僕の言いたいことが説明できない。他の劇ではこの感じは受けないだろ？　『ハムレット』や『リア王』では。『オセロ』だって冷酷だが、この重苦しさはない」

「迷信が付きまとうのはそのせいだろうな」

「さあどうだろう」ロスが言った。「そうかもしれない。皆同じことを言うよな。彼の名を口にするな、この劇から引用するな、劇の題名を言うな、近づくな、とね」

彼らは狭い横道に入った。

「あのな」ケースネスが言った。「賭けを受けるやつがいるなら、誰とでも賭けるが、一座の中でこうしたことをひと言も信じていないのはペリーだけだ。つまり本当にだよ。彼はそうは言わないが、それはこの一座をぶち壊さないためだ」

「ずいぶん自信たっぷりじゃないか。どうしてわかる？」メンティースが尋ねた。

「わかるさ」ケースネスは横柄に言った。

「いや、わからないはずだ。わかると思ってるだけだ」

「黙れよ」

「わかった、わかった。見ろよ。ランギだぜ。あいつはこうしたこと全部をどう考えてるかな？」

「聞いてみるといい」

「おーい！　ランギ！」

彼は振り返り、スワン亭に向かって手を振ってから、自分を指さした。

「俺たちも行くんだ」とアンガスは大声で言った。「一緒に行こう」

彼らはランギに追いつき、一緒にバーに入った。

「見ろよ、六人用のテーブルが空いてるぜ。座ろう」

彼らは席に滑り込んだ。「俺はビールだ」ロスが言った、「みんな、それでいいかい？」

「いや、僕はダメだ」ランギが言った。

「へえ！　どうしてだい？」

「飲まないほうがうまくいくからさ。トマトジュースだ。ダブルで、酒は入れないで」

メンティースが言った「僕もそれにする」

「ダブルのトマトジュースがふたつ、ビールが四つだな」ロスは言って、カウンターに向かった。

「なあランギ」レノックスは言った「僕らは議論してたんだ」

「へえ、何を？」

レノックスは仲間たちを見た。

「はっきりわからないんだ。この劇についてさ」

「それで？」

メンティースは言った、「この劇の力はどこにあるのか、突き詰めて考えようとね。表面だけ見ると、シェイクスピアのような作家の手にかかると流血の惨劇がどんなものになるかというだけだ。しかしこれではこの劇が掻き立てる不気味さを説明できない。それとも」

「たとえば――」ケースネスが始めた「ランギ、気にしないでほしいんだが、その――？」

「君が何を尋ねようとしているのかさっぱりわからんが、たぶん気にしないと思うよ」

「うん、たとえば僕たちがこの劇を上演するとしたら、君たちの、何と言ったっけ――」

「マラエ（集会所）でかい？」

「そうそう。君たちはどう反応する？」

「劇の招待に対してかい？　それとも上演に対して？」

「えーと、上演に対してかな。いや、両方だ」

「長老たちによるね。もし厳格主義者、つまり本当に正統派だったら、君らは正式な挨拶、挑戦、そして武器の授与を受ける。可能なのは――」彼は黙り込んだ。

「それで？」

「この劇の特質から見て、タフンガ、つまり賢者は上演に神聖なる規範《タプ》を与えることを迫られるだろう。彼はこれを行うだろうと思う。そして君たちは退去して衣装を着け、上演することになる」

「劇で――その――目や舌なんかを使うことを、君は気にしないかい？」

「僕は完全な正統派というわけじゃない。僕らはこの劇を真剣に受け止めている。僕のひい祖父さんは人肉を食べた」とランギは洗練された声で言った。「食べた人間の特質を吸収できると彼は信じていたんだ」

テーブルの周りは静まり返った。それまでこのグループは賑やかだっただけに、彼らの沈黙は他の客にも伝染した。ランギの声高な告白は皆に聞こえたのだ。沈黙は一、二秒続いただけだった。

「ビールが四つとトマトジュースがふたつだ」ロスが飲み物を持って戻ってきた。彼はトレイをテーブルに置いた。

3　第三週

I

三週目に入ると、劇はしっかり固まってきた。明らかに偽作の部分は削除され、全体像が現れてきた。劇は簡潔に書かれている。マクベス夫妻の残酷な運命、彼らが決定的に呪われているという必然、最初は互いにしがみつき、次いで引き裂かれて破滅へと向かう彼らの歩み。こうした要素がこの破壊的な劇のあらゆる局面で明らかになる。

それなのになぜこの劇は陰鬱ではないのだろう？　鬱々とさせずに、興奮させるのだろうか。

「どうしてか、わからないんだ」ペレグリンは妻に言った。「いや、わかってるんだろうな。この劇は実に見事に書かれている。答えは簡単だ。劇が掻き立てる雰囲気なんだ」

「前にこの劇を演出したときにも、同じように感じたの？」

「そう思うよ。これほどはっきりではないが。もちろん一座ははるかにいい。本当に完璧な一座だ。イングランドの場でサイモン・モートンが『妻も殺されたのか？』と言うのを聞けばね、エミリー。そしてマルコムがつまらない助言をすると、サイモンはロスを見て言うんだ、『彼には子供がいないのだ』と」

「わかるわ」

「近いうちにリハーサルに来て、見るといい」

「そうしましょうか？」

「そうだ。来てくれ。来週の終わりに」

「いいわ。ところで迷信の件はどうなった？　ニーナ・ゲイソーンはおとなしくしている？」

「少なくとも努力はしているよ。陰でありとあらゆるまじないをしているには違いないだろうが、口にしない限り……バラベル――つまりバンクォーだが――彼がニーナにホラ話を吹き込んでいるのは確かだ。先週やつがそれをやってるところを見つけたよ。川岸のオンボロ小屋に雷が落ちたんだ」

「まあ、話してくれなかったわね」

「そうだっけ？　迷信がらみのものは全部鍵をかけてしまい込んで、たとえ君にでも取り出して見せようとしなかったんだろう。うまい具合にバラベルをつかまえて、ニーナを震え上がらせてしまった」

「何を話してたの？」

「バラベルは魔女のひとり、ブロンディが嵐の間に神経過敏になったことを話していたんだ。嵐で取り乱す人もいるさ――電気なんだ。彼らは必ず、ごめん、どうしようもないんだと言う」

「ブロンディは大丈夫だったの？」

「雷がやんだら、元気になった」

「不運だわね」

「何だって？」

「雷雨があったってことよ」

「まさか、信じてるんじゃ……」

「私がくだらないナンセンスについてどう感じているか知ってるでしょ。でも信じてる人の見方からすると、不運だと考えたの」

「一座の連中は乗り切ったよ。劇場に雷が落ちたわけじゃない。いい避雷針がついてるから、劇場はそんな心配をしなくていいんだ」

「そうね」短い沈黙ののち、エミリーは言った、「男の子はうまくやってるの？」

「ウィリアム・スミスかい？　上々だ。彼はいい俳優だよ。思春期が終わる頃どうなっているか見ものだ。演劇を続けないかもしれないが、続けるといいな。彼は二役やる」

「血まみれの子供？」

「それから王冠を被った子供もだ。同一人物だよ。彼がむせぶような声でいうセリフを聞いてごらん。『バーナムの森がダンシネーンの丘に向かってくるまでは』（第四幕第一場。それまではマクベスは滅びない、という魔女が呼び出した幻影の言葉）」

「うわあ、すごい」

「そうだよ。そうとしか言えない」

「それで、どうやるの？　幻影のシーンは？」

「いつもどおりだ。ドライアイス、揚げぶた、せり。大勢のささやき声『ダブル、ダブル』とね。強いリズム。現れる王たちは皆バンクォーの子孫だ。王たちはバンクォーの頭《かしら》をかぶっている――もちろんガストンの手作りだよ。このシーンは『皆俺の子孫だと行列を指さす』で終わる。台本でその後に続くところは、誰かのくだらない加筆だ。たぶん田舎の四流一座の舞台監督だろう。彼が魔女に赤い鼻をつけて太鼓棒を持たせなかったのが不思議なくらいだ」

「それからあなたはどう演出するの？」

「暗転して大混乱。騒ぎはどんどん大きくなる。雑音。マクベスの声。音。たぶんドラム。まだ決めていない。足音かな。うっすらと照明がついて、レノックスがドアに姿を現す。マクベスが出てくる。後は台本どおりだ」

「最高ね」

「そうだといいが。もう少し練り上げなければ」

「ええ、もちろん」

「演出の視点からすれば、このシーンがただひとつ微妙なところだ」

「ガストンの助けを借りられない？　魔術について？」

「彼に頼む危険を冒す気にはなれないな。もちろん助けてくれるだろうが、自制が効かなくなるのさ。彼はちょっとおかしいところがある。彼なりのやり方なんだが、そうなんだ。だが剣にかけては彼は神の贈り物だ。君は決闘シーンをどう思うかな？　僕は震え上がってる」

「本当に危険なの？」

彼は少し沈黙した。

「ガストンによれば危険じゃないが、いつも舞台のレイアウトが正しいことを確かめてる。毎晩確認しているんだ。ふたりの決闘の動きは今や完璧だ。男同士としての仲も少しましになった。マギーがサイモンに理を説いてくれたおかげで、彼は決闘していないときでも、前ほど機嫌が悪くなくなったよ、ありがたいことに」

「そうね」とエミリーは言った。「ゲン担ぎだとあなたを非難することは誰にもできないわ、断言するわよ」

「ありがとう。来週の舞台稽古には来てくれるかい」

「もちろんよ」エミリーは言った。

「ガストンのことをどう思うかな。つまり僕が彼を扱うやり方を。彼は巨大な儀式用の剣、クレイドヘムモアを持つ太刀持ちだ。今大剣の柄を支えるためのハーネスとがっちりしたベルトを作っているところだ。大剣は本物で、ものすごく重い。彼は牡牛並みに力持ちなんだ。彼は災いのようにマクベスにいつも付き従っている。最後には剣の先に彼の生首を突き刺して出てくる。彼はジェレミーが描いた自分の衣装を鷹みたいな眼をして眺めてる」

「どんな衣装なの？」

「マクベス一族郎党と同じだ。初期のタータン、黒いウールのタイツ、皮紐のついた羊皮のゲートルさ。戦いのときは面頬《めんぽお》をつける。首を剣の先に刺して最後に登場するときは、彼は、何というか、緋色の陣羽織《タバード》はどうかと言ったもんだ」

「まあ、何てことを！」

「だろ？　いったいどこで何のために着替えるんだ？　領主たちがひしめいて戦っているというのに。こう指摘したら、今度ばかりは答えがなかった。彼はムッとして威厳を正し、考えてみただけだと言って、色とシンボリズムについて滔々《とうとう》と語り出した」

「彼に会いたいような気もするわ」

「お茶に招待しようか」

「彼を気に入ってるの？」彼女はあっけにとられて尋ねた。

「そうとは言えないな。それは無理だろう。連れ出す、といったところかな。いや、彼は退屈な男で、帰ろうとしないかもしれない」

「それなら、ここへ呼ぶのはやめてね」

「それとも、作り物のマクベスの首を持ってきて、見せてもらうとか。僕には見せたよ。午後のリハーサルが済んだときに。衣装部屋の物陰にあったんだ。僕はもう少しで気絶するところだった」

「恐ろしいの？」

「ぞっとしたよ。真っ青でドゥーガルにそっくりなんだ。切り口は血まみれでね。ご意見はないかとガストンは聞いてきた」

「あったの？」

「頼むから覆い隠してくれってね。幸いなことに観客は顔を一瞬見るだけだ。ガストンは回れ右して、奥の石段の上にいるマルコムに、マクベスの顔を見せる。観客には生首の後ろが見えるだけだ」

「観客は笑うわ」エミリーは言った。

「あれで笑うんだったら、何にだって笑うよ」

「そう思う？」

「もちろん昔から作り物の生首を出すと観客は笑ったものだが、怖さを隠すための照れ笑いだと経営陣はいつも言っていた。確かにそうかもしれないが、僕はそうは思わない。観客はあれがマクベスの首じゃない、いや誰の首でもあるわけがないと知っていて笑うんだ。『これはちょっとやりすぎだ、勘弁してくれよ』とでも言うように。それでも、僕はやってみようと思う」

「やってみるといいわ。健闘を祈るわよ」

「最後のセリフはカットだ。劇は領主たちが全員剣の先をマルコムに向けて、『スコットランド国王、万歳』と叫ぶところで終わる。彼には強い照明が当たっている。観客が劇場を出ていくとき、何というか、安堵して、高揚しているといいと思う。スコットランドの悪夢が終わったというようにね」

「私もそう願うわ。観客はそう感じると思う」

「リハーサルを観てからもそう感じることを願うよ」

「それは確かよ」エミリーは言った。

「さてそろそろ出なければ。行ってくるよ、エム、うまくいくよう祈ってくれ」

「それはもう、心から」彼女は言ってペリーにキスをし、包みとサーモスを渡した。「スナックよ」と彼女は言った。

「ありがとう。何時に帰れるかわからないな」

「わかった。いつでもオーケーよ」

彼女は彼が車に乗り込むのをながめた。彼はクラクションを鳴らして挨拶し、出ていった。

Ⅱ

彼は魔女のシーンに取り組んでいた。絞首台がのった石壇の後ろにはステージにマットレスが置かれていた。絞首台にぶら下がった死体は少し動いていた。舞台裏のあたりから吹いてくる摩訶不思議な隙間風のせいだろう。ペレグリンが中に入ったとき、ランギはその横に立って、下の空間をのぞき込んでいた。

「オーケー」ランギは声をかけた。「最上階席の後ろが君に見えなければ、君も観客から見えないよ」

「なにも見えないよ」下の空間からくぐもった声が聞こえた。

「よし」ランギは言った、「上がってきていいぞ」

「おはよう、ランギ」ペレグリンは言った、「大道具方組合に加入したのかい？」

ランギはニヤリとした。「下に落ちた僕たちが客から見えないか、確認していたんだ」

「気をつけたほうがいいぞ。正しいやり方は、僕に尋ねることだ。そして僕は舞台監督に確認する」

彼はランギの肩を抱いた。「何でも自分でやる国にいるんじゃないんだ。今はね」

「すまん。何もしていないよ。大声で叫んだだけだ」

「わかった。それでも気をつけたほうがいい。大道具方全員がストライキを始めるかもしれないからな。ブルース・バラベルは来ているかい？」

「来ていないようだね」

「よかった。君の役はうまくいっている。満足しているかい？」

「ああ、もちろんだ」

「リハーサル用にスカートを渡そう」

「女性の祭司《トフンガ》みたいにかい？　もっとも祭司は男性に限られているが」

「君たちはみすぼらしい三人の老女に見えるんだ。マクベスが顔を見るまでは。そしてその恐ろしさと予言の力に気づく。序幕では君たちは鳥というかほとんど大鴉のように見える。絞首台の死体から

『殺人犯がたらした脂汗』の残りを片付けるのに忙しい。第三場でマクベスが初めて彼女たちに遇う《遇あう》とき、彼女たちはまともさのカリカチュアみたいなものを身に着ける――汚いエプロン、経帷子《きょうかたびら》のように顎の下までとどく汚れた帽子。セクシーなのはブロンディだ。片方の乳房が外に出ている。褐色で筋ばってる。女性の祭司《トフンガ》みたいではないな」

「全然違うね」ランギが朗らかに言った。

ドゥーガル・マクドゥーガルがやって来た。彼がただ「入ってくる」ことはまずない。彼の登場は常に一大イベントの雰囲気をまとっている。すでに集まっていた主要な役者たちに大声で挨拶し、端役たちにまで「おはよう、おはよう」と言うのも忘れない。彼はステージ上に着き、まるまるひと月会っていなかったかのようにペレグリンに挨拶し、魔女の女たちを見て「おはよう、君、おはよう、君」そしてランギと顔を合わせた。「ああ、おはよう――その――レイニイ君」と彼は鷹揚《おうよう》に言った。

「みんな、位置について」ペレグリンは言った。「これから魔女のシーンをやる。照明担当者と舞台効果係にここへ来てもらうことになっている。僕の横に座って、メモを取り、リハーサルの後でやり方を考えてもらうんだ。僕が伝えようとしているメッセージはまさに、舞台効果のきっかけにかかっている。観客の背筋に鳥肌が立つようなものを作り出せたらいいと思う。そうだろ」

魔女たちが位置につき、他の俳優たちが客席に着く間、ペレグリンは待った。

「前奏はなし」彼は言った。「普通の意味ではね。客席は暗くなって、くぐもった太鼓の音が聞こえる。ドン、ドン、ドンと、心臓の鼓動のような。幕が上がって、稲妻が光る。魔女たちがちらちら見える。ドライアイスだ」

ランギは絞首台の横棒に乗って頭を下げ、さらし者になった死体の頭をむさぼっている。ウェンディは前かがみになり、ブロンディはウェンディの背中に乗って死体の足をかじっている。ふたりとも仕事に余念がない。そのまま五秒。暗転。雷鳴。地面に降りた魔女たちにうっすらと明かりが当たる。セリフ。

『いつまた三人、会うことに？』

ブロンディの声は高音、ウェンディの声はざらざらして途切れ途切れ、ランギの声は豊かで震えている。

『そこで会うのさ――』間。沈黙。そして三人は一斉にささやく『マクベスに』

「稲妻の閃光だ」ペレグリンは言った。「ギャーギャーいう声が二度。たくさんの霧」

『……夜霧や穢《きたな》い空気の中を翔《と》んでいこう』

「暗転だ！　魔女たちが高くジャンプする瞬間を閃光がとらえる。一瞬で真っ暗に。舞台が暗転する。魔女の三人！　誰か呼んでくれ」

「聞こえたよ」と声があった。ランギだ。「今行く」彼とふたりの女性が絞首台の後ろから出てきた。

「暗転の間、後ろからすばやく出ていく方法を考えなければ。いいかい？　チャーリー、そこにいるか？」

「オーケーです」舞台監督補佐が舞台上に出てきて言った。

「わかったかい？」

「わかりました」

「よし。何か質問はあるか？　ランギ、マットレスはうまくいったかい？」

「大丈夫だったよ。君たちふたりはどうだった？」

「こんどは大丈夫だったわ」ウェンディが言った、「でもいつか足をくじくかもね」

「柔らかく落ちて、真っ平らになって、這って出ていくんだ」ペレグリンは言った。「ちょっと待った」彼は段梯子を使って舞台へ上り、絞首台に駆け上がった。「こんなふうにだ」彼は言って高く飛び上がった。彼は柔らかなドサッという音をたてて視界の外に消えた。

「もう少し何か考えなければな」舞台効果係が言った。「もう一度弱い太鼓の音はどうだろう?」

その後、完全な沈黙があった。ウェンディが石壇の縁からのぞき込んだ。ペリーは彼女を見上げた。

「大丈夫?」彼女が尋ねた。

「問題なしだ」と彼は妙な声で言った。「すぐには行けない。次のシーンだ。舞台をクリアして」

彼らは立ち去った。ペレグリンは小声で毒づきながら、身体の左側をこわごわと触った。肋骨の下。腰回り。骨は折れていないが、打撲していてひどく痛む。彼は防水シートを被せたマットレスの上でひざまずき、そこで何が起きたか気づいた。防水シートの下には紛れもない形があった。十字架状で、凹凸があって、柄から長い刃が伸びている。彼は触ってみた。間違いなくクレイモアだ。オリジナルの鋼鉄製レプリカを使うようになって放棄されていた木製のクレイモア。

彼は痛みをこらえながら立ち上がり、打撲傷を押さえながら、背景の後ろの空いた場所によろよろと移動した。「チャーリー?」

「はい、ここにいます」

「チャーリー、来てくれ。シートの下にダミーのクレイモアがあったんだ。何も言わないでくれよ。誰にも知ってほしくない。チョークで位置に印をつけてクレイモアを取り除いて、シートを元に戻してくれ。わかったかい?」

「わかりました」

「あれがあったことを知ったら、連中はまたくだらんおしゃべりを始めるに違いない」

「大丈夫ですか?」

「問題なしだ」ペレグリンは言った。「ぶつけただけだよ」

彼は身体をまっすぐ伸ばして息を吸い込んだ。「オーケーだ」彼は言って舞台へと歩き、観客席に作った簡易机へと降りた。

「第三場だ」彼は言って椅子に沈み込んだ。

「第三場」と舞台監督補佐は指示した。「魔女、マクベス、バンクォー」

Ⅲ

第三場のリハーサルはもう十分に行われていた。魔女たちは別々の場所から登場し、舞台上で合流する。ランギは声と表情でものすごい毒気を見せ、姉妹たちはうれしそうにはやし立てる。マクベスとバンクォー登場。トラブルが起きた。バンクォーの位置だ。彼はもっと高いところにいるべきだと言うのだ。マクベスの顔が見えない。バンクォーはその美しい声で延々としゃべり続けた。ペレグリンは強い不快感と吐き気と闘いながら、怒りを抑えつつ彼に対応した。

「魔女たちは前と同じように消える。『バンクォーとマクベス、万歳』で位置につく」

「ちょっといいかい?」バンクォーが美声を発した。

「だめだ」ペレグリンはズキンという痛みに耐えて言った。「後にしてくれ。舞台を続けて」

第三場は続いた。バンクォーは困惑していたが、声は澄み渡り、不気味なほどおとなしくなっていた。

マクベスは独白の半ばにきていた。「『眼前の恐怖も』と彼は言った、『想像力の生みなす恐怖ほど恐ろしくはない』そして魅力的な笑いのやっこさんが口を閉じていてくれるなら『今は空想しているだけの弑逆《しいぎゃく》は』そのままになるに違いない」

彼はバンクォーから舞台の対角線の端まで離れていた。バンクォーは独白者からできる限り離されて、他の領主たちとの会話に没頭させられており、彼は爆笑して困惑したロスの肩をたたいていた。

「笑いはやめてくれ、ブルース」ペレグリンは言った。「気が散ってしまう。黙って。さあ続けよう」

第三場は作者が記したとおりに終わり、隠しきれないロスとアンガスの陽気さが残った。

ドゥーガルは観客席に降りて、アドリブをペレグリンに詫びたが、バンクォーは知らん顔だった。

「大釜のシーンだ」ペレグリンが告げた。

リハーサルの後半をどうやって切り抜けたのかと、ペレグリンは後で不思議に思ったほどだった。幸運なことに俳優たちや幻影は皆しっかりしており、問題は照明係と舞台効果係に自分たちの役割を熟知させることだった。

大釜はダンカンの部屋だったところへ上がる石段の下に据えられる。閉じると回りと区別がつかなくなるドアは、騒音、暗転、大量のドライアイスの霧、馬のギャロップ音のなかで大釜と魔女たちが消えるとともに閉じるのだ。照明がまたついて、レノックスが刀の柄でドアをたたく。

「劇は見たとおりだ」ペレグリンは舞台効果係に言った。「どう解釈するかは君次第だ。家に帰って考えてくれ。そしてどう考えたかを教えてほしい。わかったかい？」

「わかったと思う」と舞台効果係は言った。「あの子はいいね」

「そう思うだろ」ペレグリンは言った、「ちょっと失礼、チャーリーと話したいんだ。どうもありがとう。また会うまでおさらばだ。早いほうがいいな」

「そうですね」

照明係と舞台効果係は去っていった。ペレグリンは顔をこすった。この状況から抜け出さなければ、と考え、運転できるだろうかと考え込んだ。四時半にもなっていなかった。バンクォーの姿は見えず、道はまだ混んでいなかった。車は中庭に置いてあった。何もかもうんざりだ、とペレグリンは毒づいた。彼は舞台監督補佐に言った、「ここから出たいんだ、チャーリー。うまくやってくれたかい？　剣を？」

「やりました。ペレグリンさん、大丈夫ですか？」

「ただの打撲だ。骨は折れていない。劇場を閉めてくれるかい？」

「もちろんです！」

彼はペレグリンと一緒に外へ出て、車のドアを開け、ペレグリンが乗り込むのを見守った。

「大丈夫ですか？　運転できますか？」

「できるよ」

「明日は土曜日です」

「そういうわけだ、チャーリー。ありがとう。誰にも話さないでくれよ。問題はあの馬鹿げた迷信だ」

「話しませんよ」チャーリーは言った「本当に大丈夫ですか？」

ペレグリンは運転席におさまって考えた。何とかなりそうだ。チャーリーは彼が中庭を出ていくのを見守った。エンバンクメントに沿って走り、橋を渡りそして二度右折して到着だ。

家に着いたらクラクションを鳴らすつもりだった。ところが驚いたことにエミリーが家から飛び出し、階段を駆け下りて車にやって来た。「いつになったら着くのかと思っていたわ」彼女は叫んだ。そして「あなた、どうしたの？」

「ちょっと支えてくれ。身体をぶつけたんだ。大したことじゃない」

「いいわ。さあ行きましょ。どちらの側？」

「反対側だ。よっこらしょ、と」

彼は彼女にしがみついて、車から出、車につかまって立った。

彼女は車のドアを閉め、ロックした。

「杖を持ってくる？　それとも私が支える？」

「かまわなければ、君に支えてもらいたいね」

「じゃあ、行きましょ」エミリーはくすくす笑った。「お隣のスレイ夫人が見ていたら、私たちがいちゃついていると思うわよ」と彼女は言った。

「助けはいらないみたいだ。まっすぐ立てば大丈夫。脚はしっかりしている。もう離していいよ」

「本当に？」

「もちろんだ」彼は言った。彼は背筋を伸ばして、小さなうなり声を上げた。「一〇〇％大丈夫だ」

彼は言って足早に階段を上って家に入り、安楽椅子に座り込んだ。エミリーは電話に向かった。

「何やってるんだ、エム？」

「お医者さんに電話してるのよ」

「その必要は――」

「あると思うわ」彼女は電話口に向かってきぱきと話した。「どんなふうに怪我したの?」彼女は話を止めて尋ねた。

「剣の上に落ちたんだ。木製の柄の上に」

彼女はこれを電話口で復唱して電話を切った。「帰りに立ち寄ってくれるそうよ」彼女は言った。

「一杯やりたいな」

「大丈夫かしら?」

「もちろん大丈夫さ」

彼女は酒を持ってきた。「安心できないわね」と彼女は言った。

「僕は安心だよ」彼はひと口飲んだ。「ああ、気分がよくなった」と彼は言った。「なぜ家から走って出てきたんだい?」

「見せたいものがあるんだけれど、見る気になるかどうか――」

「悪い知らせかい?」

「そういうわけでもないの」

「じゃあ見せてくれ」

「はい、これよ。見て」

彼女はテーブルから封筒を持ってきて、よくある煽情的なタブロイド紙の切り抜きを引っ張り出した。女性と小さな男の子の写真だった。道路で隠し撮りされたことは明らかだった。女性は真っ青な顔で恐怖に打ちひしがれていた。小さな男の子は怯えていた。「ジョフリー・ハーコート・スミス夫人とウィリアム」とキャプションには書かれていた、「判決後の様子」

「三年前のよ」とエミリーは言った。「お昼前に郵便で着いたの」

「何てことだ」ペレグリンは言った。「覚えてるよ。殺人事件だ。首切りの。五人連続殺人の最後のやつだったな。夫は有罪になったが精神障害として終身刑を受けた」ペレグリンは切り抜きをしばらく見てから差し出した。「焼いてしまおうか？」

「それがいいわ」彼女はマッチをつけ、彼は切り抜きを灰皿の上に差し出した。紙は黒くなって崩れ、彼はそれを灰皿に落とした。

「これも？」エミリーは封筒を取り上げて尋ねた。宛名は大文字で書かれていた。

「うん。いや、それはやめよう。今のところは」ペレグリンは言った。「僕の机に入れておいてくれ」

エミリーはそうした。「確かなの？　あれが一座のウィリアムだってことは」

「三つ幼いが、間違いない。母親もだ。まいったな」

「ペリー、見なかったことにしなさいよ。忘れるといいわ」

「そうはいかない。でも同じことだ。父親は精神分裂病の怪物だった。ブロードムア刑務所で終身刑になっている。ハムステッドの首切り人と呼ばれたものだ」

「ことによったら――これを送ってきたのは一座の人間だとは思わない？」

「絶対にない」

エミリーは沈黙した。

「理由がないよ。まったく」

少し黙って、彼は言った、「何かの警告かもしれないな」

「どうしてクレイモアの上に落ちる羽目になったか、話してもらってないわね」

「どうやって柔らかく落ちるか、女性ふたりとランギに教えてたんだ。僕の怪我のことは彼らは知らない。三人は決まった位置に落ちることになってる。剣はふたつの位置の真ん中、彼らが落ちるマットレスを覆っている防水シートの下にあった」

「彼らが落ちたときは、もうそこにあったのね」

「あったに違いない」

「見えなかったのかしら。覆いの下の形を」

「いや。僕にも見えなかった。あそこは暗いんだ」

彼らはしばらく沈黙した。ロンドンの騒音が入り込んできた。テームズ川で一隻の船が合図の汽笛を鳴らした。

「誰も知らなかったのね」エミリーが思い切って言った、「あなたがジャンプすることを?」

「もちろんさ。僕自身知らなかったんだから」

「とすれば、あなたが怪我をしたのは運が悪かっただけなのね」

「そうだろうな」

「少なくとも、それはありがたかったわね」

「そのとおりだ」

「そのクレイモアはどこにあったの?　誰かがシートの下に隠す前に」

「知らない。いや待てよ。知っている。二本の木のクレイモアは奥の壁の釘に掛かっていた。刃に布のカバーが掛かっていたが、結構傷んでいて、一本にはヒビが入っていた。ガストンの手製だから本物と同じ重さとバランスに握りというように丁寧に作られていたが、間に合わせだったことには変わりはない。兵隊ごっこの役にしかたたないものだった」彼は言いさして、急いで付け加えた、「医者には剣について詳しい話はしない。そこに置いてあって誰も片付けなかったというだけにしよう」

「ええ、いいわ。少なくとも本当であることは確かね」

「ウィリアムについては、僕たちが話したことに注意して、全部無視する」

「よりによってあの劇——」エミリーは言い始めてやめた。

「かまわないよ。彼は先週『天罰を受けたんだね?』と叫んだんだ、どこにでもいる男の子のように。つまりリハーサルでね」

「事件が起きたとき、彼は何歳だったの?」

「六歳だ」

「今、九歳なのね?」

「そう。もっと子供っぽく見えるけどね。彼はいい子だ」

「ええ。傷は痛む? 脇腹は?」

「動くとだめだ。キャストに説明するのに、何かときどき出てくる慢性病はないだろうか? マクベスのずっと前に起きたことの結果として」

「憩室炎（大腸の壁が飛び出してできる「憩室」が炎症を起こす病気）はどう?」

「なぜ憩室炎なんだ?」

「なぜかわからないけれど」エミリーは言った、「アメリカ人の夫たちはよくこれを病んでいるようなの。妻は意味ありげに『かわいそうに。彼は憩室炎にやられてるのよ』と言う。すると相手は頷《うなず》いて、重々しい顔をするの」

「足が悪いと言ったほうが安全だと思うよ。何年も前に捻挫したとか」

「お医者さんに聞くといいわ」

「そうだな」

「怪我したところを見せてくれる？」

「いや、そのままにしておこう」

「変な言い方ね。結局」エミリーは言った、「問題の場所はあなたの具合の良くない場所なんだから、ほっておくわけにはいかないでしょ。でも代わりに夕飯を作ることにするわ。本格的なオニオンスープ、それからオムレツ。それでいい？」

「すてきだ」とペレグリンは言った。

エミリーは暖炉の火を掻き立て、ペレグリンに読む本を渡して、台所へ行った。オニオンスープはもう作ってあり、あとは温めるだけだった。彼女はパンを小さく切り、フライパンでバターを溶かした。そしてブルゴーニュ・ワインの瓶を開け、呼吸させた。

「エミリー！」ペレグリンが呼んだ。

彼女は急いで書斎に戻った。「どうしたの？」

「僕は大丈夫だよ。考えていたんだ。ニーナさ。彼女は慢性的な胆石だの他の病気だのといった説明では満足しないだろう。慢性病が今また出てきたのは、やはり災厄だと考えるに違いない」

彼らはトレイで夕食をとった。エミリーは食器を片付け、ふたりは暖炉の横で控えめな量のワインを持って座った。

ペレグリンは言った、「剣と写真は関係があるんだろうか?」

「どうしてそう思うの?」

「わからないな」

医者がやって来た。彼は慎重に診察して、骨は折れていないが、ひどい打撲があると言った。彼はペレグリンにひどく痛む動作を何度かやらせた。

「命に別状はない」と彼はおどけて言った。「眠れるように薬を置いていこう」

「ありがたい」

「役者たちにああしろこうしろと跳ね回らないように」

「ちょっと跳ぶこともできないんだよ」

「結構だ。明日の夜にまた来てみよう」

「ありがとう」

エミリーは医者と一緒に玄関へ行った。「あの人は月曜日に何が何でも劇場に行くつもりです」彼女は言った、「ところが剣の上に落ちたことをキャストに知られたくないんです。あの状態をどう説明したらいいでしょうか? 何か慢性的な問題とか」

「わからないな。胃痛か? それじゃだめだな」彼は少し考えてから提案した「憩室炎はどうだ?」

そして、「いったい全体何がそんなに可笑《おか》しいんだ?」

「ジョークの言葉なんです」エミリーは真面目な顔になり、眉を上げて、意味深長に頷《うなず》いた。「憩室炎ね」と彼女は陰鬱な声で言った。

「何を考えているのかわからんね」医者は言った、次いで「迷信と関係があるのかい？」

「よくわかりましたね。ええ、ある意味でそうなんです」

「おやすみ、奥さん」と医者は言って出ていった。

4　第四週

I

　翌週に入って四日間、リハーサルはうまくいった。劇はすべてカバーされ、ペレグリンは演出を磨き上げ、掘り下げ、ここに新たな発見をしていた。打撲傷の痛みは薄らいできた。彼は自分の「悪い脚」についてあいまいかつ手短に、そして毅然と説明するという思い切った手に出たが、彼が気づく限りキャストはほとんど注目しなかった。忙し過ぎたのかもしれない。

　とくにマクベスはすばらしい出来栄えだった。彼はひと回りもふた回りも大きくなった。憎悪そして盲目的で馬鹿げた殺人への悪夢のような急降下は、まさにペレグリンが彼に要求していたものだった。マギーはふたりのシーンに取り組んだ後で彼に言った、「ドゥーガル、あなた悪魔に取り憑かれたみたいに演技してるわ。あなたにこれがあるなんて知らなかった」

　ドゥーガルは少し考えて言った、「実を言うと、僕も知らなかった」そして突然笑い出した。「愛には運がなくて、戦いには運がある」彼は言った、「そんなところかな、え、マギー?」

「そんなところね」マギーは快活に応じた。

「ちょっと考えたんだが」ペレグリンのほうを向いて彼は言った、「僕はどうしてもマーレイの幽霊（チャールズ・ディケンズの小説『クリスマス・カロル』に出てくる幽霊）に取り憑かれていなければならないのかな？　ヤツは何を意味しているんだ？」

「マーレイの幽霊だって？」

「その――ヤツが何者だろうとさ。シートンだよ。ガストン・シアーズだ。いったい何様なんだ、あの馬鹿者は？」

「運命さ」

「冗談だろ。甘やかしてるだけだ」

「そうは思わないね。彼は確かだ。彼は邪魔していないよ、ドゥーガル。彼は――そこにいるだけだ」

　サー・ドゥーガルは「それが問題なんだ」と言ってクレイモアを前に持ち、身体をまっすぐに起こした。「あいつの腹の音はものすごく騒々しい」彼は言った。「グーグー、ゴロゴロ、ブーッとね。ひとりでバンドを演奏しているみたいだ。自分のセリフも聞こえないくらいだよ」

「ふざけるなよ」ペレグリンは言って笑った。マギーも一緒に笑った。

「あなた下品よ」彼女はドゥーガルに言った。

「君も聞いたろ、マギー。宴会のシーンで。腹を鳴らしながら王妃の座の横に立ってるのを。彼はちょっとここがおかしいと知ってるはずだ、ペリー、そうじゃないか？」彼は自分の頭を触った。

「君は舞台のゴシップを繰り返してるだけだ、やめろよ」

「バラベルが教えてくれたんだ」

「彼は誰から聞いたんだ？　それに決闘シーンはどうだ？」ペレグリンは大きく手を振って自分のメモの束を床に落としてしまった。「くそっ」彼は言った。

「決闘におかしなところはないだろう？」

「演技だけでもうまくいくはずだよ」とドゥーガルはつぶやいた。

「いいや、いかない。君もわかってるはずだ」

「やれやれ。だけどヤツが腹を鳴らすことは確かだ。認めろよ」

「聞いたことはないね」

「行こう、マギー。こいつと話すのは時間の無駄だ」ドゥーガルは陽気に言った。ペレグリンは自分の後ろで楽屋口が閉まるのを聞いた。

　彼が痛みをこらえながら床に落としたメモを拾い集めていると、誰かが舞台に来て舞台を横切るのを聞いた。彼は立ち上がろうとしたが、うまくいかなかった。何とか身体を起こしたときは楽屋口が閉まるところで、舞台を横切って劇場を出ていったのが誰かわからなかった。

　チャーリーは後壁に例のクレイモアをもう一本と一緒に掛けておいた。ペレグリンはメモを順序どおりにそろえて、ようよう舞台に上がり、仮の隠し幕として付けられた背景の一部と舞台脇の袖を通っていった。ついているのは作業灯だけで暗く、この無人地帯は注意して歩く必要があった。彼は自分に背を向けた小さな男の子の姿を見つけて驚いた。男の子はクレイモアを見ていた。

「ウィリアムじゃないか！」と彼は言った。ウィリアムは振り向いた。彼の顔は青ざめていたが、大きな声で「こんにちは」と言った。

「ここで何してるんだ？　呼ばれていないだろ」

「ペレグリンさんに会いたかったんです」

「会いたかった？　ここにいるよ」

「木のクレイモアの上に落ちて怪我をしたでしょう」少年のボーイソプラノが言った。

「どうしてそう思うんだ？」

「あそこにいたんです。舞台裏に。あなたがジャンプしたのを見てました」

「君はあそこにいちゃいけなかったんだ、ウィリアム。君が来るのは呼ばれたときだけで、稽古していないときは前列にいることになってる。舞台裏で何をしてたんだ？」

「僕のクレイモアを見てました。劇が開幕したら、僕に一本やろうとシアーズさんが言ったんです。少しでも傷の少ないほうを選びたかったから」

「なるほど。こちらへおいで。君がはっきり見えるように」

ウィリアムはすぐやって来た。彼は直立不動の姿勢を取って、手を握りしめた。

「話を続けて」とペレグリンは言った。

「僕はクレイモアを下ろしました。とても暗かったんでもう少し明るいところへ持ってきました。それでも暗かったんですが、よく調べました。舞台裏に戻ってそれをまた掛ける前に、魔女たちが来てリハーサルが始まってしまったんです。主舞台の上で。僕はクレイモアを防水シートの下に隠しました。注意して誰も落ちてこないと思った位置にです。僕も隠れました。そしてペレグリンさんが落ちるのを見ました。大丈夫だ、と言うのも聞こえました」

「聞こえたって？」

「はい」

しばらく黙ってからウィリアムは続けた。「大丈夫じゃないってわかりましたよ。あなたが悪態をつくのを聞きましたから。でもペレグリンさんは立った。だから僕はそっと抜け出してチャーリーさんだけになるのを待ったんです。チャーリーさんは口笛を吹いていたんで、僕は逃げ出しました」

「今日僕に会おうとしたのは、どうして？」

「この話をしようと思って」

「何か起きたのかい？」

「ええ、まあ」

「じゃあ、教えてくれ」

「ゲイソーンさんなんです。あの人、呪《のろ》いの話ばっかりしてるんだ」

「呪《のろ》いだって？」

「この劇にかかった呪《のろ》い。いろんなことが起きてるって。防水シートの下に剣があったのは、うまくいかないこと全部と一緒になってると信じてるんです、マクベスの中で」――ウィリアムは訂正した――「いえ、このスコットランドの劇の中で。あの人は聖水を撒いて、お祈りをするつもりらしいです。よくわかりませんが。僕は皆ナンセンスだと思うけれど、ゲイソーンさんはそんな話ばっかりしてるし、第一クレイモアは僕のせいだったでしょう？　他のこととは関係ない」

「まったく関係ないね」

「それはそうと、ペレグリンさんが怪我をしたのは申しわけないと思ってます。本当に」

「そう思うべきだね。でも話してくれたのはよかった。ところでウィリアム、この話を誰かにしたか？」

「いいえ、してません」

「紳士の名誉にかけて?」とペレグリンは言って、ちょっと滑稽できざな言い方だったかと感じた。

「はい、ひと言も話してません」

「じゃあこれからも話さないでくれ。話したければ僕にだけは話してもいいがね。僕がクレイモアで怪我をしたと知ったら、ありとあらゆるヨタ話がでっち上げられて広がって、劇の上演のためによくない。黙っていることだ。わかったかい? ただ僕は何か言うかもしれないが」

「了解です」

「クレイモアはもらっていいが、おかしなまねをしないこと」

ウィリアムは怪訝な顔つきで彼を見た。

「振り回してはダメだ。儀式用なんだから。わかったかい?」

「わかりました」

「了解だね?」

ウィリアムはあの武器を腰より高くは持ち上げられないのは確かだと気づいたが、強く言うのはやめにした。彼らは握手して、六時十五分前にジュニア・ドルフィン亭へ行き、ここでウィリアムは驚くほどたくさんクランペット・パンを食べ、ソーダを飲んだ。彼は落ち着きを取り戻したようだった。

ペレグリンはランベスのこぎれいな小路にある小さな家まで、ウィリアムを車で送っていった。窓のカーテンはまだ閉まっていなかったが、電気はついており、ぎっしり本が詰まった本棚と座り心地のよさそうな安楽椅子という気持ちのいい部屋が見えた。スミス夫人は窓際にやって来て、外を見、カーテンを閉めた。

ウィリアムは寄っていくようにペレグリンにすすめた。

「君を送り届けるが、寄ってはいかない。でもありがとう。家に帰らなければならないんだ。もう遅れてる」

きびきびとドアをノックすると、母親が玄関にやって来た。やつれて目立たなくなった女性だ。彼女は上質だが新しくはないジャケットとスカートを身に着けており、はっきりとした話しぶりだった。

「はい？」

「こんばんは、スミスさん。このあたりに用事があったので、ウィリアムを送ってきました。彼はよくやっていますよ」

「ありがとう、ジェイさん」彼女はちらっと微笑みを見せ、ウィリアムを家に入れると、三人は声をそろえてさようならと言った。

家に向かって車を運転しながら、ペレグリンはいささか混乱していた。隠された剣の謎が解けたのはもちろんありがたかったが、一座の皆に説明するとしたら、どこまで話したらいいのかわからなかった。結局、木製の剣をやるとウィリアムに話したこと、ウィリアムが剣を隠したことについてガストンには隠さずに話すことに決めた。だが、ニーナ・ゲイソーンや他の連中には？　ウィリアムによれば、ニーナは剣が隠されていたことを知っていた。あの馬鹿女はどうやって気づいたんだ？　ペレグリンは自問した。チャーリーか？　口を滑らせたかもしれない。いや、それはないだろう。わかった、バンクォーだ。彼はあそこにいたんだ。たぶん自分が登場する前にあのあたりをうろついていたんだろう。これが事実に違いないと納得して、彼は家に着いた。

エミリーはウィリアムの話を聞いた。「あの子は約束を守ると思う？」

「思う。僕は確信してる」

「家はどうだった？　それから母親は？」

「ちゃんとしてたよ。中へは入らなかった。小さな家だ。家具は自前だな。母親はほっそりしていて、上流階級出身であることは確かだ。彼女の経済状況が裁判で出てきたかどうか覚えていないが、法的費用を支払った後でも、家を買うか家賃を払って家具を持ち込むかする余裕があったと思う。夫は裕福な株式仲買人だった。頭はおかしかったが」

「それにウィリアムは演劇学校に通っているんでしょ？」

「ロイヤル・サザーク演劇学校だ。いい学校だよ。学校の教科は何から何まで全部教えている。私立学校として登録されてるんだ。ウィリアムの授業料を払うゆとりもあるに違いない。母親はどこかで事務員として働いているんじゃないかな」

「私が六歳だったとき、どんなふうだったかを思い出そうとしていたの。彼はどんな説明を受けて、どのくらい覚えているのかしら」

「推測だが、父親は重い精神病で、精神病院に入っていると教えられていると思う。それ以上はないだろう」

「かわいそうに」

「彼はいい俳優になるよ。間もなく見られる」

「そうね。打ち身はどう？」

「日毎に良くなっている」

「よかった」

「実際のところ、すべてがうまくいって――」彼は突然黙った。エミリーは彼が両手の中指を人差し指の上に重ねている（人差し指と中指で十字架の形を作る、物事がうまくいくように、というまじない、しぐさ）のに気がついた。

翌日は快晴だった。ペレグリンとエミリーは川に沿って快適にドライブし、ブラックフライアーズ橋を渡ってウォーフィンガーズ通りに入り、劇場に到着した。一座の全員が呼び出されており、ほとんどがすでに到着していて、観客席に集まっていた。

今日は小道具を使う、劇の完全な通し稽古だった。これが俳優だけの稽古としては最後である。その後は、機械装置、音響効果、照明のリハーサルがあり、中断や調整、再配置が続く。最後に衣装を着けた総稽古が二回ある。

エミリーは一座に知人がたくさんいた。サー・ドゥーガルは彼女がリハーサルにやって来たことに大喜びだった。なぜ最近はあまり顔を出さないんだ？　息子たち？　何人いるんだ？　三人？　皆寄宿学校にいるって？　すばらしいじゃないか！

彼は興奮しているとエミリーは感じた。緊張してる。彼女の答えに注意を払っていない。彼が歩き去ったとき、彼女はホッとした。

マギーがやって来て彼女を抱きしめた。「あなたがどう思うか知りたいわ」と彼女は言った。「本当よ。どう思ってどう感じるか」

「ペリーはあなたがすばらしいって言ってるわ」

「言ってる？　本当に？」

「本当よ。心から。無条件に」

「よすぎるわ。こんなに早く。どうなのかしら」彼女はつぶやいた。

「すべてよしよ」

「そうだといいけれど。エミー、劇が劇だしね」

「わかるわ」

彼女は立ち去って座り、目をつぶって唇を動かした。ニーナ・ゲイソーンが手織りのスカーフを何枚も身にまとってやって来た。彼女はエミリーを見て、一枚のスカーフの端を振って挨拶した。同時に彼女は奇妙なしかめっ面をして、薄い色の眼を上げて丸天井を凝視した。そのしぐさを解釈するのは不可能だった。何らかの絶望だろうか。エミリーはいぶかしんだ。彼女は控えめに手を振り返した。

ニーナと一緒にいる男性をエミリーは知らなかった。淡黄色の髪、引き締まった口、薄色の眼。バンクォーを演じるブルース・バラベルだろうと彼女は推察した。ふたりは他の人々と離れて、一緒に座っていた。ニーナは彼女が誰かを彼に話しているんだろうと考えて、エミリーは落ち着かない気分になった。彼女は彼の眼を一瞬見つめたが、その眼の鋭さと凝視がひそかに、すばやく外されたのに驚いた。

マクダフのサイモン・モートンはペレグリンの描写でわかった。彼の身体つきは役にぴったりだった。浅黒く、ハンサムで、むこうみず、そして今は神経質に引きこもっている。それでもやはりがむしゃら男だ。

三人の魔女がやって来た。そわそわと早口でおしゃべりしている女性がふたりと、超然として内省的で不安げなランギだ。そして貴族たち。堂々として厳かなダンカン王とふたりの息子たち。息子たちへの態度はいささか高圧的だ。暗殺者がふたり。侍女と医師。レノックスとロス。メンティース。

アンガス、ケースネス。そしてニーナ・ゲイソーンのところへやって来た小さな男の子。あれがウィリアムね、とエミリーは考えた。最後に来たのはハーネスにクレイモアを直立させた、大柄で陰鬱な太刀持ち、ガストンだ。

私ったら皆のことを劇の中の人物みたいに考えてるわ、とエミリーは静かに考えた。そして彼らは劇の中のように振る舞っている。いいや、振る舞っているのではない。私っておかしいわ。でも皆、役柄のグループに集まっている。

正面の幕が上がり、ペレグリンが出てきた。

「これは」と彼は言った、「小道具と効果を入れた中断なしの通し稽古だ。所要時間も計る。前半の終わりにコメントする。これまで調子がだれ気味になることがあったから、注意してくれ。いいか。では第一幕第一場、魔女たちだ」

魔女たちは仕切り席を通って舞台へ上がった。

ペレグリンは段梯子を降りて客席へ行き、自分のデスクに収まった。彼の隣には秘書が座り、後ろには機械操作担当者たちが陣取った。

エミリーは心臓がどきどきした。かすかなむせび泣きとうめくような風が聞こえて、幕が上がった。めったにないことだが、リハーサルで劇が生き生きと輝いてまごうかたなき現実となり、それ以外はすべてどうでもよい些末事となることがある。この驚くような変容は劇の完成途中に現れるのだ。俳優は衣装を着けておらず、舞台装置はまだ最小限にとどまっている。登場人物と彼らが投影する虚空の間には何も介在しない。今日はそんな日だった。

エミリーは初めて『マクベス』を見ているような気がした。驚きに続く驚きだった。完璧で、すばらしく、恐ろしい、とエミリーは感じた。

ダンカン王が城に到着する。宵の空気の中に聞こえる鳥の羽音。平和だ。そして木笛の高い音、巨大な扉が開けられるゴトゴトいう音、扉が開いて見えてくる召使いたち。シートン。深紅の服をまとい、石段の上に立つマクベス夫人。入ってはダメ、入ってはダメよ。

だがマクベス夫人は王を招き入れる。皆は城に入って扉がゴトゴト閉まる。

あとでエミリーはシェイクスピアが挿入した音が聞こえたかどうか、思い出せなかった。コオロギ、フクロウ、客たちが皆寝静まった後もまだ聞こえる使用人たちの動き。そしてマクベスが聞こえたと思ったあいまいな音——。

殺人は行われた。恐ろしい想像が今や現実となり、マクベス夫妻は手についた血を洗い落としにいく。

南口のドアにノックの音がする。舞台下から酔っ払った門番が猥雑な形をした流木を抱えて登場する。彼は流木を次々と火にくべ、よろよろと入り口へ行ってマクダフとレノックスを通す。

サイモン・モートンは、滑らかな皮膚が健康的に紅潮し、精悍に見えた。彼とレノックスは新鮮な朝の空気を中に持ち込み、サイモンはすばやく上階のダンカンの寝所に駆け上がる。ドアは彼の後ろで閉まる。

マクベスは全身の神経を耳にして、静かに立っている。レノックスは火のそばに来て、手を温め、夜の嵐についておしゃべりする。

上階のドアが開いてマクダフが出てくる。

驚いた！　彼の顔からは完全に血の気が引いている。彼は『恐ろしい、何と恐ろしいこと』とささやく。

大騒ぎが起きる。警報、招待客たちの混乱、夫の話しぶりが制御を失いかけたときのマクベス夫人の「失神」怯えた息子たちの登場と彼らの逃亡の決断。そしてマクダフ、老人、ロスが不吉な結びの言葉をやり取りする短い幕前のエピローグ、そして第一部が終わる。

II

ペレグリンはメモを取り終えた。マクベスとマクダフは後ろで待っていた。三人は舞台上にいた。

「どうした」ペレグリンは言った。「何が起きたんだ？　君たちはふたりとも優秀な俳優だが、演技力だけで真っ青になることはできない。何がいけなかったんだ？」

サー・ドゥーガルはサイモンに目をやった。「君が先に上がったんだ」彼は言った。「君が最初に見たわけだ」

「どこかの馬鹿野郎が王の寝所の壁に血まみれの仮面を掛けたんだ。ガストンが作ったバンクォーの首のひとつだ。口が開いて、血がだらだらと流れてるやつ。目が飛び出してた。腰が抜けそうになったよ」

「教えてくれてもよかったじゃないか」サー・ドゥーガルは言った。

「教えようとしたよ。ドアの外で。君とレノックスに。『見るものを石と化すゴルゴンに目をつぶされてくるがいい』のセリフの後で」

「何かつぶやいたのはわかったが、何を言ったのかわからなかった」

「壁に血だらけの首が掛かってる、と大声でわめくわけにはいかなかったろ？」

「わかった、わかったよ」

「サー・ドゥーガル、最初に上がったときに、首はあったか？」

「もちろんなかった。ただ——」

「ただ、何だ？」

「首から下がってるマントの色は何だ」

「濃い灰色さ」

「もしマントが首を覆っていたら見えなかったかもしれない。あそこは暗かったから」

「覆いを取ることができたのは誰だ」

「従僕かな？」

「従僕だって？　従僕なんかいない」サイモンが言った。「気は確かかい？」

「冗談だよ」サー・ドゥーガルは威厳たっぷりに言った。

「妙な冗談じゃないか」

「何か筋の通った説明ができるはずだ」ペレグリンは言った。「小道具方と話してみよう。こんなバカげたことで動揺しないでくれ。とてもうまくいっていたんだから。その調子でがんばれ」

彼はふたりの肩をたたき、彼らが立ち去るのを待って、階段を上って部屋へと進んだ。

確かにとても暗かった。階段の一番上には階段に面したドアがあり、少しずれて開いていた。ドアが開いていると観客には部屋の中の壁が少しだけ見える。石仕上げの壁が観客に面しており、舞台面まで伸びていて、観客には見えない三番目の壁は他の二面の支えになっているだけだった。部屋は骨組みのみだった。舞台に降りる梯子が床に立てかけられていた。

そして戸口に面した一番暗いところに、殺されたバンクォーの首がぼんやり見えた。何があるかは承知していたが、それでもペレグリンにはショックだった。飛び出した目が彼の眼を見つめた。口がぽっかりあいて血が出ていた。ペレグリンの口は乾き、手は汗で湿っていた。彼が首に向かって歩き、首に触ると、それは動いた。ハンガーに取り付けてあったのだ。ハンガーの両側は壁の隅木に置かれていた。灰色のマントには首が出るようにポンチョのような穴が開いていた。彼がもう一度触ると、首は彼のほうに揺れ、コトンと音をたてて落ちた。

ペレグリンは罵りの声を上げて後ろに飛び退り、後ろ手にドアを閉めて「小道具方！」と呼んだ。

「へえ、親方」

「来てくれないか？　作業灯をつけてくれ」

彼は首を取り上げ、元の場所に戻した。作業灯のおかげでいくらか恐怖が薄らいだ。小道具方の頭が下から現れた。彼は上がって来て首を目にした。

「なんてこった！」彼は言った。

「あれをあそこに置いたかい？」

「何でそんなことをするんですかい、ジェイさん？　めっそうもねえ」

「この首がないことに気づいたか？」

「最後に確認したときには、バンクォーの首はみんな大部屋にありやした。そりゃまあ、震え上がりますさあね。突然これを見たら」

「首を外して元へ戻してくれ。それから、アーニー――」

「何ですか?」

「話すなよ、これを見たことを。誰にもだ」

「わかりやした」

「本気だぞ。神に懸けて誓ってくれ」

「神に懸けて」

「十字を切れ、アーニー。十字を切って言えよ」

「そんな、親方」

「やれと言ったら、やるんだ」

「十字を切って、神に懸けて誓います」

「それでいい。さあ、これを持って他の首と一緒にしておいてくれ。いや、ちょっと待った」

ペレグリンは首をマントに包んでいて、縁の折り返しの中に六〇センチほどの細い棒が差し込まれているのを発見した。紐が結ばれており、その紐はもっとずっと長い紐に結ばれていた。彼はそれを床の端まで持っていき、端を落としてみた。それは舞台面から九〇センチの位置まで届いた。ペレグリンは紐をほどき、巻いてポケットに入れた。彼は棒を引っ張り出して小さく折り、きちんと包んだ首をアーニーに渡した。彼は首があった場所に目をやって、その上に生木の筋交いが飛び出しているのを見た。

「まったく、とんでもない」と彼はつぶやいた。「オーケー」と彼は声に出していった。「先へ進もう」彼は下に降りた。

「第二部だ」彼は指示した。「位置についてくれ」

Ⅲ

第二部はバンクォーがひとりで、真実を疑いながらも急いで逃亡する覚悟もできずにいるところで幕が開く。次いでマクベスと暗殺者たち、そしてさらに近く常に付き従うシートンとの場、それからマクベス夫妻の場が続く。ここはおそらく劇で最も哀れをさそうシーンであり、彼らの本質をさらけ出しているのではなかろうか。この場は並外れた言葉使いで、罪責感の悪夢、眠れないこと、そしてやっと眠ると襲ってくる恐ろしい夢を明らかにする。彼女は戦いを続けようとするが、今や疑いもなく、マクベスに対する彼女の影響力は予期していたほど強くないことを夫人は感じ取っている。マクベスは自分の意思で動き出し、自らの計画をほのめかすが教えはしない。夕闇そして夜が迫り、夜の手先が動き出す。この場は闇への献身で終わる。そしてバンクォーの殺害とフリーアンスの逃亡が続く。次は盛大な宴会だ。

この場は幕前《まくまえ》で始まる。王冠を戴き、王服を身にまとったマクベスは流血を生きがいにするかのごとく、状況を手中にしているように見える。彼の声は大きすぎ、客の歓迎ぶりが仰々しすぎる。彼は招待客を幕の後ろに送り込み、自分も入ろうとして、舞台前方のドアにシートンがいるのに気づく。最後の客が通るのを待って、彼はシートンのところへ行く。

「顔に血がついておるぞ」

「とすれば、バンクォーの血です」

しかし万全とはいかなかった。フリーアンスは逃げたのだ。マクベスはシートンに金をやり、幕を上げる合図をする。幕が上がり、豪奢な宴席が姿を現す。召使たちは酒を注いでいる。マクベス夫人は王妃の席だ。そしてバンクォーの亡霊がテーブルの下に隠れて待っている。

うまくいっているぞ。椅子の隠し方。タイミング。王としての威厳を取り戻そうとするマクベスの悪夢のような奮闘。きっかけはどれもドンピシャリだ。ありがたい！　とペレグリンは考えた。うまくいっている。そう、それでいい。

「乾杯」

召使たちがメインディッシュの皿覆いを取っていった。王座の皿には、目を怒らしたバンクォーの首があった。

「こんちくしょう、こりゃいったい何だ！」サー・ドゥーガルは難詰した。

Ⅳ

これはいくら何でも行きすぎだった。隠し続けるのはもうおしまいだ。奇妙なことに、ペレグリンはいくらかホッとした。彼はもう嘘っぽい説明をしたり、話すのはわかっていながら話さないようにと人に頼んだりしなくて済む。

彼は、「ストップ！」と言って立ち上がった。「そいつを覆ってくれ」

まだ手に長円形の皿覆いを持っていた召使は、首の上にピシャリと皿覆いを戻した。ペレグリンは通路を舞台に向かって歩いた。「座りたければ座ってもいいが、自分の位置にいてくれ。ここにいるスタッフは舞台の上に来てほしい」

舞台監督補佐のチャーリー、舞台方がふたりと小道具方が来て、舞台上手《かみて》にひとグループになって立った。キャスト全員が前に集まり、舞台上に座ったり、セットに寄りかかったりしていた。

「君たちの中に」ペレグリンが言った、「おかしなやつがいる。そいつはリハーサルの間中、断続的に悪ふざけをしてきた。目的は、あるとすればだが、この劇に付きまとっている迷信を広めることだ。この劇。マクベスだ。わかるか、マクベスだよ。こいつはダンカンの寝室にバンクォーの首を掛け、もうひとつの首を盛り皿の上に置いた。この劇でなければ馬鹿げたいたずらだと片付けられるだろうが、ここではそうはいかない。悪ふざけのおかげで、非常に高いレベルの演技が台無しになった。これは遺憾だ。このいたずらをやった人間は、どんなやり方でもいいから、自分がその――道化者だと僕に教えてほしい」

「この劇の上演のために、いかさま師の名前は明らかにしないと約束する。配役から外したり、このことを蒸し返したりもしない。これはなかったことにするんだ。それはわかるね?」

彼は沈黙した。

キャストは皆叱責されるために呼ばれ、次に何が起きるかとハラハラしている子供たちみたいに彼を見つめている、とペレグリンは感じた。

次に口を開いたのは雄弁なバンクォー、ブルース・バラベルだった。

「反論されるだろうが」彼は言った。「抗議したい。もしその人間がわれわれの中にいるなら、皆それが誰かを知るべきだ。暴き出してキャストから外す必要がある。われわれがやるんだ。僕は俳優組合代表として、この立場をとらざるを得ないと思う」

一座の俳優組合代表にどんな立場をとる権利があるか、ペレグリンにはまったくわからなかった。

彼は堂々と言った。

「劇場の所有物である小道具が悪用された。リハーサルが中断されたんだ。これは僕の問題だ。続けよう。俳優組合が口を出すかどうかは、そのうちにわかる。もし出すようなら君に知らせる。今のところは座ってほしい、バラベル君」

もし座らなかったらどうしよう、と彼はヒヤヒヤして考えた。

「そのとおりだ」とサー・ドゥーガルが助け舟を出した。

賛成のつぶやきがいくつかあった。めまいがするわ、とニーナが言うのが聞こえた。ペレグリンは言った。「小道具方、あの皿の中を最後に見たのはいつだ?」

「見ていませんや」と小道具方は言った。「テーブルの上に置いてあって、幕が下りてからすぐ運んだんです。上演のときはこの皿にはプラスチック製のイノシシの頭が乗っておりやすが、総稽古まではありやせん」

「そこに誰かいなかったか? 大道具方か俳優が?」

「テーブルを運んだ道具方がふたり。連中は反対側に行きやした。それからあの人です」小道具方はバラベルを頭でさして言った、「それにもうひとりの亡霊。吹き替えでさ。ふたりは幕がまた開くすぐ前にテーブルの下に潜り込みやした」

「いかにもバンクォーらしいな」サー・ドゥーガルは言って笑った。

「どういう意味だ?」バラベルが言った
「別に、何でもない」

「説明してもらいたいな」

「そのつもりはない」

「静かにしてくれ」ペレグリンは大声で言った。「小道具方、続けてくれ。皿が実際にテーブルの上に置かれたのはいつだ?」

小道具方は言った、「皿は固定されているんです。役者が手にしない小道具はどれも固定されておりやしょう? 準備ができてから蓋をするんでさ」

「リハーサルの前に?」

「そうです。わしが首を置いたと誰かが考えるなら、絶対にしてやせん。もし疑われるなら、小道具方組合に訴えやす」

「してないのは確かだろう」とペレグリンは急いで言った。「あの首はどこにあったんだ? バンクォーの首全部は? 一緒にあったのか?」

「大部屋にありやした。全部一緒に。来週の総稽古にそなえて」

「部屋の鍵は開いていたか?」

「へえ、開いておりやした。鍵を持っていたのは誰かとお尋ねでしたら、私でがす。若い通行人役が鍵を開けてくれと頼んだんで、開けやしたんで」

「わかった。ありがとう」

「私にも他の人とおんなじに権利がありやすよ」

「もちろんだ」ペレグリンは一、二秒待ってから言った。「他には?」

「もちろん」とガストンの陰気な声が言った。「わしもそこにいたが、ごく短い間だ。わしはバンクォー殺しをマクベスに報告しただけだ。それから舞台の前方上手から退場した。誰かが私のクレイドヘムモアを持って待っていた。私はそれをつかんで舞台後方に走り、武器をハーネスにつけて、また幕が開くと同時に王座の近くに登場した。その前のシーンは」とガストンは物思いにふけって言った、「バンクォー殺しだ。クレイドヘムモアは正しく置かれていた。殺しには絶対に使わない。大きすぎるし、神聖すぎるからだ。興味深いのは――」

彼はいつもの語り口調になった。

「ありがとう、ガストン」ペレグリンは言った。「フーム、なるほど」そして次を急いだ。「さてバンクォーだ。君はこのシーンの間あそこにいた。どのタイミングで実際にテーブルの下にもぐったか覚えているかい?」

「マクベスが『殺しの名人だな』というのを聞いたときだ。幕は下りていて、マクベスと暗殺者ガストンのシーンは幕前で行われる。頭《かしら》とマントは息苦しいんで、いつもぎりぎりになってから身に着けて、テーブルの下に隠れるんだ。ふたつはくっついているから、身に着けるのに数秒しかかからない。アンガスとケースネスが僕の頭に被せてくれた。僕はマントをひざの周りに巻いて隠れた」

「亡霊の吹き替え、トビーは?」

若者が顔を上げた。「僕は楽屋で頭《かしら》とマントを着けました」彼は言った。「そしてテーブルが置かれるとすぐに下に入りました。テーブルの舞台奥側には何もなくて、スペースは十分あります。僕はブルースが隠れて前に這っていくまで、後ろで待ちました」

ペレグリンは見慣れた俳優たちの顔をながめて、これは馬鹿げてる、と考えた。彼は咳払いをした。「君たちに訊きたい」彼は言った。「こんなふざけたまねをしたのは君たちのうちの誰だ」

誰も答えなかった。

「しかたがない」とペレグリンは言った。「この件を君たちの間で話し合わないでほしいが」彼は辛辣に付け加えた。「話さないでくれとはっきり言ったほうがいいな。一点指摘しておきたいことがある。こんな馬鹿げた悪ふざけをマクベスの迷信と結びつけて考えたら、それこそ犯人が望んだとおりになる[illegible]を本気で信じてる。これまでのと[illegible]吉な前兆は起きていないから、自分で仕込んだんだ。馬鹿げていて[illegible]ントはあるか？」

「自問せざるを得ないが」ガストンが告げた。「噂が始まったとき、これは事実キリスト教以前の冬至の儀式までさかのぼるのではないかと。この劇は極めて血なまぐさいものであるし――」

「わかった、ガストン。その話は後にしよう」

ガストンはよく響く低い声で話し続けた。

サー・ドゥーガルが言った、「頼むから、誰かあいつにクラディモアのことなんか忘れて、ヨタ話をやめろと言ってくれ」

「何と言うことを！」ガストンは突然大声で怒鳴った。「血が出ないことを除けば細部まで本物に忠実な決闘を君に教えた私に向かって！　よくも私のヨタ話などと言えるもんだ」

「ああ言うよ、何度でも」サー・ドゥーガルは不機嫌に言った。「君から被った肉体的ストレスのおかげで、まだ身体中が痛む。それもいい演技ならもっとリアルに見せられる決闘のためにだ。君が黙らないなら、こんちくしょうめ、君の大切な技能を使って黙らせてやる。申しわけない、ペリー、だが本気だよ」

ガストンはハーネスからクレイドヘムモアを抜き放ち、初期スコットランド語と思《おぼ》しき悪態をついて、武器でただごととは思えぬ脅すようなしぐさをした。横にいた堂々たるダンカンが叫び声を上げて後ずさった。「おいおい！」と彼は抗議した。「やめろよ！　だめだ！　やりすぎだぞ」

ガストンは足を踏み鳴らし、その恐るべき武器を振り回した。

「そのとんでもない代物を収めろ」サー・ドゥーガルは言った、「『グラドタイムソー』だか何だか知らんが。怪我をするぞ」

「静かに！」ペレグリンは叫んだ。「ガストン！　やめろ。すぐにだ」

ガストンはやめた。彼は刀礼をして、がっしりしたベルトハーネスからスポラン（スコットランド高地人が正装の際にキルトの前に下げる革袋）が占める位置につるされた革袋の鞘に武器を納めた。柄が定位置に納まると、巨大な刃は彼の身体の前に立ち上がり、ガストンは刃を鋼鉄の手袋を嵌めた手でつかんだ。刃は彼の鼻のすぐそばを通り、彼は眼をしばたたいた。武器を手にすると、ガストンはものすごいやぶにらみをして低音でつぶやきながら、マギーの王妃の座近くに引っ込み、直立不動の姿勢を取った。マギーは彼に恐怖のまなざしを向けたと思うと、突然笑い出した。

するとキャストとエミリーを含めた前列席の皆も、とまどった視線をかわしてから笑い出した。

ガストンは直立不動の姿勢を崩さなかった。

ペレグリンは笑いの涙を拭いながら彼に近づき、命の危険を冒して彼の肩を抱いた。

「ガストン君」ペレグリンは言った、「君はこの馬鹿げたいたずらにどう対処すべきか教えてくれた。礼を言うよ」

ガストンは低音で何かつぶやいた。

「何て言ったんだい？」

「ホニ・ソイト・キ・マル・イ・ペンセ（Honi soit qui mal y pense〔悪意を抱く者に災いあれ〕ラテン語。英国のガーター騎士団〔一三四八年創立〕のモットー。英国の最高勲章であるガーター勲章にも刻印されている）」

「そのとおりだ」とペレグリンは賛成したが、この返答でよかったのか確信が持てなかった。「さて、みんな」と彼は言った。「誰がこんないたずらをしたのか今のところわからないが、そのままにしておこう。少しだけこちらに背中を向けてくれるかい？」

彼らは言われるとおりにした。ペレグリンは皿の蓋をさっと持ち上げ、首をマントにくるんで舞台裏に持っていき、戻ってきた。

「これでよしと！」彼は言った。「みんな、位置について。準備はいいか、サー・ドゥーガル、それとも少し休むか？」

「続けよう」

「よし。ありがとう。中断したところからだ」

『乾杯』とプロンプターが言った。そこから劇は終わりまで続いた。

すべてが終わり、メモを取り終わって、修正が必要な部分をコメントすると、ペレグリンはキャストに向かってちょっとしたスピーチをした。

「君たちには大変感謝している」彼は言った。「君たちはプロとして礼儀正しく適切に振る舞った。このジョークをやった人間が、僕が考えるように君たちの中にいるなら、こんな悪ふざけがどれだけ馬鹿らしいか理解して、もうやらないことを願う。われわれの劇はうまくいっている。自信を持って進もう。明日の朝十時に集まってくれ。リハーサル室に」

V

　ペレグリンは効果技術、照明技術の人々と一時間会合を行い、終了後、彼らは納得して仕事を記録するために帰っていった。舞台には昼の光が模様を作っていた。作業場からは書割が描かれた板が何枚も運び込まれていた。職人たちは叫び、また口笛を吹いていた。

「ほら、エム」ペレグリンは言った。「期待してたよりいろいろと面白かったろう?」

「ほんとにそうだったわ。あなた見事に処理したわね」

「そうかな。それならよかった。やあ、ウィリアムが来た。ここで何してるんだ? エミリー、これがウィリアム・スミスだよ」

「ウィリアム、あなたの演技を心から楽しんだわ」エミリーは彼と握手しながら言った。

「ほんと?」とウィリアムは言った。「お母さんを待ってるんだけど、ジェイさん」――彼の顔が赤くなった――「でもジェイさんと話したかったんだ。あれについて――」彼はエミリーを見た。

「何について?」ペレグリンは尋ねた
「首についてだよ。あれをやった人について。それから、子供がやりそうなことだと皆が言ってることについて。僕はやらなかった。ほんとにやらなかったんだよ。馬鹿げてると思う。それに怖いんだ。ものすごく怖い」ウィリアムはささやいた。赤みが失せて青くなった顔で小さな男の子は彼らを見つめた。彼の目には涙があふれた。

「ウィリアム!」エミリーは叫んだ。「心配しないで。あれはただのプラスチックの作り物よ。怖がることはないわ。まねごとの幽霊よ。ウィリアム、気にしないで。シアーズさんが作ったの」彼女は両腕を差し伸べた。彼は躊躇したが、恥ずかしそうに進み、彼女の胸に飛び込んだ。彼女は彼の心臓の音と身体の震えを感じた。

「ジェイおばさん、ありがとう」彼はつぶやいて鼻をすすった。

エミリーはペレグリンのほうへ手を伸ばした。「ハンカチ貸して」彼女は口の動きで伝えた。彼は自分のハンカチを渡した。

「さあ、鼻をかんで」ウィリアムは鼻をかみ、息をついた。彼女はペレグリンに向かって頭を振ると、彼は「大丈夫だよ、ウィリアム。君がやったんじゃない」と言って歩み去った。

「ほうら、あなたの疑いは晴れたでしょう？」

「本気で言っているならね」

「彼は本気じゃないことを絶対に言わないわ」

「ほんと？　よかった」ウィリアムは言って鼻を鳴らした。

「これで問題は解決ね」彼は答えなかった。「ウィリアム」エミリーは言った。「ああいう首が本当に怖いの？　あなたの仕業じゃないかと考えてる人がいるってことは別にして。ここだけの話よ」

彼は頷《うなず》いた。「見ることができないんだ」と彼はささやいた。「触るなんてとんでもない。おっかないよ」

「自分で作ったとしたらどうかしら？　手間がかかるのよ。まずバラベルさんの顔の型を取るんだけれど、あの人は息ができないと文句を言って、口を開けていないでしょうね。そしてやっと型が取れたら、乾かして、その中にプラスチックを薄く注ぎ込んで乾くのを待つ。その次が難しいの」彼女はあやふやながらやり方は正しいはずと考えて言った。「ふたつをはがせばオーケーなの。まあ、そんな感じね。だいたいのところは」

「うん」

「全部の段階を済ませてから最後に色を塗って、髪の毛をつけて、赤い塗料で血をつけたりするんだけれど、面白いわよ、怖く作るのはあなたなんだから。わかるでしょ、あなたの使い方が器用なのよ。プラスター、プラスチック、ペンキの」

「歌のコーラスみたいだね――〝プラスター、プラスチック、ペンキ〟なんて」

「〝作ってるのよ、完璧な希少物を〟」エミリーは言った。「そのとおりね。あなたの番よ」

「〝作っていれば、とっても元気〟、ジェイおばさんの番だよ。『希少物』と韻を踏む言葉なんて見つからないでしょう」ウィリアムは言ってまた鼻を鳴らした。

「あなたの勝ち。ところであなたのお母さんはいつ迎えに来るの?」

「もうすぐだと思う。夕飯の買物をしてるんだ。今日の午後は仕事が休みだから」

「じゃあここで私と一緒に待つといいわ。ジェイおじさんはあそこで誰かにつかまっているようだし。彼がこの劇場を復活させることになったいきさつを知ってる?」

「ううん」ウィリアムは言った、「ここで仕事をもらえるのはすばらしいことだという以外、この劇場については何も知らない」

「じゃあここへ座りなさいよ」エミリーは言った。「教えてあげる」

彼女は、世に認められようと必死になっていた若い作家で演出家だったペレグリンが廃墟になっていたドルフィン劇場にやって来て、舞台にあいていた爆撃の穴に落ち、助け上げられて、劇場を復興する仕事を得、理事のひとりになったことをウィリアムに話した。

「今でもちょっとしたおとぎ話ね」

「すてきな話だね」

「とてもすてきよ」

彼らはうちとけた沈黙の中で座り、舞台上で働く人々を見ていた。

「あなた演劇学校に通っているんでしょう?」しばらくしてエミリーが言った。

「ロイヤル・サザーク演劇学校。正式な学校なんだ。演劇の他に普通の科目も全部勉強するんだよ」

「もうどのぐらい行っているの?」

「三年。入ったとき、僕が一番年下だった」

「気に入っている?」

「うん」彼は言った、「いい学校だもの。空手とフェンシングも習ってる。僕は俳優になるつもりなんだ」

「そうなのね?」

「もちろんだよ」と彼は冷静に言った。

劇場の正面玄関のドアが開き、母親が中をのぞき込んだ。彼は振り向いて彼女を見つけた。「母さんが来た」と彼は言った。「もしいいんなら、母さんを紹介したいんだけど。問題ない?」

「お目にかかりたいわ、ウィリアム」

「やった」彼は言った。「ちょっと失礼」彼は彼女の横をすり抜け、通路を走っていった。エミリーは立って振り向いた。「いいんだって、母さん」彼は言った。「ジェイおばさんがいいって言ったよ。おいでよ」

「スミスさん、初めまして。どうぞお入りになって。お会いできてうれしいです」とエミリーは言って手を差し出した。「エミリー・ジェイです」

「息子がちょっとせっかちだったみたいですね」スミス夫人は言った。「迎えに来ただけなんです。部外者はバスの停留所へ行くみたいに劇場の中に入ってはいけないって存じてますから」

「ウィリアムがあなたのいい口実ですよ。あの子は私たちの希望の星です。夫は彼がとても前途有望だと考えてます」

「よかった。オーバーコートを持ってきなさい、ウィリアム。——いったいその顔はどうしたの？」

「どうしたって。どういうこと？」ウィリアムが不思議そうに尋ねた。

「みんなおかしな顔をしてるのね！」エミリーが叫んだ。

「バンクォーの子孫の行列のためにガストンが作った首のひとつが宴会のテーブルの上に現れて、私たち震え上がったんです。さあ行ってコートを持ってきなさい、ウィリアム。あなたの椅子の背に掛かってるわ」

彼は「持ってくるよ」と言って、通路を歩き始めた。

エミリーは言った「彼は首に驚いて飛び上がって、小さな坊やみたいになってしまったんです。でももう大丈夫。あれは本当に気味が悪かった」

「そうだったでしょうね」とスミス夫人は言った。彼女は通路を歩いて、ウィリアムと合流した。彼女はエミリーに背中を向けて息子にコートを着せた。

「母さんの手、冷たいよ」

「ごめんなさい。外はとても寒いの」彼女は息子のコートのボタンをかけて言った。「ジェイおばさんにさようならを言いなさい」

「さようなら、ジェイおばさん」

「さようなら、若い紳士さん」

「さようなら」とスミス夫人は言った。「ご親切にありがとう」

彼らは握手を交わした。

エミリーはふたりを見送った。孤独な親子なのね、と考えながら。

「おいで、エム」とペレグリンは言った。彼はエミリーの後ろに来ていて、片方の腕を彼女の腰に回した。「全部かたがついたよ。これで帰れる」

「いいわ」

ふたりは正面玄関から劇場を出た。実物大の写真が枠に入れられるところだった。サー・ドゥーガル・マクドゥーガル。マーガレット・マナリング。サイモン・モートン。三人の魔女。一枚ずつ取り出されていた。本番まであと一週間だ。

エミリーとペレグリンは立って写真を見ていた。

「ああ、あなた」と彼女は言った、「これはあなたの大舞台なのね。ほんとに大きい。大きいわ」

「そうだよ」

「あんなナンセンスな出来事を気にしちゃダメ。馬鹿げてるもの」

「そう、そのとおりだ。だけどウィリアムに向かっているような話しぶりだな」

「行きましょう。家へ」

彼らは自宅に帰った。

Ⅵ

最後の数日には、いつものような気違いじみた忙しさはなかった。上演スタッフは劇場を使用し、俳優はリハーサル室のチョークで印をつけた床で稽古した。ガストンは異なる高さが必要であること、そして毎日の練習を続けることを強調して、舞台を使用することを主張した。「ずっと続けるのだ」と彼は言った。「上演期間中も」

マクベスとマクダフは抗議の声を上げたものの、このときには自分たちの熟練の技を誇るようになっており、決闘のスピードは信じられないほどまで上がっていた。巨大で扱いにくい武器が互いの身体の数インチ近くをビュンと通り過ぎ、文字どおり火花が散り、ふたりはくぐもった叫びを上げた。舞台スタッフは半時間仕事を中断し、圧倒されてながめていた。

決闘の終わり方はちょっとした問題だった。マクベスは後ろ向きに下手《しもて》（客席から見て舞台の左側。右側は上手〔かみて〕）へ追い込まれる。下手《しもて》の舞台の袖は開いていたが、舞台床にしっかりねじで止められたストーンヘンジのような枠張物で客席から見えなくなっている。マクベスはそこへ後退し自分の盾の後ろに身を屈める。マクダフはクレイモアを振り上げ、振り下ろす。マクベスはそれを盾で受け止める。一瞬の間。そして言葉にならない野獣のような声を上げて、彼は斜め後ろに飛び退き、舞台から見えなくなる。マクダフはクレイモアを頭上高く振り上げ、舞台外に飛び込む。悲鳴が上がり、間違いようのない音で途切れる。途方もないバサッという音だ。

三秒間、舞台は空になり、沈黙する。

「ラッタタ、ラッタタ、ラッタタ、ラッタタ、ラッタッタと太鼓。ラッパ。大きく！　どんどん大きく！　それからマルコムの一行が登場する」とガストンは大声で叫んだ。

「どうだい？」サー・ドゥーガルが尋ねた。「間一髪だったたな、ガストン。やつはシーンを外した。ほんのわずかのところだったが。クレイモアは恐ろしく長いんだ」

「彼はシーンを外した。君たちふたりが一インチ外して居所とやることを繰り返せば、必ず外すことになる。もしそうでなければ、外さない。もう一度やってみよう、最後の六つの動きだ。位置について。それ一、二、三――」

「あそこはとにかく横に狭いんだ」終わった後でサイモンが言った。「それに恐ろしく暗いし、本番でも暗いはずだ」

「私は首を突き刺したクレイドへムモアを持ってそこにいる。だが、私を探さなくてもいい」ガストンは言った。「位置についていれば、私が君の後ろに行く。マクベスはそのまま退場だ」

「僕は叫び声を上げて這い出るよ、心配するな」

「わかった」

「ではまた明日。同じ時間に。皆、お疲れさん」ガストンは舞台係に言った。彼は会釈して出て行った
「用心深いな」と裏方のひとりが言った。

「さて、皆さん」と裏方の頭がガストンの口真似をして言った。「続けますか？」

彼らはサンドペーパーをかけてペンキを塗った壁板をセットの方向に向けて釘を打ち始めた。石段は踊場へ、そしてダンカンの寝所のドアへと曲線を描いて上がっていた。赤いタピストリーが掛かっ

ていて、石段の上に降りていた。踊り場の下には隠し扉が壁を貫いており、南口への通路となっていた。

ペレグリンはリハーサル室へ行く途中、これを見てすべて良しと思った。左右の回り舞台は外壁を現していた。暖炉が見えた。絞首門が目に入り、しっかり固定されていた。

すべてうまくいってる、と彼は考え、リハーサル室へ入った。彼は自分がアレッポのシーンと呼んでいるシーン、つまり魔女たちがマクベスを待ち受けるシーンを予定していた。彼は少し早かったが、登場人物のほとんどはもうそこにきていた。バンクォーもいた。

彼らが船の乗組員だとしたら、と彼は考えた、バラベルは命令に従わない理屈屋の水夫だろう。バラベルが小学生の頃、どんな子だったか想像できる。彼の話に耳を傾ける小さな男の子たちといつもこそこそ隠れていて、怪しげな計画の後ろには必ずいるが、責任は絶対に取らない。トラブルメーカーなのだが、おおっぴらにそうは見えない。いやな子だ。

ペレグリンは言った、「おはよう、みんな」

「おはよう、ペリー」

思ったとおりだ。バラベルは魔女のふたりと一緒にいた。馬鹿な子たちだ、何だか知らないが彼のナンセンスに耳を傾けるなんて。第一の魔女、ランギはまだ来ていなかった。彼はバラベルの言うことなんか聞かないだろう、とペレグリンは考えた。彼は我が道を行くタイプだ。彼はいい俳優でもある。だから僕は彼を尊敬する。

ブルース・バラベルは魔女たちから離れて、ペレグリンのところへやって来た。

「満足かい、ペリー」彼はペレグリンに近づいて尋ねた。「おっとごめん！　尋ねちゃいけないんだよな。縁起が悪い」

「大いに満足しているよ、ブルース」

「すてきな坊やは今日は来ないのかい？」

「ウィリアム・スミスかい？　来るよ」

「あの子は名前のハイフンを落としたが、当然だな。かわいそうに」

ペレグリンは心の中で、演劇用語でいうダブルテイクをやった。すぐには気づかず、一瞬後に心臓が止まりそうになったのだ。彼はバラベルを見た。バラベルは彼に微笑んだ。こんちくしょう、ペレグリンは考えた。彼は知ってる。まったく何てことだ。こんちくしょう、こんちくしょうめ。

ランギがやって来て壁の時計を見た、ドンピシャリだ。

「二つ目の魔女のシーンだ」ペレグリンは言った。「魔女はコンパスの三点からやって来る。ごくかすかな雷が聞こえる。君たちは同時に中央へ着く。ランギは通路から、それぞれよれよれの買物袋を持っている。ブロンディは上手《かみて》、ウェンディは下手《しもて》だ。前回は同時じゃなかった。合図を見逃さないように。ランギが一番歩く距離が長い。あとのふたりは同じだ。皆棒を持っていたほうがいいかな？ためらわないで。雷が鳴るのを待って、止まったらすぐ動き始める。やってみてくれ。いいか？　ゴロゴロ、ゴロゴロ。それ」

三つの姿が現れ、よたよた歩き、集まった。「ずっといい」ペレグリンは言った。「もう一度だ。今度は互いに挨拶する。ランギが真ん中だ。あとのふたりは彼の両頬に音を立てて同時にキスをする。前で。一緒に。そうだ。そしてセリフ」

彼らはそれぞれの対照的な声を使った。韻は強調されていた。アレッポへ行った不運な水夫についての長ゼリフは呪いだった。

「あいつの船を沈めることはできないけれど

嵐にもまれてもみくちゃになることは請け合うよ

ところでこれを見せようか」

そしてランギは買物袋をかき回した。

「見せて、見せておくれよ」欲ばりのウェンディが懇願した。袋の中のランギの手は動かなかった。彼自身も凍ったように身を固くしていた。突然彼は袋を開き、中をのぞいた。彼はしっかり握ったこぶしを引き出した。

「ここに水先案内人の親指があるよ。

帰りの旅で難破した」とランギは言った。手はほんの少し開いただけだった。

「どうした?」ペレグリンは尋ねた。「親指を渡してくれなかったのか?」

ランギは手を開いた。中は空っぽだった。

「小道具方に話そう。続けて」

「太鼓だ! 太鼓だ!」ウェンディが言った、「マクベスがやって来るよ」

そして彼らのダンスだ、ぐるぐる回って、身体をねじって、ひねって、お辞儀をして、手をつないで上にあげて。すべてがあっという間だった。

「しーっ! これで呪文は結ばれた」

「よし」ペレグリンは言った。「あのセリフはすごくよくなった。今度は本当に恐怖を抱かせる。難破した船に乗ったみじめな水夫はもみくちゃにされ、死んではいないが生きてもいないと。うまくいった。次へ行こう。バンクォーとマクベスだ。ちょっと待ってほしい。バンクォー、このシーン全体が注意深く組み立てられていて、独白のしきたりは四世紀の間に変化したから、マクベスは仲間の軍人たちからは聞こえる位置にいない。君とロス、アンガスは互いに話している。舞台のずっと奥のほうで。非常に静かに、ほとんど動きはない。シェイクスピア自身、通常のしきたりでは十分ではないと感じたようだ。彼の書く『皆さん、ありがとう』は、下がってよいという意味だ。こう言われた人々はお辞儀をしてできる限り遠くへ行く。言うまでもないが、独白は非常に重要だ。だからけたたましい笑い声はなし。いいか？」

「その点は君が最初に指摘したときに了解したよ」バンクォーが言った。

「よし。それで三度言わなくて済む。準備はいいか？『大地に泡があるのか』」

シーンは続いた。これから良いことが来るというメッセージは伝えられた。黄金の未来が開いた。何もかもすばらしかった。だがしかし——しかし——

ほどなく、彼らは大釜のシーンに取りかかった。ペレグリンは「ダブル、ダブル、苦悩も苦労も」のささやきをバックグラウンドに使うことを思いついた。観客に聞こえるだろうか？　つぶやきも考えたが、うまくいかなかった。「キャスト全員がいるときにささやきを試してみよう」ペレグリンは言った。「六つのグループに分かれて、各グループは『苦労も』の後でスタートする。うまくいくと思うよ」

魔女たちは見事だった。はっきりと悪意に満ちて。彼らの動きは明瞭だった。しかしランギは何かを気にしていることにペレグリンは気づいていた。きっかけを外したり、動きを間違えたり、プロンプターの助けが必要になったりはしなかったが、彼はおかしかった。具合が悪いのか？　何か不満があるのか？　ああ、頼むからしっかりしてくれ、とペレグリンは考えた。なぜ彼は僕を見ているのか？　僕は何か見落としているんだろうか？

『自分の子孫だと彼らを指さしている』雷鳴と霧、暗転、扉が閉まり、レノックスが扉をノックしてシーンは終わる。

「よし」ペレグリンは言った。「とくに君たちに対する注意はない。バックグラウンドの音が決まればね。調整が必要になるはずだ。皆、ご苦労さん」

彼らは皆リハーサル室を出た。ランギを除いて。

「何か不都合でもあったのか？　いったいどうしたんだ？」

彼は買物袋を差し出した。「中を見てくれ」ペレグリンは袋を受け取って口を開いた。

袋の中から恨みがましい顔が彼を見つめた。口を開け、歯をむき出し、ピンクの前足を上に伸ばして。

「くそっ！」ペレグリンは言った。「また始まった。この袋はどこにあった？」

「もう二つの袋と一緒に小道具テーブルの上に。昨日からだ」

「誰か中を見たか？」

「そうは思えない。ネズミを放り込むのに開けただけだ。どの袋が誰のかはわかりようがない。ブロンディのだった可能性だってある。もしそうだったら、あの子は気絶するか、ものすごいヒステリーを起こしたろう」ランギは言った。

「彼女が見た可能性はない。ウェンディもだ。ふたりの袋には新聞紙が詰め込まれて、革紐でしっかり閉じられてた。君のはそうじゃなかった。袋を開けて水先案内人の指を取り出すことになっていたからね」

「つまり僕がネズミを見つけることになっていたわけだ」ランギは言った。

「他のふたりでは役に立たない」

「こんな馬鹿げたいたずらを全部やった人間は明らかじゃないか?」

「小道具方か?」ペレグリンは言った。

「自分で考えてみるといい」

「いや、信じられない。バンクォーの首騒ぎのとき、彼の激しい抗議と組合に訴えるという威嚇を聞いたろう? とんでもないよ。キャストの中にいまいましいスター俳優がいるに違いない。小道具方はノーだ。もう何年もわれわれの小道具方をやっている。彼がやったとはとても思えない」

「対象を狭めることはできないか? いろいろな時間に誰がどこにいたかとか? たとえば首を持ってダンカンの部屋へ行けたのは誰だろうとかね? 実をいうと、彼が首を持っているところにぶつかったんだ。小道具方さ。ダンカンの寝所から梯子を下りてくるところをだ。今考えてみると」ランギは言った、「彼の態度はおかしかった。僕が『そんなものを持って何をしてるんだ?』と尋ねると、あるべきところに置きにいく、と彼は答えたんだ。ペリー、申しわけないが彼が犯人だと思うよ。皿覆いの下に首を入れたのも彼に違いないと思わないか?」

「彼はあの首を大部屋にある他の首のところへ持っていったんだ。僕がそうしろと言ったんでね」

「彼がそうするのを見たか?」

「いや」

「そうしたか彼に尋ねてみるといい」

「もちろん尋ねる。しかし彼が皿に首を置いたんでないことは確かだ。確かに疑わしいことは認めるが、確かだと思う」

「それにこのいまいましいネズミだ。いったいどこから来たんだ？　ネズミ捕りを仕掛けてるのか？」

「仕掛けてるのは誰かって？　確かに小道具方だ。ヘンリーが潜り込めない狭い場所にネズミ捕りを仕掛けるんだ（ヘンリーは劇場の飼猫）」。「小道具方は自分から教えてくれた。自分の巧妙さに誇りを持っていた」

ランギは言った「ともかく見てみよう」

彼は袋を開けて、逆さまにした。ネズミの体の前半分がポトンと床に落ちた。

「首にバーの跡がある。跡は深くて湿っている。首は折れている。血が出ているな」とランギは言った。「臭いはしない。死んだばかりなんだ」

「取っておかなければ」

「なぜ？」

ペレグリンはあっけにとられた。「なぜかって？」彼は言った。「さあどうしてだろう。事件の証拠みたいに扱ってるが、そんな事件はなかったわけだし。どんな事件もなかった。とはいっても――ちょっと待ってくれ」

ペレグリンはごみ箱のところへ行き、捨てられた茶色の紙袋を見つけて裏返した。彼はそれを持ってきて、開けて差し出した。ランギはネズミの耳を持って拾い上げ、袋の中に落とした。ペレグリンは袋の口をきつくねじった。

「ゾッとする獣だな」彼は言った。

「……したほうがいいかも――シーッ」

通路で軽い靴を履いた足音とほうきで掃く音がした。

「アーニー！」ペレグリンが呼んだ。「小道具方！」

ドアが開いて彼が入って来た。アーニーは何年ドルフィン劇場で小道具方をやっているんだろう、とペレグリンは自問した。十年？　それとも二十年か？　いつでも頼りになる人だ。滑稽な事柄に対する一種独特な感覚と、想像しただけの侮辱に対する過剰なほどの反応が特徴の、ロンドンの下町っ子だ。痩せていて鋭い顔。すばやい、横に歪む笑い。

「こんちは、親方」彼は言った。「もうお帰りになったと思っていやしたがね」

「帰るところさ。ネズミは捕まえたかい」

「見てません。ちょっと待ってくださいよ」

彼は部屋の隅にある荷造り箱の後ろへ行った。一瞬の沈黙の後、道具方の声が聞こえた。「ひゃあ！　こりゃなんだ？」ガサゴソいう音がしたかと思うと、彼が長い紐の先についたネズミ捕りを持って現れた。

「見て下せえ」と彼は言った。「さっぱりわからん。餌はなくなってるし、ネズミの頭もだ。ネズミが掛かっていたことは確かでさあね。毛と血の塊と、体の後ろ半分がベトベトになって罠にくっついてる。殺されたんだ。誰かが持ってったに違えねえ」

「ヘンリーか？」ペレグリンが尋ねた。「違いやす。猫はネズミを食わねえ。殺すだけだ。人間に違えねえ。そいつは罠を引っ張り出して、ばねを起こし、ネズミの前半分を持って行ったんだ」

「劇場の管理人か?」

「ヤツじゃねえです。ネズミが大嫌いなんでさ。ネズミ捕りを仕掛けるのはヤツの仕事で、あっしの仕事じゃねえんですが。ヤツはやろうとせんのです」

「じゃあ、いつ仕掛けたんだ、アーニー?」

「昨日の朝でさ。みんなリハーサルに集まってやしたでしょう?」

「そうだ。人混みのシーンをやった」ペレグリンは言った。彼はランギを見た。「君はいなかったな」彼は言った。

「いなかった。初めて聞いたよ」

小道具方の顔に警戒と疑念の色が浮かぶのをペレグリンは見た。

「誰が罠のことを知っていたか、僕たちは考えていたんだ。どうやら一座の皆が知っていたらしいな」ペレグリンは言った。

「さようで」小道具方は言った。彼は茶色の紙包みを見つめていた。「そりゃ何ですかい」と彼は尋ねた。

ペレグリンは言った、「何がって?」

「その包みでさ。見て下せえ。ぐちゃぐちゃですよ」

そのとおりだった。ぞっとするようなしみが紙に広がっていた。

「例のネズミの前半分だよ」ペレグリンは言った。「袋に入ってるんだ」

「いったいどういうこってす? あんたがたはそれを罠から取り出して、血だらけの包みを作ったんですかい。何のために? あっしを物笑いにしたりしないで、どうして初めからそう言ってくれなかったんです？　いったい全体これはどういうことで？」小道具方は詰問した。

「ネズミを取り出したのは私たちじゃない。ウェスタン君の袋の中にあったんだ」

小道具方はランギの方へ向かい、じっと見た。「本当ですか」

「本当だよ。水先案内人の指を出そうとして袋に手を突っ込んだんだが」——彼は顔をしかめた——「そいつに触ったんだ」彼は袋を取り上げて広げて見せた。「自分で見るといい」と彼は言った。「跡がついているよ」

小道具方は袋を受け取って開き、中をのぞいた。「そのとおりでさね」彼は言った、「跡がついてる」彼はペレグリンとランギをじっと見た。「他のクソ悪さをしたのと同じやつがやったんだ」彼は言った。

「そのようだね」ペレグリンは同意した。そしてちょっと黙った後、「個人的に言えば、君じゃないと確信しているよ、アーニー。そうでなければこんなふうに驚いたり、うろたえたりしないはずだ。面白がったりもしない」

「そりゃどうも」彼はランギの方に首を動かした。「こちらさんはどうです？」彼は尋ねた「あっしがやったと思っちゃいやせんか？」

「僕も納得したよ。君じゃない」ランギは言った。

しばらく沈黙があって、小道具方は言った「わかりやした」

ペレグリンは言った、「これについては何も言わないでおこう。小道具君、魔女の袋の濡れたところをきれいにして、他のふた袋があるところへ戻しておいてくれないか。ネズミはごみ箱に捨てて。われわれは過剰反応したようだが、これを狙っていたんだろう。これからは小道具を使うまでは目を離さずにいてくれ。そしてこれについても何も言わないこと。わかったね？」

「わかった」とふたりとも言った。

「よし。行っていいぞ。ランギ、車で送ろうか？」

「いいや、ありがとう。バスに乗ることにするよ」

彼らは楽屋口から出ていった。

ペレグリンは車のドアのかぎを開け、乗り込んだ。ビッグベンが四時を打った。彼は座って、突然猛烈な疲労感に襲われた。精魂尽き果てていた。上演開始が近づいている。土曜日が初日で劇の重荷は恐ろしいほどだ。キャストを奮い立たせること。最後の奇跡を信じること。そして自分で自信を持ち、その安心感をキャストに伝えること。

なぜ、なぜ、いったいなぜ僕は劇の演出なんかしているんだろう、とペレグリンが考えた。なぜ好き好んでこの地獄に飛び込んでいるのか？　しかもよりによってマクベスを？　そして気を取り直す。こんな気分になるのは早すぎる、五日早い。ああ神よ、われらを救いたまえ。

彼はエミリーの待つ家へと車を運転した。

「今晩また行かなきゃならないの？」彼女は尋ねた。

「わからないが、たぶん行かなくてもよさそうだ」

「お風呂に入ってひと眠りしたら？」

「何かをしなきゃならないんだが、思いつかない」

「電話には私が出て、重要ならあなたを起こすと約束する」

「そうしてくれるか？」彼は力なく言った。

「ねえ、おバカさん。あなたふた晩寝ていないのよ」

「そうだっけ?」

「うつらともしてないわ」

彼女は二階へ行った。彼は風呂の湯が入るのを聞き、彼女がいつも使う入浴剤の匂いを嗅いだ。今
腰を下ろしたら、と彼は考えた、二度と立ち上がれなくなる。

彼は窓のほうへ歩いた。テームズ川の向こうにドルフィン劇場が夕方の光の中で輝いている。明日
には巨大なポスターが上がる。「マクベス! 四月二十三日開演!」ここから見えるはずだ。

エミリーが降りてきた。「いらっしゃい」と彼女は言った。

彼女は洋服を脱ぐのを手伝ってくれた。風呂は天国だった。エミリーは背中をこすった。彼は頭を
こっくりさせ、口が泡だらけになった。

「息を吹いて!」

彼が息を吹くと、泡が虹色に煌《きら》めく塊になって、空中に浮かんだ。

「あと三分起きていらっしゃい」彼女の声が聞こえた。

どうやら風呂の栓を抜いたらしい。「さあ、出てきて」

彼は身体を拭いてもらった。くすぐったかった。彼は何とか起きていて、パジャマを着、ベッドに
転がり込んだ。

「眠り」と彼はつぶやいた、「心労のもつれた糸をときほぐしてくれる眠り」(第二幕第二場のマクベスのセリフ)

「そのとおりよ」と千マイル離れたところからエミリーの声が聞こえた。

彼は眠った。

Ⅶ

テームズの向こう側、一直線ならそれほど遠くないドルフィン劇場はこの劇の復活で大騒ぎだった。俳優たちは帰ったが、支配人のウィンター・マイヤーとその表方スタッフは働き詰めだった。電話が鳴り、予約が入る。王室からも観劇客がいて、その手配をするためにバッキンガム宮殿から誰かが前日にやって来るらしい、警察と警備関係者は様々な決定をしなければならないだろう。アレン首席警視と夫人もやって来る。警備の専門家は彼をロイヤルボックスの隣のボックスに彼をおけばいいと考えた。アレン警視はこの命令をうんざりと、というより達観して受け止め、劇場ではなく劇が観られるよう、上演期間の後のほうでもう一度、席を取ってもらえないかと尋ねた。

「もちろんですとも」とウィンティはまくし立てた。「いつでも、どの席でもオーケーです。劇場関係者用の席ですね。ええもう喜んで」

花屋、清掃業者、報道関係者。プログラム。俳優・スタッフ紹介。劇の紹介。迷信への言及はなし。

ウィンター・マイヤーは校正刷りを読み、俳優たちの卵の殻並みのプライドを傷つけるところはないと見た。バンクォー紹介の部分に来るまでは。

「ブルース・バラベル氏は長いことウェストエンドとはご無沙汰だった」彼はこれを喜ばないだろうとウィンティは考え、「――氏は、ウェストエンドにめでたく復帰する」と書き替えた。

彼はもう一度全部通して読み、印刷屋に電話して、王室用プログラムはできているか、いつ現物を見られるかと尋ねた。

ウィンター・マイヤーの黒い巻き髪は今やシルバーグレイになっていた。彼はドルフィン劇場が再建されてからずっと支配人をやっており、二十年前にシェイクスピアに関する劇をやったときに、殺人事件が起きたことも覚えていた。

もうずいぶん昔のことに感じられる、とウィンティは考えた。それからというもの、事は順調に運んでいた。彼はふっくらした白い指で手近の木に触った。もちろん故コンデューシ氏の遺贈のおかげて、われわれの経営状況は安泰だ。安泰すぎるかもしれない。僕はそうは思わないが、と彼は含み笑いをした。彼は葉巻に火をつけて仕事に戻った。

彼は未決書類トレイと取り組んでいた。残っているのはもうワイン業者からのダイレクトメールだけだ。彼がそれを取り上げて紙くずかごに放り込むと、トレイの底に折った紙があった。

ウィンティは几帳面な男で、自分のデスクの上や中のどこに何があるか正確に知っていると自慢していた。彼はこの紙を見た覚えがなかった。紙はオフィスにある便箋だった。彼は顔をしかめて紙を広げた。

「殺人犯ノ息子ガ一座ニイル」とその紙にはタイプされていた。

ウィンター・マイヤーは凍りついた。左手に葉巻、右手にこのとんでもないメッセージを持ったまま。

ほどなく彼は振り返って、小テーブルの上にある、秘書に手紙を口述するときにときおり使わせるタイプライターを見た。彼は紙を入れて同じ文をタイプしてみた。

完全に同じだ、と彼は判断した。途方もない事実である。これは彼のオフィスでなされたのだ。誰かが入ってきて、座り、この忌まわしいメッセージをタイプしたのだ。アポストロフィも、ピリオドも、大文字もない。急いでいたからか？　それとも無知なのか？　第一動機は何だ？

ウィンティはタイプされた二枚の紙を封筒に入れ、日付を書いた。彼は個人用の引き出しの鍵を開け、封筒を入れて鍵をかけた。

殺人犯の息子だって？

ウィンティは頭の中にきちんと整理された夥しい記憶を探った。キャストのリストはできていたから、彼は一人ずつ頭の中でチェックしていき、ウィリアム・スミスまで来た。彼はウィリアムの母親、彼女の不安げなマナー、ためらい、そして心底ほっとした様子を思い出した。彼は時をさかのぼって、やっとハーコート－スミス事件とその結末を思い出した。三年前だったな？　被害者が五人で皆若い女性だ！　身体をずたずたに切り刻まれて、頭を切り取られていた。ブロードモア刑務所で終身刑になったはずだ。

もしそれが答えなら、とウィンティは考えた、僕はあの事件をほとんど忘れていた。しかし、このメッセージを書いたのが誰か、どんなことがあっても見つけて、面と向かって対決してやるぞ！

彼はしばらく注意深く考えてから、秘書の部屋に電話した。

「はい、何でしょう？」

「まだいたね、エイブラムズさん。ちょっと来てくれないか？」

「もちろんですとも」

数秒後、内側のドアが開いて中年の女性がノートを持って入ってきた。

「もうちょっとで出るところでした」と彼女は言った
「申しわけない」

「いいんですよ。急いでいたわけではありませんから」

「座ってくれ。君の記憶力を試したいんだ、エイブラムズさん」

彼女は座った。

「いつ」と彼は尋ねた、「僕の未決書類トレイの底を最後に見た？」

「昨日の午前中です、マイヤーさん。十時十五分でした。休憩時間です。中にあったものをチェックして、午前中に来た郵便を入れました」

「トレイの底を見たかね」

「もちろんです。全部出しましたから。ワイン業者からのパンフレットがありましたが、ご覧になりたいかと思いまして」

「なるほど。あとは何もなかった？」

「何もありませんでした」少し待ってから彼女は怪しむように言った、「何かなくなっているんじゃないでしょうね？」

「いや、別のものがあったんだ。タイプしたメッセージだ。うちの便箋にそこのタイプライターを使ってタイプされていた。封筒はなかった」

「まあ」と彼女は言った。

「そうなんだ。僕はどこにいた？　君がここにいた間？」

「電話をかけてました。警備の人たちやら、初日の手配やら」

「そうだった。ところでエイブラムズさん、そのときから今まで、この部屋に誰もいなくて、鍵がかかっていなかった時間があったろうか？　私は昼食をクラブで食べたが」

「部屋には鍵がかかってました。マイヤーさんがかけたんですよ」

「その前は？」

「エーと。数分部屋をお空けになったと思います。十一時でした」

「部屋を空けたって？」

「お手洗いでした」と彼女は慎み深く言った。「ドアが開いて閉まるのを聞きました」

「そうだった。その後は？」

「そうですねえ。いいえ、その時以外、この部屋に誰もいなくて鍵がかかっていなかった時間はありませんでした。あ、ちょっと待って」

「なんだい？」

「マイヤーさんがいつでもメモを取れるように、この小さいタイプライターに便箋を入れておいたんです」

「それで？」

「お使いにならなかったのに、なくなっています。変ですね」

「確かに妙だ」彼は少しの間考え込み、それから言った、「エイブラムズさん、あなたの記憶力はすばらしい。つまり誰かがこのタイプライターを使えたのは、私がこの部屋を五分ぐらい——それとももっと長かったかな——開けたときだけだったんだね。タイプライターを打つ音が聞こえなかったか？」

「私は自分の部屋で、自分のタイプライターを使ってました。ですから聞こえなかったと思います」

「それで時間は？」

「ビッグベンが鳴るのを聞いたんです」

「ありがとう。助かったよ」彼はためらった。彼はエイブラムズ夫人を曖昧にながめた。「感謝する。僕は——。いやありがとうエイブラムズさん」

「ありがとうございました、マイヤーさん」彼女は言って出て行った。

彼女はドアを閉めた。どうしてかしら、と彼女は考えた、メッセージに何が書いてあったのか教えてくれなかったのは、と。

ドアの反対側ではマイヤーが考えていた。彼女に話してもよかったんだが——いや、だめだ。知っている人間は少ないほうがいい。

彼はデスクの前に座り、この途方もない出来事について慎重かつ冷静に考えた。彼はこれまでに起きたことを知らなかった。ペレグリンの事故、王の部屋にあった首、肉皿の上にあった首、ランギの袋の中にあったネズミの死骸。これらは彼の領域ではなかった。したがってメッセージと関係づけられるものは何も知らなかったのだ。殺人者の息子がキャストにいるって！　非常識だ。どの殺人者だ？　どの息子だ？

彼はまたハーコート‐スミス事件のことを考えた。煽情的な新聞が犯人の妻は夫の第二の「人格」にまったく気づいていなかったこと、そして、そう、当時六歳だった彼の小さな息子について大々的に書き立てていたことを彼は思い出した。

われらがウィリアムだ、と彼は考えた。悔しいが、あのメッセージが暗示していたのはわれらがウィリアムなのだ。さらに熟考したのち、何もしないでおこう、と決めた。もちろん厄介だが、劇の上演が軌道に乗るまでは干渉しないほうがいい。少なくとも今は。誰があれをタイプしたか知らないし、知りたくもない。今のところは。

彼はカレンダーを見た。四月二十三日がきっちりと赤い丸で囲まれている。シェイクスピアの誕生日だ。そして劇の初日。もう一週間もない、と彼は考えた。

彼は信心深い人間ではなかったが、聖遺物に守られている安心感を考えている自分に気づいた。守られていたらどんなにいいだろうかと。

5　総稽古と初日

Ⅰ

初日前の数日はあわただしく、重苦しくなっていくように感じられた。とんでもない大失敗も厄介なハプニングもなく、ただ緊迫感だけがのしかかっていた。俳優たちは早くリハーサルにやって来た。呼ばれていなくても、最後の細切れ稽古にやって来て、痛いほどの緊張を感じながら見つめている俳優もいた。

一回目の総稽古は、実際のところテクニカル・リハーサルで一日中続き、照明や効果のために何回も中断された。劇場は食事を差し入れた。食卓はリハーサル室にしつらえられた。スープ、冷肉、皮付きのベイクトポテト、サラダ、そしてコーヒーだ。折を見て自由に食べる人もあり、マギーのようにまったく食べない人もいた。

宴会シーンの小道具は全部そろっていた――レモンをくわえたガラス目のイノシシの頭、プラスチック製のチキン。召使が蓋を開けると湯気が上がるスープ鉢。ペレグリンは蓋を取ってみたが、中身は下に接着されていて無事だった。動かせるのは、ワイン瓶、ゴブレット、そしてテーブルの中央には巨大な枝状の燭台。

照明の中断は頻繁に起きた。セリフ。ストップ。「飛び上がるところをとらえるんだ。もう一度焦点を当てて。うまくいったか？　もうこの失敗をしないように」

魔女たちはそれぞれ小さな青い懐中電灯を服の中に隠していた。マクベスが話しかけると電灯をつける。電灯はしっかり縫い付けられ、光が正確に顔に当たらなければならない。

しばらくはスムーズに進んだが、まだプレッシャーと不安があった。しかしこれは当たり前だった。俳優たちはほとんど「自分の中で」演じているのだ。彼らは中断されながら演じた。緊張は最高潮に達していた。劇場は美しいが不気味な音に満ちていた。空気は緊迫感で濃くなっていた。

マクベスの城に到着した宵に見られた陽光は――絶妙の照明。まろやかで静寂なシーンである――この後長いこと見られない。バンクォーの美声が言う『吹く風もさわやかに心地よく、我々の五感を和らげてくれる』扉が閉まり、木笛が鳴り響き、マクベス夫人が王を城に招き入れると、場面が突然変わる。

ここからは夜で、殺人が終わった後の暁はわずかしか現れず、バンクォー殺人の前は夕暮れだ。『西の空には昼の名残が薄明るい縞模様を作っている』と用心深い暗殺者は言う。

バンクォーが殺される。

宴会の後、マクベスと夫人はふたりだけになるが、観客がふたりを一緒に見るのはこれが最後で、夜が『自分の時間だと朝と争うころ』である。それ以外は松明《たいまつ》の明かり、ランプの明かり、魔女の火と続き、良き国王が王座に就いているイングランドの場になってようやく、戸外の晴れわたった光の中となる。

再び登場したとき、マクベスは年を取り、乱れた服装で、なかば狂っており、逃げられないわずかな家来以外、すべての家臣に見捨てられている。ドゥーガル・マクドゥーガルは見事だ。彼はこの無残なシーンをどん底に沈んだように演じるが、それでも何とか変わろうとするところが見える。彼はまるで傷ついてもうなり声を上げようとする動物だ。『明日、また明日、また明日――』このセリフは弔鐘のように終焉に向かって鳴り響く。

マクダフ、マルコム、領主たち、そしてその軍隊がやって来る。ついにマクベスとマクダフが遭遇する。挑戦。決闘。退場、そして途切れる悲鳴。

老シーワードが息子の死について紋切り型の無慈悲なセリフを吐く短いシーンがあり、そしてマクダフが舞台前方から登場し、次いで後ろからシートンがマクベスの生首をクレイドへムモアの先に突き刺して登場する。

マルコムが兵士たちに囲まれて階段の上に立ち、夕陽を浴びる。彼らは首をめぐらして生首を見る。そして最後に、

『スコットランド王万歳！』と兵士たちが叫ぶ。

「閉幕だ」とペレグリンは言った。「だが、まだ幕を下ろさないでくれ。そのまま。照明方、お疲れさん。最後がちょっと鮮やかすぎたな。ピンクが強すぎた。もう少し目立たなくできないか？ 麦わら色とか。『夕日の中へ退場』という感じが強すぎるんだよ。そう、そうだ。さあ皆、座って。椅子をいくつか舞台の上に持ってきてくれ。俳優たちをあまり長く引き留めるつもりはない。座って」

彼らは座った。

ペレグリンは劇の初めから終わりまでコメントした。「魔女たち、ジャンプするときは皆腕を上げ

て」

「細部が問題だ。それほど重要なところはないが、バンクォーの亡霊の退場の場面だ。君とレノックスは近すぎた。君のマントが風で揺れたよ」

「もう少し幅をとれないか？」

「できるよ」レノックスは言った。「申しわけない」

「それでいい。他に質問は？」思ったとおり、バンクォーだ。フリーアンスとマクベスが出てくる彼のシーンについて。照明だ。「嘘っぽく感じられるんだ。照明の中に入って行かなきゃならないんだから」

「登場するときにもう少し先まで行けばいい。できないことはないだろう？」

「嘘っぽいんだよ」

「そういう印象は受けないね」ペレグリンは断固として言った。

「他に質問は？」

ウィリアムが高い声で言った。「刺されたとき、僕は傷を押さえるようにしてへたり込みます」と彼は言った、「倒れる前に暗殺者に受け止めてもらえませんか？」

「もちろん」ペレグリンは言った。「そうするはずだったんだ」

「ごめんよ」暗殺者は言った。「つかまえそこなって。間に合わなかったんだ」

彼らは着々と進めていった。細部への注意。わずかな動きや、一瞬の間《ま》まで、すべてが正しくいくように。クライマックスのセリフに向けてペースを変えること。ペレグリンは大釜のシーンに四十五分以上かけた。キャストは全員が輪唱のようにリズミカルにささやき続けるよう求められた。「苦労も苦悩も火にくべろ、燃えろよ燃えろ、煮えたぎれ」と。

彼らはようやく進み終えた。もう質問はなかった。ペレグリンは彼らに礼を言った。「明日、同じ時間に」彼は言った、「今度は中断なしでやりたい。君たちは辛抱強くやってくれた。皆に神の恵みがあるように。おやすみ」

Ⅱ

翌日、やはり中断があった。最後の総稽古でも技術的な問題がいくつも出てきたが、ほとんどが照明に関わるものだった。問題はすべて解決された。ペレグリンは初めにキャストに言っておいた。「余力を残してやってくれ。最大限の力を出さないように。ゆとりを持って演じてほしい。エネルギーを保存しておくこと。究極の力は本番で出すんだ。君たちにはそれができる。力を使い果たさないでくれ」

彼らはペレグリンに従ったが、それでも恐るべき失敗はいくつかあった。

レノックスは出のきっかけを逃し、悪魔に追われているような様子で登場した。

ダンカンはセリフを忘れて、プロンプターに頼らざるを得ず、元に戻るまで時間がかかった。ニーナ・ゲイソーンもセリフを忘れ、恐怖に怯えた顔をした。ウィリアムはすぐに自分のセリフに進んだ。

「誓っておいて嘘をつく人はみんな縛り首になるの？」ニーナの答えはまるで自動人形だった。

「あがってしまったわ」とニーナは舞台を降りて言った。「どこをやっているか、自分が何を言っているかわからなくなったの。ああ、この劇のせいよ」

「心配しないで、ゲイソーンさん」ウィリアムは彼女の手を取って言った。「もうそんなことは起きないよ。僕がついてる」

「それはありがたいわ」彼女は泣き笑いして言った。

最後に俳優たちはカーテンコールのリハーサルをした。すでに死んでいる人物は下手《しもて》に並び、生きている人物は上手《かみて》に並ぶ。そしてマクベス夫妻がふたりで、最後にマクベスがひとりでカーテンコールに応える。

ペレグリンはノートを取り、キャストに礼を言った。「着替えていいよ。だがまだ帰らないでくれ」と彼は言った。

「総稽古がひどければ、初日は大成功」と舞台監督は朗らかに引用した。「明日に任せるか？」

彼はこの質問を一座に委ねた。

「今なんとか完全にしておけば、明日の朝は安心して眠れる。きっかけからきっかけまで間に何も入れずにストレートに稽古してみよう。いいかい？　異議はあるか？　バンクォー？」

「僕にだって？」異議を言い出そうとしていたバンクォーが言った。「異議？　いいや、ない」

彼らは午前二時五分前に稽古を終えた。表方はビール、ウィスキー、そしてシェリー酒を提供した。俳優の何人かは何も摂らずに帰った。ウィリアムは同じ方向に住んでいるアンガスとメンティースにタクシーで送ってもらった。マギーはペレグリンに話しておき、夢遊病のシーンが終わるとすぐ、そっと抜け出した。フリーアンスは殺人の後で、バンクォーは大釜のシーンの後で、そしてダンカンは城へ到着した後で帰っていった。ストップがかかるところはあまりなかった。最後の集団戦闘シーンをいくらか調整しただけである。マクベスとマクダフの決闘はスムーズに進んだ。

ペレグリンは皆が帰り、夜間警備員が巡回するまで残った。ほの暗い作業灯がついている他は、劇場は暗かった。暗く、寒く、明日の初日を待って、息詰まるように。

彼は少しの間、幕の前に立ち、管理人の懐中電灯があちこち動いているのを見た。彼は胸にぽっかりと穴があいたような気がして、死ぬほど疲れていた。厄介なことは何も起こらなかったな。

「さようなら、親方」と彼は呼びかけた。

「さいなら、親方」

彼は幕を通って舞台裏へ行き、遠くの作業灯でぼんやりと浮かぶ威圧的なセットの陰を通った。僕の懐中電灯はどこだ？　まあいい。書類は全部クリップボードに留めて、腕の下にあるし、あとは家に帰るだけだ。舞台の枠張物の横を通り、上手《かみて》に沿って注意深く移動する。

足が何かに引っかかった。

彼はうつぶせに転び、前に怪我したところをひねって悲鳴を上げた。

「大丈夫ですかい」かすかな声が聞こえた。

今度は無事だった。彼はまだクリップボードをつかんでいた。照明のケーブルの一本に片足が引っかかったのだ。彼は注意深く立ち上がった。「異常なしだ」と彼は叫んだ。

「本当に大丈夫ですかい？」近くで心配そうな声が尋ねた。

「えっ！　いったい誰だ？」

「わしでがすよ、親方」

「小道具方か！　いったいぜんたい何をしてる？　どこにいるんだ？」

「ここでさ。ここにいて誰も悪さをしないか見ていようと思いやして。どうも眠り込んじまったようです。ちょっと待ってくだせえ」

ガサゴソいう音がして、黒っぽい物の角から彼がぼんやりと現れた。ウィスキーの強いにおいがした。「殺されたご婦人の椅子でさ」彼は言った。「ここに座って眠っちまったようです。いやはや」

「まったくいやはやだ」

小道具方が前に進むとガラスのような物が足元から転がり出た。

「酒瓶でさ」と彼は遠慮がちに言った。「空っぽだ」

「そのようだな」

ペレグリンの目は薄暗がりに慣れてきた。「どのぐらい酔ってるんだ?」と彼は尋ねた。

「そんなにひどくは。ちょっと楽しんだだけでさ。瓶には三杯分ぐらいしかありゃしませんでした。本当でさ。誰も悪さはしませんでしたぜ。皆帰っちまった」

「君も行ったほうがいい。さあおいで」

ペレグリンは小道具方の腕を取って楽屋口へ連れていき、ドアを開け、彼を押し出した。

「ありがとさん、おやすみでがす」と小道具方は言い、よろよろと出て行った。

ペレグリンはドアの自動ロック装置を調整してドアをバンと閉めたが、小道具方がウォーフィンガーズ・レーンの角で吐いているのを見るのには間に合った。

小道具方は吐き終えると身体を伸ばし、ペレグリンを見て手を振った。

「これでさっぱりしやした」彼は大声で言って、さっさと歩いて行った。

ペレグリンは駐車場へ行き、車のキーを開け、乗り込んだ。

「まったく、何てことだ」彼は言って、家に向かって車を駆った。

ウールのガウンを着たエミリーが鍵を開けて家に入れてくれた。

「ただいま」と彼は言った、「起きて待っていなくてもよかったのに」

「お帰りなさい」

「スープだけ欲しいな」と彼は言って安楽椅子に身を沈めた。

彼女はブランディを混ぜた濃いスープを持ってきた。

「フーッ、これはいい」と彼は言って付け加えた。「ひどい総稽古だったが、悪ふざけはなかったよ」

「総稽古がひどければ、初日は大成功よ」

「だといいがね」

そう望みながら彼はスープを飲み干し、ベッドへ行って眠り込んだ。

Ⅲ

俳優たちは皆楽屋にいた。ドアが閉まり、電報、カード、プレゼント、花に囲まれ、ドーラン、なめし革、ハンドローションの匂い、そして活動中の劇場の帯電しているような緊迫感に包まれて。

マギーはメイクアップをしていた。すべての角度から見ながら慎重に眉を詰めて描き、決意を表す口の端の皺を強調した。赤みがかった髪を後ろにまとめ、ひねって豪華なシニョンを作り、ピンとヘアバンドで固定した。

彼女の付き人兼ハウスキーパーのナニーはマギーのローブを持って、静かに立っていた。マギーが振り返ると、ローブは広げられ、彼女が身に着けるのを待つばかりになっていた。彼女がシフォンのスカーフを髪に被ると、ナニーはスカーフに触らないよう手際よくローブを着せかけた。

スピーカーが鳴り始めた。「開演十五分前、十五分前です」

「ありがとう、ナニー」とマギーは言った。彼女はみすぼらしい毛皮の猫のぬいぐるみにキスした。「神のお恵みがありますように」と彼女は言って鏡に立てかけた。

ドアにノックの音がした。「入ってもいいかい？」

「ドゥーガル！　いいわよ」

彼は入ってきて、ベルベットのケースをテーブルの上に置いた。「僕のお祖母さんのだったんだ」と彼は言った。「彼女はスコットランド高地人だった。神の祝福を」彼はマギーの手にキスし、彼女の額の上で十字を切った。

「ドゥーガル、ありがとう。ありがとう」

だがドゥーガルはいなくなっていた。

彼女はケースを開けた。金を組み合わせた葉といくつもの半貴石で形作られたアザミをデザインしたブローチだった（アザミはスコットランドの国花）。

「幸運ね」と彼女は言った。「マントに付けるわ。毛皮の中にね、ナニー。きちんと付けてくれる？」

ほどなく彼女は衣装を身に着け、準備は完了した。

三人の魔女はランギを真ん中にして鏡の前に立っていた。ランギは顔に髑髏のメイクを施していたが、彼の瞼は暗い顔の中で光っていた。彼の首には緑玉でできた人類の始祖、ティキの像が麻の紐でぶら下がっていた。ブロンディの顔は頬に赤い丸、真っ赤で極端に大きい唇という具合に塗りたくられ、醜くメイクされていた。ウェンディにはひげが生えていた。三人とも指を鈎爪にしていた。

「これ以上鏡を見ていたら、背筋が寒くなりそうだ」とランギは言った。

「十五分前。十五分前です」

ガストン・シアーズは楽屋をひとりで使っていた。ふたりだったとしたら、相方はたまったものではなかったろう。歌い、つぶやき、古い韻文の断片を語り、しょっちゅうトイレに行くのだから。彼の楽屋は小さく、誰も使いたがらなかったのだが、彼はそれを喜んでいるようだった。

ペレグリンが訪れたとき、ガストンは上機嫌だった。「おめでとうを言いますぞ。ペレグリン」と彼は大声を上げた。「君は謎のシートンを確かに正しく解釈している」

ペレグリンは彼と握手を交わした。「幸運を祈らないほうがいいかな」と彼は言った。

「言ったっていいではないか、洞察力のある演出家さんよ、しかるべきときならば」

ペレグリンは次にニーナ・ゲイソーンの楽屋に急いだ。

彼女の化粧台は不可解な品物で雑然としており、彼女はそのひとつひとつを撫で、キスするのだ。俳優の守護聖人、ゲネシウスの石膏像が最上席を占めていた。他にはいくつもの魔除けやルーン文字の護符があった。侍女を演じる女優が同じ部屋を使っていたが、彼女は最悪の貧乏くじを引いていた。ニーナは各種のおまじないグッズのために化粧台の四分の三を占領していたばかりか、まじないの言葉やお祈りをつぶやくのにとんでもないほど時間を割いていたのである。

こうしたまじないを彼女はドアを気にしながらこっそりと行っていた。ペレグリンがドアをノックすると彼女は飛び上がり、化粧タオルを自分の神聖なコレクションの上に投げかけた。そして化粧台に背中を向けて、何でもないのよと言わんばかりにタオルを手で押さえて、気にしないでとでもいうように笑い声を上げた。部屋は強いニンニクの臭いがした。

マクダフとバンクォーはサー・ドゥーガルの隣の楽屋を使っており、静かにてきぱきと作業にかかっていた。サイモン・モートンは自分の中にこもり、緊張して沈黙していた。彼は楽屋に着くと十五分間準備体操をし、シャワーを浴びてからメイクアップに取りかかった。ブルース・バラベルはジョークを二、三言ってみたが、反応がなかったので黙り込んだ。彼らには付き人がひとりついていた。ブルース・バラベルは口笛を吹き始め、それが縁起が悪いことだと思い出してすぐに止め、「しまった」と言った。

「出ていけ」とサイモンが言った。

「君がゲンを担ぐとは知らなかったな」

「よせよ。出ていけ」

彼は楽屋を出てドアを閉めた。ひと呼吸。彼は三回転してからドアをノックした。

「――謝るよ。戻っていいかい」

「いいよ」

「十五分前。十五分前です」

ウィリアム・スミスはダンカンと息子たちと同じ楽屋だった。彼は無言で、顔が青ざめていた。快活な若者、マルコムがウィリアムのメイクアップを手伝った。付き人がついたダンカンは穏やかにながめていた。

「初日か」と彼は誰にともなくうめき声を上げた、「大嫌いだ」彼はウィリアムに目をやった。「これが君の最初の初日だろう？　坊や」

「学校の公演に出たことがあります」とウィリアムは神経質に言った。

「学校公演だって。それはそれは」と彼は心から言った。「さてと」彼は自分の書き抜きを鏡に立てかけ、つぶやき始めた。「今の言葉、おまえにふさわしいぞ。その傷にまけぬほど（第一幕第二場。ダンカンのセリフ）」

「僕がお父さんのすぐ横にいますよ。観客に背を向けて。必要があれば、セリフをつけます。心配しないで」とマルコムは言った。

「やってくれるか？　いや、心配はしていない。だが、この間どうしてあんなふうにセリフを忘れたのかわからないんだ」

彼は慣れたしぐさでマントを着込み、ひと回りして、「後ろは大丈夫か？」と尋ねた。

「すばらしいです」と息子は安心させた。

「よし」

「――十分前です」

ドアにノックがあり、ペレグリンが顔を出した。

「すばらしい観衆だ」と彼は言った。「期待でざわめいているよ。ウィリアム」――彼はウィリアムの頭を撫でた――「君は今晩の初日を、これからの上演のたびに思い出すだろう。君の演技は正確だ。何も変えないでくれよ」

「わかりました」

「そうそう、それでいい」彼はダンカンのほうを向いた。「ノーマン、君はすばらしいよ。それから息子たちも。マルコム、君は自分の見せ場までかなり待たなければならないね。だが君を褒めるしかない」

魔女三人は固まって立っていた。彼らが見せる姿は恐ろしいものだった。彼らはそろって「ありがとう」と言い、彼を見つめながら寄り添って立った。

「うまくいくよ」とペレグリンは言った。

彼は楽屋を回り続けた。彼ら全員にかける言葉を探すのは楽ではない。成功を祈る文字どおりの言葉を嫌う俳優もいる。彼らは「転んで脚を折ってしまえ」とおどけて言われるのが好きなのだ。腕をぎゅっと握り、自信満々でうなずかれるのを好む俳優もいる。女優にはキスだ――メイクアップがあるから、手かまたは顔の近くで。彼は胸がドキドキし、喉と口は紙やすりのように乾いて、声が自分の声ではないような状態で、楽屋回りを続けた。

マギーは言った、「今日はあなたの晩よ。あなただけの。本当にありがとう」そして彼にキスをした。

サー・ドゥーガルはペレグリンの両手を取って握手した。「天使たちよ、神のしもべたちよ、守らせたまえ（『ハムレット』第一幕第四場のハムレットのセリフ）」と彼は言った。

「アーメン」とペリーは応じた。

堂々たる浅黒さ、陶然とさせる活力をみなぎらせたサイモンも、彼と握手した。「ありがとう」と彼は言った。「僕はこうしたことに慣れていないが、神のお恵みを。そしてありがとう」

「バンクォーはどこだ？」

「出ていったよ。小便じゃないか」

「僕の挨拶を伝えてくれ」とペレグリンはホッとして言った。

楽屋回りは延々と続いた。領主たちは神経過敏になっていて礼儀正しかった。大部屋俳優は、来てもらったことに大いに感謝した。やっと終わった。

表方が彼を待っていた。ウィンティのアシスタントだ。

「申し分ない」彼は言った。「観客を詰め込んでいるところだ。大仕事だよ。ロビーから動こうとしない王室の追っかけがいるんだが、何とか客席に追い込んだ」ウィンティは正装して入り口で待ってる。「劇場は警備員だらけだが、万事オーケーだ。自動車は帰ったと電話してきたよ」

「じゃあ、行こうか?」

「行こう」

「最初の登場者、スタンバイお願いします」とスピーカーが言った。

魔女たちが影の中から舞台に出てきて、絞首壇に乗り、絞首門の周りに集まった。ダンカン、息子たち、領主たちは、短い序幕が終わるのを待って舞台の袖に立った。

無限とも感じられる三分ほどの間《ま》があった。そして輝かしいトランペットの音が空気に満ち、千人の観客が立ち上がる音がした。国歌である。観客は席に着いた。そして開演ブザーが鳴る。舞台監督の声。

「スタンバイ。客席の照明を落とす。雷鳴。開幕」

ペレグリンはウロウロと歩き始めた。身体中を耳にして。

Ⅳ

第四場まで来て彼にはわかった。うまくいった。俳優たちは心の底から演じている、と考えて、彼は上手《かみて》のボックスに入り込んだ。ウインティは暗闇の中で彼の腕をぎゅっと握って言った、「これはロングランになるぞ。大成功だ」

「ありがたい」

そのとおりだった。俳優たちは余力を残してリハーサルを終え、今究極の力を出している。最高の俳優たちだ、と彼は考えた、突然皆を心から慈しんで。ありがとう。ありがとう。

その夜の続きは信じられないほどすばらしかった。ロイヤルボックスを訪れ、王室の人々はキャストを訪れた。最後は総立ちの拍手である。何もかも行きすぎだった。シンデレラの物語を数倍にしたようなものだ。

エミリーがやって来て、彼を抱きしめ、泣いて言った、「ああ、あなた、見事だったわ」

一座の皆が彼の周りに集まり、歓呼の声を上げた。最後に驚いたことに、彼が最も高く評価している劇評家が彼のところやって来た。ずっと守ってきたルールを破ることになるが、お祝いを言いにこないわけにはいかなかった、これは疑いもなくローレンス・オリビエ以来最高のマクベスであり、記憶にある最高のマクベス夫人だ、と彼は言った。

「抜け出そうか」ペレグリンは言った。「腹がへった」

「どこへ行くの?」

「ウィッグ&ピッグレット亭さ。数分しか離れていないし、朝刊が出るまで開いているんだ。支配人が持ってきてくれることになっている」

「じゃあ、行きましょう」

ふたりは叫び声を上げる訪問客の人混みの中を身体を横にして進み、楽屋口から外に出た。小路は俳優が出てくるのを待つ人々でいっぱいだった。演出家に気づく人は誰もいなかった。彼らは劇場の駐車場へ行き、何とか駐車場から道へ出た。

メインストリートの角にふたりの人影がぽつりと立っていた。痩せてエレガントな雰囲気を残す女性と小さな男の子だった。

「あれウィリアムとお母さんよ」エミリーは言った。

「ウィリアムと話さなければ」

彼はふたりの横に車を止めた。エミリーは自分の側の窓を開けた「こんばんは、スミスさん。こんばんは、ウィリアム。バスを待っているの?」

「バスが来るといいんですけれど」

「とんでもないですよ」とペレグリンは言った。「初日には劇場が帰宅の足の面倒を見るんです」と彼は嘘をついた。「知らなかったんですか? ほら、ちょうどタクシーが来る」エミリーがタクシーに向かって手を振った。「ウィリアム」とペレグリンは言った。ウィリアムはぐるっと回って車の運転席側へ来た。ペレグリンは車を出た。「君はお母さんの面倒を見られるだろ? ほら」彼はウィリアムの手にお札を押し込んだ。「今日の君は完璧にプロの演技だった。見事だったよ」

タクシーが止まった。「さあ乗って。ふたりとも」彼はタクシーの運転手に住所を告げた。

「ええ――でも――つまり――」スミス夫人は言った。

「いや、ご心配なく」ふたりはタクシーに押し込まれた。「おやすみなさい」彼はドアをバンと閉めた。タクシーは走り去った。

「フーッ。手早かったわね」

「ひと息入れる時間があったら、彼女は拒絶したろうよ。さあ行こう。僕がどれだけ腹ペコか、君には想像できないよ」

ウィッグ&ピッグレット亭は満席だった。給仕人頭が彼らを予約席に案内した。

「すばらしい公演だったと皆さん言ってますよ」と彼は言った、「おめでとうございます」

「ありがとう。一番いいシャンパンをひと瓶持ってきてくれ、マルチェロ」

「もう待ってますよ」マルチェロは顔を輝かせ、テーブルの上のワインクーラーに向けて大げさに手を振った。

「本当か？ ありがとう」

「成功ほど強いものはないね」彼が去るとペレグリンは言った。彼はエミリーの興奮した顔を見た。「ごめんよ」と彼は優しく言った。「こんな晩には後先を考えるべきじゃないな。もし失敗に終わったら、どんなだったろうと考えていたよ」

「そんなふうに考えないで。何を言いたいかわかるけれど、星を消してはダメよ」

「今晩は空の家政はなしか？」彼は手を伸ばして彼女の手に触れた。

「約束だね」と彼は言った。

「約束よ。あなたのお腹がすいているから」

「そうかもしれないな」

一時間後、彼は彼女が口の悪い婆さんだと言った。それを証明するため、ふたりはコニャックを一杯ずつ飲み、マクベスについて話し始めた。

「ガストンはいかれてるかもしれないが」とペレグリンは言った、「今日の彼は良かったと思わないか？」

「そのとおりよ。彼は死そのもので、その仕業を取り仕切っている」

「彼との仕事はやりすぎだったとは思わない？」

「全然」

「よかった。ドゥーガルとマギーががんばれる限りロングランになるとウィンティは言ってる」

「気性の問題じゃない？」

「そうだろうね。マギーについては確実だ。彼女は岩のように冷静で、完全に安定している。驚くのはドゥーガルだ。優れた演技、ことによったら心がさいなまれるような演技を僕は予期していたが、これほどゾッとさせられるような演技は、予想していなかった。彼はあのすばらしい金色がかった明るい外見をしていて、僕は思ったもんだ。メイクアップはとくに巧妙にして、観客がその崩壊を目の当たりにできるようにしなければ、とね。だが誓って言うが、彼は崩壊する、彼は魔法にかかる、そして悪魔の操り人形になっている。彼が自分のペルソナをかなぐり捨てて、私たちは彼のむき出しの人格崩壊を目の当たりにしても大丈夫なのか、それとも困惑することなのかと思い始めたくらいだ。もちろんこれは恐るべきことだし、間違っている。だが、これは起きなかった。最後のシーンで寸前まで行ったが、彼はそれでもマクベスだ。ガストンのおかげで彼は取り憑かれたように戦うが、それでも絶対的なコントロールは失わない。しかもあれほど――邪悪に。マクダフについていえば、石の下で待ち受けていた恐怖を踏み潰すようなものだ」

「それでマクダフの演技全体は？」

「つつけばまずいところが出てくるようならやってみるよ。でもまったくなし。彼は大成功だ。紛れもない復讐者だよ」

「彼のイングランドの場は美しかったわ。ごめんなさいね」とエミリーは言った、「何かまずいところ、調子はずれなところ、再調整が必要なところを見つけられればいいんだけれど、できないのよ。あなたの問題は俳優たちの今のレベルを維持することね」

ふたりは話し続けた。やがて配膳室へのドアが開き、ウェイターが日曜日の新聞を腕一杯に抱えて入って来た。

ペレグリンの心臓は跳ね上がった。彼は一番上の新聞を取り上げてページをパラパラめくった。

〝ついに登場！〟

〝完璧なマクベス！〟

そして劇をほめちぎる二段組みの記事。

エミリーは開いた新聞が彼の手の中で震えているのに気がついた。彼女は残りの新聞を劇評欄のページで折り返し、目を通した。

「滑稽になってきたわね」と彼女は言った。

彼は奇妙な声を小さく上げて賛成した。彼女は小高い新聞の山を彼のほうに押しやった。「みんな同じよ。文章のスタイルの違いを除けば」

「家へ帰ろう。もう客は僕たちだけだ。マルチェロに悪いことをしたな」

彼は読んでいた新聞を下に降ろして折りたたんだ。彼の目が赤くなっていることにエミリーは気づいた。「とても信じられない」と彼は言った「いくら何でもすごすぎる」

彼は勘定書きにサインし、気前がよすぎるほどのチップを加えた。彼らは会釈とともに送り出された。

エンバンクメントは水を流して掃除されている最中だった。扇形にスプレーされる水が行ったり来たりしていた。東の空は明るくなり始め、建物がシルエットになっていた。ロンドンは目を覚ましつつあった。

ふたりはドライブして帰り、鍵を開けて家に入り、ベッドに潜り込んで、底知れぬ深い眠りに落ちた。

一座の中で日曜日に最初に目を覚ましたのはウィリアム・スミスだった。彼は時計を見、のろのろと服を着、顔をざっと洗って玄関から外に出た。毎日曜日には、彼らが住む小路の端の大通りに出る石段に新聞売りが店を出すのだ。新聞売りは買い手を信用して値段どおりの金額を缶に入れてもらい、必要があればおつりを持っていってもらう。彼は角のコーヒー店で様子を見ていた。

ウィリアムはちょうどの金額を持って出た。バーンズさんは内容があるのは「高級紙」だと言っていたのを思い出した。彼は一番高い新聞を買って見出しを読んでいった。

〝ついに登場！〟

〝完璧なマクベス！〟

ウィリアムは記事を読みながら家に帰った。すばらしかった。最後には次のように書かれていた。

「端役にも主役と同じ優しい心遣いがある。ここでいわゆる『神童』であることを見事に回避したウィリアム・スミス君の頭を撫でてやりたい」

ウィリアムは二階へ駆け上がって叫んだ。「母さん、起きてる？　おはよう！　『神童』って何？　僕は回避したんだって」

お昼頃までには皆記事を読んでいて、夕刻までにはほとんどが一座の誰かに電話をかけ、大喜びしていたが、クライマックスの後にやって来る空虚感も感じていた。言えることはただひとつ「さあ、この調子でがんばらなければね」だった。

バラベルはレッド・フェローシップの会合に行った。彼は自分の仕事について報告するよう求められていた。俳優たちはこれまで忙しすぎて新しい思想に耳を傾ける余裕はなかったが、今や明らかにロングランになりそうなので、彼はステージ二に進むつもりであり、次回の会合ではもっと報告できると思うと述べた。これはゆっくり急げのケースなのだ。俳優たちは皆この劇につきまとっている馬鹿げた迷信にどっぷりと浸かっている、と彼は言った。この状況を利用できないかと考えたのだが、精巧な感情的受容性以外は何も出てこなかった。正しいやり方はこの無益なナンセンスを攻撃することだろう。シェイクスピアは、と彼は言った、かなり支離滅裂した作家だ。ブルジョワの出自が彼の思考過程を歪めたのだろう。

マギーは一日をベッドの中で過ごし、ナニーが電話に応えた。

サー・ドゥーガルはギャリック・クラブ（ロンドンの演劇・法曹関係者等の著名人が集う高級クラブ）で昼食をとり、寄せられる祝いの言葉に浸った——強烈な満足感をあからさまに見せることなく。

サイモン・モートンはマギーに電話をかけたが、出たのはナニーだった。

キング・ダンカンは劇評を切り抜き、四冊目のスクラップブックに貼って午後を過ごした。

ニーナ・ゲイソトンは魔除けや幸運のまじないの品を全部取り出してキスをした。途中でどこまで済んだかわからなくなり、また初めからやり直したため、だいぶ時間がかかった。

マルコムとドナルベインは大いに飲んで酔っ払ったが、これはやむを得なかった。

セリフのある領主たちと魔女はロス夫妻の家で酒持参のパーティを開き、演劇談義にふけった。医師と侍女は友人たちから電話を受け、いじらしいほど喜んだ。

セリフのない領主たちはどこへともなく散っていった。

そしてガストンは？　彼はダルウィッチのまがまがしい家に引っ込んで、書評家が決闘に使われた武器を「クレイドヘムモア」ではなく「剣」だの「クレイモア」だのと書いた新聞に怒りの手紙を何通も書いた。

エミリーは電話を取り、ふたりが完成させたシステムに従って、ペレグリンを呼ぶか、または、彼は外出中だが電話をいただいて喜ぶと思う、と答えた。

こうして一日が過ぎ、月曜の朝皆は気を取り直して劇場に向かい、マクベスの二晩目の上演、そしてロングランに立ち向かうという仕事に取りかかった。

第二部　カーテンコール

6　大入り

I

二週間大入り満員が続いた。悪ふざけはもう起きず、俳優たちは公演の成功とロングランに向けて本腰を入れていた。ペレグリンはもう公演ごとに来ることはなかったが、この土曜日には中間休暇で家に帰っていた上の息子ふたりを連れてくることになっていた。彼は劇場幹部と会合を行って、今シーズンはどれだけ続けるべきか、そして六か月後には俳優のために出し物の変更を行うべきかどうか、行うとしたら、どんな変更かを話し合った。

「シェイクスピア劇のシーズンにすれば心配することはない。たとえば『十二夜』や『尺には尺を』だ。マクベスについては」とペレグリンは言った、「頭にとどめておけばいい。何が起こるかわからないからな」

彼らは、そのとおりだ、と言い、話し合いは終わった。

その日は季節外れに蒸し暑く、消耗する日だった。そよとも風が吹かず、空はどんよりして、雷が鳴りそうだった。「左方の」とガストンは朝の決闘稽古を指揮する準備をしながら言った。「左方の雷は、ローマ時代にはトラブルのもとだった。神々がゴロゴロと音を立てて不満を言っているんだ」

「君の言うことを聞いてりゃいいのに」とドゥーガルはぶっきらぼうに言った。「そしたらすぐにでも止めるだろうよ」

「さあ」とサイモンが言った。「急いでやろうじゃないか。今日は昼公演《マチネ》があるんだ」

うんざりした様子で、彼らは位置につき、戦った。

「遅れてる。遅れてるぞ！」ガストンは叫んだ。「止まれ。全然やらないより悪い。もう一度初めから」

「勘弁してくれ、ガストン。こんなことをするには最悪の日だよ」とサイモンは言った。

「慈悲を請うても無駄だ。さあ始めよう。テンポだ。アー・ワン」

「いやだ！」ドゥーガルは癇癪を起こして言った、「暑すぎるし、そもそも不必要なんだ。俺はやらない」彼はクレイモアを投げ捨て、足を踏み鳴らして出て言った。

ガストンは今度ばかりは沈黙して、クレイモアを拾い上げた。

「君のどうしようもない神々がなんでゴロゴロ言ってるか、わかったろう」とサイモンは不機嫌に言って、ドゥーガルの後を追った。

ペレグリンは十五歳のクリスピンと九歳のロビンを夜の公演に連れてくる予定だった。七歳のリチャードは、マクベスを観るには幼すぎるというわけで、母親と一緒にコメディに行くことになっていた。

「うんと血が出るの？」とリチャードは残念そうに尋ねた。

「そのとおり」とペレグリンはきっぱりと答えた。

「ものすごくうんと血まみれ？」

「そうだ」

「僕は気に入ると思うな。ロングランになるの？」

「そうだね」

「僕が大きくなって見られるようになるまでかな」

「ことによったらね」

エミリーはタクシーに乗り、リチャードと一緒に楽しそうに出ていった。ペレグリンと上のふたりの息子は家の車で行った。クリスピンは学年でマクベスを勉強しているため、恐ろしくたくさんの質問をしてきた。ペレグリンはこれらを必要と考え、できる限り答えた。ほどなくクリスピンは言った。「パーキー先生が言うには、最後には肩からうんと重い荷物が下りるように感じるはずなんだって。マクダフがマクベスの首を持ち上げて、若いマルコムが王になるときに」

「そう感じるといいと思うね」

「照明係はきっかけと実際の照明との間を正確にとらなきゃならないの？」とロビンが尋ねた。彼は今のところ電気技師になりたいと考えている。

「そうだ」

「どのぐらい？」

「忘れたよ。一秒ぐらいかな」

「すごいな」

「よくわからない。劇が終わったら舞台のあたりを回ろう。照明係に尋ねるといい」

「そうだね！」とロビンはうれしそうに言った。

ペレグリンは劇場関係者専用の駐車場へ行き、車から出て、ロックした。ロビーは混雑していて、「満員」のお知らせが出ていた。

「僕らはボックス席だ」ペレグリンは言った。「おいで。階段を上がるんだ」

「やった」と息子たちは言う。

桟敷の入り口にいた座席案内係が「こんばんは」と言って、彼らに微笑んだ。彼は頭を動かして合図した。ペレグリンと息子たちは列を離れ、彼の後について桟敷へ滑り込んだ。彼らは桟敷の後ろを回って真ん中のボックス席に着いた。ペレグリンはふたりにプログラムを一冊ずつ買ってやった。プログラム売りの女性は彼らににっこりと微笑んだ。劇場はほとんど満員だった。長身の男性がひとりで中央の通路を通り、前にある劇場関係者席に向かっていた。彼はボックス席を見上げ、ペレグリンを見てプログラムを振った。ペレグリンも手を振り返した。

「誰に手を振ってるの、父さん」

「三列目の席に座ろうとしている、うんと背が高い男の人が見えるかい？」

「見えるよ。すごくかっこいいな」クリスピンは言った、「誰なの？」

「ロンドン警視庁犯罪捜査課のアレン首席警視だ。初日の晩も来ていたよ」

「なぜまた来てるんだろう？」

「この劇が好きなんだろう」

「フーン」

「実をいうと初日には彼はまともに劇を見ていられなかったんだ。王室の人たちが来ていたからね。

彼は警察の王室警備の手伝いをしていたんだよ」

「つまり彼は俳優じゃなくて観客の方を見ていなけりゃならなかったわけ?」

「そうだ」

ロビーでブザーが鳴り始めた。ペレグリンは腕時計を見た。「十分だ」と彼は言った。「あと五分待てば、遅れてきた人は第二場まで待たなければならなくなる。いや、大丈夫だ。さあ始まるぞ」

観客席の照明がゆっくりと暗くなり、観客は静かになった。さあ真っ暗だ。稲妻の閃光、遠くから聞こえる雷のゴロゴロという音、かすかな風の音。幕が上がり、魔女たちが絞首台で汚らわしい仕事をしていた。

劇はよどみなく進んでいった。ペレグリンは息子たちの間に座って彼らをちらりと見、彼らの頭の中を何がよぎっているのかと考えた。彼は無理に演劇に鼻を突っ込ませないように注意し、演劇にかかわるかどうかは彼らに決めさせようとしてきた。彼が理解する限り、パーキンズ先生は註解や真贋問題がある節などにこだわってクリスピンをうんざりさせたりせず、まずこの劇そのもの、そして言葉の魔術と力に興味を持たせてくれたようだ。

ロビンは六歳のとき『真夏の世の夢』の公演を見て、お門違いの理由ばかり挙げて大いに楽しんだ。喜劇の主人公は彼の意見によればヒポリタで、彼女が登場するたびに大笑いした。エミリーがなぜかと尋ねると「あの脚だよ」と言ったものである。ボトムはすばらしい俳優で、彼を笑う劇中劇の「観客」はとても不作法だと彼は考えていた。九歳になった今、びっくりさせられるような意見はそんなに出てこないだろう。

彼らは非常に静かに、劇に集中していた。バンクォーとフリーアンスが出てくるちょっとした夜のシーンで、ロビンはペレグリンのほうを向いて彼を見た。彼は屈み込んだ。「すてきだね」とロビンはささやき、ふたりは頷《うなず》きあった。しかし後でマクベスが石段を上がり始めたとき、ロビンの手は父親の手をまさぐった。シーンが終わり、門番が登場するまで、ペレグリンはロビンの手をきつく握った。ふたりの息子は流木の猥雑な形と、酒を飲みすぎるとどんなまずいことが起きるかという門番の意見に声を上げて笑った。

ペレグリンは巡業している一座との用事でマンチェスターに言っていたため、もう一週間近く劇を見ていなかった。彼の見たところ、タイトル役の領主はセリフを楽しみ始め、少しスピードが落ちていたことから、彼と話さねばと考えた。それ以外はすべてうまくいっていた。

幕間《まくあい》にロビンはトイレに行った。クリスピンは、父親が劇場幹部と一杯やる間、ロビンと一緒にいると言った。彼らはロビーのマクベスの写真の下で合流しようと取り決めた。

ウィンター・マイヤーは出てきて彼を歓迎した。ふたりはマイヤーのオフィスに入った。「まだうまくいってる」とウィンティは言った、「これから六か月間、満員札止めだ」

「妙だな」ペレグリンは言った。「迷信のことを考えるとね。文字どおり何世紀も、好調と災難が手を携えてやって来た記録が残ってる」

「われわれにはないさ」

「木に触れよ」

「おいおい、君もか」飲み物を渡しながらウィンティが言った。

「いや、僕はまったく信じない。だが一座の中には広まっている」

「本当か？」

「ニーナは完全に憑かれている。彼女の化粧台はまるで魔除けグッズの中古品店だ」

「でも災難の兆しはない」ウィンティは言った。「それともあるのかい?」

ペレグリンが答えを一瞬ためらうと、彼は鋭く言った「あるのか?」

「どこぞの間抜けが災難の兆しをでっち上げようとした兆候はあった。それが誰であろうと期待した効果はなかった。それでも大変な迷惑だ。いや、だったというべきか。いつの間にか雲散霧消したようだ」

ウィンティは少し黙ってから言った。「われわれのオフィスでも妙なことがあった。初日の一週間前だ。誰にも言っていない。エイブラムズさんを除いては。それに彼女はタイプしてあった内容を知らないし、いずれにせよ彼女は口が固い。だが君がそれを持ち出したから言うが――」

そのときドアにノックがあり、同時に開演前を知らせるブザーが鳴った。

「申しわけない」とペレグリンは言った「下の子と約束したんだ。やきもきするに違いない。ありがとう、ウィンティ。明日の朝、来るよ。このことなんかについて話し合ったほうがよさそうだ」

「僕もそう思う。明日ね。ありがとう、ペリー」ペレグリンはドアを開け、横に寄ってエイブラムズ夫人をよけ、ロビーへ戻った。ロビンはマクベスの写真の下にいた。ペレグリンが彼のところへ着くと、「ああ、お父さん」と彼はさりげなく言った。「二回目のブザーが鳴ったよ」

「キップはどこだ?」

クリスピンは書籍売場の人混みの中にいた。彼はポケットの中を懸命に探していた。ペレグリンはロビンを従え、人混みをかき分けてクリスピンのところへ行った。

「どうしても二十ペンス足りないんだ」クリスピンは言った。彼は『マクベスの四世紀』と題する本をしっかり抱いていた。

　ペレグリンは五ポンド札を取り出して、店員に渡した。「この本の代金です」と彼は言い、「さあ行こう」と息子たちを促してボックス席へ戻った。幕間《まくあい》が終わり、観客席が暗くなり、幕が上がった。

　バンクォーのシーン。ひとりで、疑いを抱いている。マクベスが彼に尋ねる。お出かけか？　馬に乗って？　ぜひ戻ってもらいたい。宴会のために。フリーアンスもご一緒か？　質問に対する答えはすべて「イエス」だ。マクベスの顔にぞっとするような笑みが浮かぶ。唇が後ろに引っ張られて、「さらば」と言わんばかりの。

　シートンはすぐに暗殺者たちを呼びにやられる。彼は暗殺者たちを呼び出し、戸口に立ってマクベスが彼らを説得するのを聞く。マクベスは前よりもくつろいでいて、ほとんど状況を楽しんでいる。彼らは皆同類なのだ。マクベスは彼らの機嫌をとる。約束はなされ、彼らは出発する。

　マクベス夫人が彼を見つける。奇妙なほのめかしと恐怖でいっぱいだ。夜への望みに満ちた見事な言葉があって、彼は彼女を導いていく。そして場面が変わる。シートンは暗殺者たちと合流し、バンクォーは殺される。

　酒宴。シートンはフリーアンスが逃げたとマクベスに告げる。

　バンクォーの血まみれの亡霊が酒宴の客の間に現れる。

　劇は宿命的な終末に向かって容赦なく膨らんでいく。魔女たちの再登場、幻影、曖昧な保証の後に、マクダフ夫人と息子が殺害される。

　そしてマクベス夫人が眠ったまま、あの奇妙な、金属的で悪夢のような声で話す。マクベスが久々にまた登場する。彼は退廃して萎縮してしまった。彼は錯乱してうろつき、絶望的に将来を見つめる。

怪物の断末魔の苦しみだ。マクダフよ、早く彼を見つけて苦しみを終わらせてやってくれ。

マクダフは彼を発見する。「やい、待て、地獄の犬！」

ロビンの手が父親の手を探り、ぎゅっと握った。

決闘。飛び上がり、刃がぶつかり、ひらめく。かれたうなり声。マクベスは後ろ向きに打ちのめされる。マクダフはクレイモアを振り上げ、ふたりは舞台の袖に消える。悲鳴。バサッという大きな音。沈黙。

次いで遠くから木笛と太鼓の音が聞こえてくる。マルコムと彼の領主たちが上段に出てくる。残りの彼の軍隊は舞台面から石壇の上に老シーワードとともに行進してくる。シーワードは息子の死の知らせを受ける。

マクダフは舞台の手前、下手《しもて》から登場し、シートンが後に従う。

シートンはクレイドヘムモアを捧げ持っており、その先端にはマクベスの首が突き刺され、血が流れている。彼は首を舞台奥に、マルコムと領主の一隊に向ける。

マクダフは首をまだ見ていない。彼は叫ぶ、「ご覧ください、王位簒奪者の呪うべき首を。スコットランド国王、万歳！」

上を向いたシートンの顔に血が垂れる。

よく訓練された俳優である一同は、恐怖に襲われた顔と震える唇で応じる、「スコットランド国王、万歳！」

幕が下りる。

Ⅱ

「キップ」ペレグリンは言った「タクシーを拾って帰ってもらわなきゃならない。ほら、お金だ。ロビンの面倒を見てやってくれよ。何が起きたかわかったか?」

「見たところ――何か事故があった?」

「そうだ。マクベスにね。お父さんはここにいなきゃならない。ほら、タクシーだ。呼び止めなさい」

クリスピンは飛び出し、手を挙げてタクシーに向かって走った。彼が昇降段に飛び乗るとタクシー運転手は車を止めた。ペレグリンは言った、「ロブ、乗りなさい」

「舞台裏に行くんじゃなかったの」ロビンは言った。彼は青ざめ、目は戸惑っていた。

「事故があったんだ。またこの次に」

ペレグリンが運転手に住所を告げると、タクシーは去っていった。

誰かが彼の腕をたたいた。振り向いて、ロデリック・アレンであることに気づいた。

「僕はここにいたほうがいいかな?」

「君が! もちろんだ――君は見たかい? 本当に起こったのか?」

「そうだ」

小路には人々がひしめいていた。

「何てことだ」ペレグリンは言った。「このひどい人混みは」

「僕が何とかしてみよう」

アレンはとても背が高かった。楽屋口には木の箱があった。彼はそこに向かって進み、箱の上に立って群衆に立ち向かった。「お聞きください」と彼が言うと、群衆は静まった。

「何が起きたか知りたいのはもっともです。でも何もわかりませんし、ここに居られては邪魔になるだけです。有名な俳優は誰もこの戸口からは出てきません。事情を理解してお行きください」

彼はそこに立ったまま、待った。

「いったい何様なんだ」ペレグリンの横にいる男が言った。

「アレン首席警視です」ペレグリンは言った。「言われたとおりにしたほうがいいですよ」

人々はざわめいた。誰かが言った。「ああ、しょうがないな」

彼らは立ち去った。

門衛がドアチェーンをつけたままドアを開け、外をのぞき、ペレグリンに気がついた。「ありがてえ」彼は言った、「ちょっとお待ちくだせえ」彼はチェーンを外して、ふたりが入れるだけドアを開けた。「大丈夫だよ。こちらはアレン首席警視だ」とペレグリンは言い、ふたりは中へ入った。

中は静まり返っていた。舞台の照明はついていた。大道具がそそり立っていた、真黒な遮蔽物で、その間にダンカンの寝所の扉の前、踊り場の下を通る通路が見えた。この通路の向こうには強い光を浴びて布にくるまれた物が舞台の上に置かれていた。その下からは黒々とした赤い血だまりがにじみ出していた。

彼らがセットの端を回っていると、舞台監督が舞台裏へやって来た。

「ペリー！　ありがたい」彼は言った。

「僕は表にいたんだ。アレン警視も。こちら舞台監督のボブ・マスターズです」

「警視庁に電話したかね？」アレンは尋ねた。

「チャーリーが電話してるところです」マスターズが言った。「舞台監督補佐です。話がうまく通じないようで」

「私が話してみよう」とアレンは言って舞台上手《かみて》へ行った。

「私は警察官だ」彼はチャーリーに言った。「電話を代わろうか？」

「あ、そうですか？　もしもし？　ここに警察の方がいます」彼は受話器を差し出した。アレンは言った、「アレン警視だ。ドルフィン劇場にいる。殺人事件だ。首切りの。今言ったとおりだよ。私がここにいるから、担当することになるだろう。わかった。君がそうするまで待とう」少し間があって彼は言った、「ベイリーとトンプソンだな。よし。フォックス警部にも来るように言ってくれ。私のケースは私の部屋にある。彼が持ってくるはずだ。医者にも連絡してくれ。いいね？　よし」

彼は電話を切った。「見てこよう」彼は言って舞台に上がった。舞台係が四人と小道具方が見張りをしていた。

「皆、まだ劇場にいます」ボブ・マスターズが言った。「一座の面々は楽屋にいますし、ペレグリンはオフィスに戻りました。相談事があるようです」

「わかった」とアレンは言った。

彼は布の包みのところへ行った。「幕が下りたとき、何が起きた？」と彼は尋ねた。

「あれが作り物でないことに、ほとんど誰も気づきませんでした。首です。ダミーはとてもよくできていたんです。血から何から。私は気づきませんてした。幕が下りて、私は皆にカーテンコールの準備をするよう、動いてました。そしてあれをクレイドへムモア――ガストンが劇の間ずっと捧げ持っている巨大なクレイモアですが――の先に刺して持っていた彼が――」彼は包みを指さした。

「それで？」

「彼は籠手《こて》に血がついているのを見たんです。そして見上げると血が彼の顔に垂れてきて、彼は悲鳴を上げました。そこで幕が下りました」

「フム」

「もちろんそこで私たちは皆気がつきました。彼はあれ――首ですが――を落としました。観客はまだ拍手喝采していました。私は――自分でも何をしてるかよくわからなかったんです。私は幕の真ん中の分け目を通って出て、事故があったため、いつものカーテンコールに応じられないことを詫び、お帰りくださいと告げました。それから戻ったんですが、そのときには」マスターズは言った、「キャストの間にパニックが起きていました。彼らに楽屋へ行くように命じてから、生首に布を掛けました――小道具のテーブルにあったものだと思いますが。小道具方は布を下にたくし込みました。それで全部です」

「よくわかりました。ありがとう、マスターズさん。もしよければ首を見ようと思う。私ひとりでやりますよ」

「そうしていただければ、ありがたいです」

「もちろんそうでしょう」アレンは言った。

彼は血だまりを避けてしゃがみ込んだ。彼は布を取り外した。

サー・ドゥーガルは面頬《めんぽお》の裂け目から、どんよりしてガラスのようになった目で彼を見上げた。口当ては外れ落ちて、口は道化の笑いのように引きつっていた。ドゥーガルの首は後ろから切られたことがわかった。切り口はすっぱりしていて、縁は外側にめくれていた。

「武器は？」

「これに違いないと思います」マスターズは言った。「少なくとも私は」

「これはシートンが持っていた武器だね」

「そうです」

「血まみれだ、もちろん」

「はい。いずれにしてもそうなんです。偽の血もついてますし。偽の血は全部についてます。しかし――マスターズは身震いした――本物の血と混ざって」

「作り物の首はどこだ？」

「作り物の――？　さあ、知りません。探しませんでした」

アレンは下手《しもて》の隅に歩を進めた。隅は書割に囲まれて非常に暗かった。彼は目が暗さに慣れるのを待った。一番暗い隅、書割の陰に人間の形がゆっくりと浮かび上がった。顔を下にして。顔？

彼は近づき、しゃがみ込んで、首に触った。彼の指の下で首は動いた。作り物の首だった。彼は身体を触った。こちらは本物の肉と血で、死んでいた。首のない死体だ。

アレンは後ずさりし、舞台に戻った。

楽屋口に大きなノックの音がした。

「私が行きます」とマスターズは言った。

警視庁の面々だった。フォックス警部とベイリー巡査部長、トンプソン巡査部長である。フォックスは型どおりの昔ふうの私服刑事で、ごま塩頭で愛想は良いが容赦なかった。

彼は言った。「昔のたまり場に訪問ですか？」

「もう二十年以上前になるな。フォックス君。君たちふたりもだ。舞台にある包まれた首とあそこの暗い隅にある首なし死体の写真、指紋などひととおり全部やってくれ。首は閉幕直前に刎ねられたんだ。いいか？　作り物の首は隅にある。推定される武器は本物の首が突き刺されていたクレイモアだから、これも調べてくれ。まだ人員は来るのか？」

「制服警官があと二、三人来ます。もうすぐに」

「よし。正面玄関と楽屋口の警備を頼んでくれ」

彼はマスターズのほうを向いて言った、「誰にドゥーガルの死を連絡すべきか教えてほしいんだが」

「離婚した奥さんがいます。子供はいません。それ以外にはウィンティが知っているかもしれません。ウィンター・マイヤーです」

「彼はまだここにいるのか」とアレンは驚いて言った。

「オフィスにいます。ペレグリン・ジェイとこれからどうするか相談しているんです」

「ああ、そうか。明日の日曜日をどうするか、決めなければならないんだな」

彼は舞台係の面々を見た。「大変な作業だったな。小道具の担当は誰だ？」

小道具方がぎごちないしぐさをした。

「君かね？　もう少し待ってもらうようお願いしたい。現場主任は？　申しわけないが君と君たち三人も待ってもらう。もう舞台にいなくてもいい。ありがとう」彼らは舞台を出て影の中に入った。

ベイリーとトンプソンは作業道具を整えた。

「照明係も必要だろう？」アレンは言った。「ここにいるか？」

「ここにいます」と舞台監督補佐のチャーリーと一緒にいた照明係が言った。

「よし！　照明は君に任せる。何にも触らないでくれ」そしてマスターズに言った、「ガストンさんの楽屋はどこだ？」

「ご案内しましょう」マスターズは言った。

彼はアレンを楽屋の世界へ連れて行った。両側に名札のついたドアが続く通路をふたりは歩いていった。楽屋は静まり返っていた。

ガストンの楽屋は通路の突き当たりにあり、方形の小部屋に過ぎなかった。マスターズがドアをノックすると超低音の声が響いた、「どうぞ」。マスターズはドアを開けた。

「このおふた方がお話ししたいそうだ、ガストン」と彼は言って、すばやく後ろへ下がった。

アレンとフォックスが入るスペースしかなかった。彼らは斜めになって部屋に入り何とかドアを閉めた。

ガストンは黒い化粧着に着替え、メイクアップを落とし終えていた。彼は青ざめていたが、落ち着いていた。彼は聞かれる前に自分の名前と住所を告げた。

アレンは叫んだ、「やっぱりそうだ。私を覚えていないかもしれませんが、数年前にお訪ねしたことがあります、シアーズさん。窃盗犯から取り戻したクレイドへムモアの製造年代と価値を教えてもらうために」

「よく覚えています。それほど古いものではなかったですが、偽物ではありませんでした」

「それです。悲劇的ですが、これから尋ねる質問はクレイドへムモアについてです」

「喜んで意見を申し上げます。とくに貴殿は正しい用語を正しく発音していますから。あのクレイドヘムモアはわしの所有物で、十三世紀のスコットランド貴族が使った武器の完全に真正な大剣です。この劇ではすべての儀式でわしはこれを捧げ持ちます。重さは――」

　彼は武器の詳細と象徴的な意味、そしてこれまでの所有者を滔々《とうとう》と論じ始めた。歴史が古くなればなるほど、彼の話はあいまいになっていった。アレンとフォックスはぎゅうぎゅうに詰め込まれて立っていた。フォックスはアレンにつつかれて、重要と思えることを記録できるよう胸ポケットから何とか手帳を引っ張り出した。

「――他の武器――エクスキャリバー（アーサー王の名剣）がその例ですが――と同じようにクレイドヘムモアには呪術的な力が備わっているという信念が広がりました。この名は翻訳すると『はらわたをえぐるもの』となり、ケルトの意匠で柄に彫られていました。それはさておき――」彼は間《ま》をおいてひと息入れ、考えをまとめた。

「その武器を手から離したくはなかったでしょうな」とアレンは口をはさみ、フォックスをつついた、

「もちろん」

「もちろんです。でもそうせざるを得ないときがありました。二回。バンクォーの暗殺者たちと合流したとき、それから最後のシーンで舞台から出たときです。マクベスが『このような知らせを一度は』と言った後、小道具方が首をつけるためにわしから武器を受け取りました。わしがあの首を作ったのです。自分でクレイドヘムモアに首をつけられると考えたのですが、残念ながら最初にやったとき馬鹿なミスをしてしまいました。武器は非常に鋭かったので首の上まで通ってしまい、ぶらぶらと動いてしまいました。それで穴をふさいで道具方に直してもらうほうがいいと考えたのです。彼は首

の上に血をひしゃくですくって穴を隠さなければなりませんでした」

「そしてあなたに返したのですか」

「いや、下手《しもて》、つまり舞台に向かって左側の隅に置きました。マクベスとマクダフが決闘でまっすぐ入っていくので、この隅に行くことは禁じられていました。しかしずっと真っ暗だったわけではないと言うべきでしたろう。決闘の後で最前列の一番右の客やプロンプトボックスからマクベスがまた立ち上がるのが見えないように真っ暗になっていたのです。奥の幕は決闘が始まるとすぐ閉められました」

「はい、そこはわかりました」

「小道具方は決闘が終わる前にクレイドヘムモアを置いたのです。わしはマクダフに従って再登場する直前にそれを取り上げました」

「つまりマクベスが袖に入って悲鳴を上げ、作り物の首を外したクレイドヘムモアで首が刎ねられた。それから本物の首が偽首に取って代わったわけですな」

「わしは――あまり厳密には考えていませんでしたが、はい、そうだと思いますな。その時間はあったはずです」

「スペースは？　武器を振り回すだけの？」

「スペースは十分あります。殺陣《たて》を作ったのはわしですからな。動きはわかっております。わしの指示でマクダフは観客から見えるタイミングで武器を振り上げ、下手《しもて》の袖に入ってすぐ振り下ろしました。場所はあります。わしは後ろのほうで王や小道具方などと話していました。あの男の子、ウィリアムもです。わしはマクダフが入ってくるのを見ました。確かだと思うのですが」とガストンは言った、「ここには不吉な力が働いており、あのクレイドヘムモアにはそれ自身秘密の命が宿っています。その不吉な力はもう満たされた。そう願います」

彼はアレンを見つめた。「ひどく疲れました」と彼は言った。「恐怖の体験でした。衝撃的と言ってもいい。わしが何かしたせいでしょう。初めは上を見ませんでした。暗かった。わしはクレイドヘムモアを受け取って柄をハーネスに固定し、マクダフに続いて登場しました。そして上を見たら顔に血が落ちてきたのです。私が何をしたかって？　あれを購入して秘蔵していた私が、どうして罪を犯すでしょうか？　あの武器を公衆の面前で使うことを許したからか？　そうしたのは確かです。わしはあれを捧げ持っていました」。彼の鋭い目は輝いた。彼は威厳に満ちた態度を取り戻した。「あれは栄誉のしるしだったのか？」彼は問うた。「わしは何かの秘教集団に入会を許されて、血の洗礼を受けたのか？」彼はどうしようもないという身振りをした。「わしにはよくわからん」と彼は言った。

「今のところはもう心配をかけません、シアーズさん。役に立つ情報でした」

彼らは舞台に戻って、ベイリーとトンプソンがしゃがみ込んでおどろおどろしい作業に専念しているのを見た。

「凶器については疑いなしです、アレン警部」ベイリーが言った。「首が刺さっているこれですよ。剃刀みたいに鋭い。痕もついています。被害者が前かがみになっているところを後ろからバッサリやったんです」

「なるほど。指紋は？」

「犯人は籠手《こて》を着けてました。誰かわかりません。皆籠手をつけていましたからね」

「トンプソン、必要な写真は全部撮ったかね？」

「はい。クローズアップ。すべての角度から。全部撮りました」

楽屋口が開く音がして、甲高い声が聞こえた。「わかった。暗いな。死体はどこだ?」

「サー・ジェイムズ」アレンが呼んだ。「ここです!」

「やあ、ロリー。また事件にはまっているな?」

サー・ジェイムズ・カーティスはタキシードと黒のオーバーコートという完璧ないでたちに、鞄を持って現れた。「セントトーマス病院のパーティに出ていたんだ。何が起きたんだ——なんと、いったい全体これは何だ?」

「全部お任せしますよ」アレンは言った。

ベイリーとトンプソンは脇へ寄っていた。クレイドへムモアの先に突き刺さったマクドゥーガルの首が病理医を見上げた。「身体のほうはどこだ?」と彼は尋ねた。

「あそこの暗い隅です。触っていません」

「どうしてこんなことになった?」

アレンは事件を話した。「私は前の座席にいたんです」

「途方もないな。では死体を見よう」

死体はアレンが見つけたときと同じく、うつぶせに倒れていた。血でびっしょりのマクベス一族のタータンが死体にきっちり巻かれていた。サー・ジェイムズはタータンを広げて傷を診た。傷の縁は中に入っており、襟の一部が切れて傷の中にめり込んでいた。

「一撃だな」と彼は言って、死体の上に屈み込んだ。「病院の検死室に持っていったほうがよさそうだ」と彼は言った、「もし警察の調べが済んでいるなら」

彼らは舞台へ戻った。

「クレイドへムモアから首を抜いていいぞ」とアレン。

ベイリーは大きなポリ袋を取り出した。彼はそれから首をしっかりつかんだ。トンプソンは両手でクレイドへムモアの柄を握った。彼らは刃が舞台と並行になるように持ち、向き合って、両足を開いた。地獄で働く鬼のパロディのように。

「いいか?」

「よし」

「それ」

その音は最悪だった。巨大なコルクを引き抜いたような音だった。だが成功した。ベイリーは首を袋に入れ、ラベルに中身を書いて、結んだ。「これを積み込んでくる」と彼は言い、袋を持って警察車へと出ていった。

「凶器はどうしますか?」とトンプソンが尋ねた。

「段ボールに包むといい」アレンは言った。「車の後部座席か床に置ける。それから死体の身体と偽首だ。サー・ジェイムズ、あなたは検死室にまっすぐ行くんでしょう?」

「そうだ。君はもうしばらくここにいるか?」とサー・ジェイムズは言った。

「はい」

「何かわかったら電話しよう」

「ありがとう」

救急車の職員が入ってきて、死体をもうひとつのポリ袋に入れ、ストレッチャーに乗せて覆いを掛けた。彼らはそれを救急車に運んで走り去った。サー・ジェイムズは自分の車に乗り込んで後を追った。

アレンは言った「さあ来いよ、フォックス。小道具方を探そう」

マスターズが舞台の袖で彼らを待っていた。

「グリーンルームを仕事部屋として使ってはどうかと思いまして」と彼は言った。「ご案内しましょう」

「お心遣いをありがとう。そこで小道具方と会うことにします」

グリーンルームは安楽椅子、本棚、がっしりしたテーブル、そして額縁入りの写真や絵のある居心地のよい部屋だった。

「やあ、小道具方君」彼が入ってくるとアレンは言った。「名前を聞いていませんね。お名前は?」

「アーネスト・ジェイムズでさ」

「アーネスト・ジェイムズね。あまり長く引き留めはしないと思う。恐ろしい出来事だったな」

「まったくひどいもんでした」

「この劇場に勤め始めてから長いんだろうね?」

「十五年でさ」

「そんなに長く? どうぞ座って」

「ああ、ありがとさんです」とアーニーは言って座った。

「今われわれは犯行時間と首が取り換えられた時間を確認しようとしているんだ。マクベスの最後のセリフは『待て』だ。彼とマクダフは戦うが、あの決闘はすばらしかった。彼は退場してすぐに殺されたとわれわれは考えている。間《ま》があるからだ。そして木笛と太鼓が遠くからどんどん近くに聞こえてくる。それからまだ生きている登場人物が長々と時間をかけて登場する。そしてマルコムと老シーワードの対話。マクダフが巨大な武器に首を刺したガストン・シアーズを従えて登場する」

「じゃあ親方は前席においでででしたか」

「ああ、偶然ね」

「いやはや、あれは恐ろしかった。恐ろしかったでやす」

「確かに。教えてくれ、小道具方君。君はいつ偽首をクレイモアにつけて、いつ下手《しもて》の隅においたのかね？」

「わしがですかい？　えーと。マクベスが『いつかは一度そういう知らせを聞くと思っていた』――どういう意味かよくわかりやせんが――と言った後、あの横柄な男が舞台の袖に入ってきたときにあの恐ろしい武器を受け取りやした。あれは恐ろしく鋭いです。わしはそれを小道具台の上に乗せて、偽首をつけやした。ちょっと手間がかかりやした。刃の鋭さと長さのために、面倒なんでやす。偽首には細い溝以外は石膏が詰まっていやすんで、その溝に刃を当てて押し込まにゃなりやせんでした。そいで首の周りに『血』をかけてから、隅に置きやした」

「いつ？」

「慣れてきて早くなりやした。三分ぐらいでしたかね。サイモン・モートンが『さァ、全軍のラッパを吹き鳴らせ』と叫んでました。だいたいそのあたりです」

「それで、最後にガストンが武器を取り上げてハーネスに付けるまで――首が取り換えられていたんだが――そこにあったわけだね」

「そのとおりでやす」

「わかった。あとでその旨を書いた文書に署名してほしい。他に何か私たちの助けになるようなことを考えつかないか？　何か変わったことを？　たとえば迷信のような？」

「いや、何も」

「確かかね？」

「さようで」

「ありがとう、アーニー」

「どういたしまして、親方。もう家に帰ってもようございやすか？」

「家はどこだね」

「ファイブ・ジョビンズ・レーンでさ。歩いて五分です」

「よし、いいだろう」。アレンは紙に次のように書いた。「アーネスト・ジェイムズ。帰宅許可。R・アレン」。「はい、これだ。戸口にいる警官に見せるといい」

「ご親切にどうも。ありがとうございやす」アーニーは繰り返して紙をもらった。だが彼は行かなかった。彼はのろのろとドアまで行き、立ち止まってアレン、そしてフォックスを見た。フォックスはいつものメタルフレームの眼鏡をかけ、上目づかいで彼をじっと見つめた。

「他に何か？」

「いや、ありません」

「確かに？」

「へえ」とアーニーは言って立ち去った。

「何かあるな」フォックスは静かに言った。

「そうだな。くすぶらせておこう」

ドアに強いノックの音がした。

「お入り」アレンは呼んだ。そしてサイモン・モートンが入ってきた。

Ⅲ

彼はもちろん平服に着替えていた。彼は舞台でもふだんでも青白いのか、それとも恐ろしい出来事のために蒼白になっているのかとアレンはいぶかしんだ。

「モートンさんですか?」アレンは言った。「ちょうど来てもらうようお願いするところでした。お座りください。こちらはフォックス警部」

「こんばんは。ご住所は?」とフォックスは眼鏡をきちんとかけ、ペンをとって尋ねた。

彼はこんな穏やかな応対は予期していなかったようだ。彼はためらった。

彼は座って、ごく当たり前の住所をまるでいかがわしい売春宿の住所であるかのように伝えた。

「われわれは出来事の順序に何らかのパターンがないか探しているところです」とアレンは言った。

「私は前の席にいたので少しは助けになりそうですが、それほどではないです。あなた方の決闘はすばらしかった。私は手に汗を握りましたよ。申し上げてよければ、あなたの肉体は強健そのものですね。おふたりが決闘をここまでもってくるのにどのくらいかかりましたか?」

「猛烈なリハーサルが五週間、今でも私たちは——」彼は言葉に詰まった。「なんてことだ!」と彼は言った。「何が起きたか本当に忘れてる――つまり僕は――」彼は手で顔を覆って言った。「僕は容疑者ナンバーワンですよね？」

「そうなるためには」アレンは言った、「あなたは偽首を引き抜いて、クレイドヘムモアで被害者の首を切らねばならなかった。しかも被害者は指一本動かさずに処刑されるのをそこで待っている必要があった。実際、彼はあなたが剣を振り下ろせるようにおとなしく首を差し伸べていなければならなかったんですよ。それから死体を隅の奥へ引きずっていき、偽首をそこに置く。それから本物の首をクレイドヘムモアの先につけて、ガストンが取り上げる位置に置く。身体中血だらけにならずにね。それもたった三分間で」

サイモンはアレンをまじまじと見つめた。彼の頰には血の気が少し戻って来た。

「そんなふうには考えてみませんでした」と彼は言った。

「みなかった？　いや、どこかで見落としがあったかもしれませんが、こんなふうに起きたと私には思えます。さて」アレンは言った、「ショックから立ち直ったら、あなたが彼を舞台袖に追い込んだとき、正確に何が起きたか教えてくれませんか？」

「ええ、もちろん。何も起きなかったんですよ」

「何も？」

「いつものように彼は悲鳴を上げて倒れ、僕は走り過ぎました。その後は最後の場面やカーテンコールのために集まっていた連中と一緒にいました。そしてきっかけが来て再登場です。僕は『スコットランド国王、万歳』で終わる最後のセリフを言いました。僕はあれを持っていたシートンを振り返りませんでした。私は観客に背を向けて、剣をあれに向けただけです。舞台上の何人かがその――妙な表情と声をしているなと思いましたが、彼らは皆叫び声を上げて、幕が下りました」

「これ以上望めないくらい、はっきりしてますね。マクドゥーガルはどんな男でしたか？」

「マクドゥーガル？　サー・ドゥーガルですか？　ハンサムでしたね。あのタイプが好みなら」

「彼自身は？」

「典型的な主役でしたよ。そういう役にぴったりでした」

「あなたはあまり好きではなかった？」

　彼は肩をすくめた。「いいやつでしたよ」

「良すぎて返ってうんざり？」

「そんなところかな。でも本当にいいやつでした」

「デ・モルテュイス・ニル・ニシ・ボナム《死者を鞭打つなかれ》？」

「そんなところです。でも彼のよくないところなんて、何も知りませんでした。決闘の彼はすばらしかったですよ。僕はまったく危険を感じませんでした。ガストンでさえ彼はうまいと言ったくらいです。彼をとがめるなんてできなかった。そうだ！　僕は彼の代役俳優（本役の俳優が役を務めることができなくなったとき、いつでも代われるよう稽古した俳優）だった！　もし上演を続けることになれば」

「続けることになると思いますか？」

「わかりません。考えることもできない」

「『ショーは続けなければならない』？」

「ええ、僕が思うに」サイモンは一瞬の間をおいて言った「報道次第かもしれません」

「報道？」

「はい。もし報道陣が何が起きたか手がかりをつかんだら、大騒ぎになって、マクベス役者が病気だとか死にかけているとか、死んだとかのケースのように上演を続けるわけにはいかないでしょう。でももし彼らが〝事故〟があったという噂を聞いただけなら――ボブ・マスターズは幕前のスピーチでそう言ったんですが――続報の価値なしと考えて何もしないかもしれない。明日です。ひとつだけ確かなのは」とサイモンは言った、「ゴシップはいらないということです」

「そうですな。ところで気がつきましたか」とアレンは言った、「これはマクベスについての迷信をよみがえらせる絶好のチャンスだと、どこぞの誰かさんが考えるかもしれないということに?」

サイモンは彼を見つめた「とんでもない!」彼は言った。「いやいや、そんなことはありませんでした。だがおっしゃるとおりです。実のところ――いや、気にしないでください。しかし演出家のペリーは私たちと馬鹿げた迷信について、口を酸っぱくして言っていました。迷信を信じちゃいけない、それで――それから――いや、それだけです」

「本当に? なぜですか?」

「彼は全然信じていないからです」サイモンは言ったが、とても居心地が悪そうだった。

「キャストの中でゲン担ぎのまじないが広がっていましたか?」

「ウーン――ニーナ・ゲイソーンがしつこく言ってましたね」

「それで?」

「ペリーはそれがまずいと考えています」

「迷信を補強するような出来事がこれまでにありましたか?」

「ええ、いくらか。できれば詳しく話したくありません」

「なぜ?」

「それについては話さないと言ったんです。ペリーに約束しました」

「説明するよう彼に求めますよ」

「はい。でも私が秘密を漏らしたと彼が考えないようにしてください」

「そうします」

「これで終わりでしたら、家へ帰ってもいいですか?」サイモンは疲れたように言った。

「今のところはこれだけです。だがちょっと待ってください。まだキャストを帰すわけにはいかない。楽屋の鍵を私たちに預けてください。あとでタイプした供述書に署名してもらいます」

「わかりました。ありがとう」サイモンは言って立ち上がった。「さっき言われたことは本当ですか? 僕が――あれをやったのは不可能だと」

「本当です。何か新しい情報が出てこない限りは」

「少なくともそれだけはありがたい」サイモンは言った。

彼はドアに向かい、少し躊躇してから言った。

「もし彼を殺したかったら」彼は言った、「僕は決闘中にいつでも事故を装うことができましたよ。簡単に。〝大変申しわけないことをした〟と言えばいいんですから」

「そうですね」とアレンは言った。「それもあります」

彼が行ってしまうと、フォックスが言った。「あの人間はシロとみてよさそうですな」

「今のところはね」

「故人をあまり好きではなかったようですな」

「うんと好きというわけではなかったようだ。しかしそれについては正直だったよ。彼ももう少しで迷信について話すところだった」

「そうでしたな。さて次は誰を呼びますか?」

「もちろんペレグリン・ジェイだ」

「彼は二十年前もここにいましたな、前の事件のときに。あのときは若くて気持ちのいいやつだった」

「確かに。彼は今会議中だ。上のオフィスで」アレンは言った。

「引っ張り出してきますか?」

「やってくれるか? 頼むよ」

フォックスは眼鏡を外して胸ポケットに入れ、部屋を出て行った。アレンはひとりごとをつぶやきながら、あたりをうろついた。

「あのときだったに違いない。決闘の後だ。間がおよそ一分。舞台の外から木笛と太鼓の音が近づいてくる。これに二分。人々の登場が済むまで約十五秒。息子の死についてのシーワードとの対話。これに二分。全部で約三分か四分だ。決闘の終わりにマクベスは退場して悲鳴を上げる。彼が前かがみになるようなことをマクダフは言ったろうか? いや——彼は確かに前に倒れてドサッと音を立てた。犯人はもう偽首を取り外していて、マクベスの首を刎ね、本物の生首を取り上げてクレイドへムモアに押し込んだ。これには時間がかかる。柄を書割に挟んで、首を押し込んだのだろうか? 一番暗い隅に死体を引きずっていき、クレイドへムモアをガストンが取れるように立てかけておく。偽首を死体の横に置く。それからどこへ行く? 犯人はどんな人間だろうか?」

彼は突然止まり、目をつぶって決闘を思い浮かべた。ふたりの人間。セリフのやり取り、そしてマクベスのしゃがれ声が上げた最後の呪いの言「戦い半ばに「待て！」と呼びかけた者は地獄へ落ちるぞ」

「殺人は決闘の後で行われたに違いない。それ以外はありえない。それともあるだろうか？ いや、ナンセンスだ」

ドアが開いて、フォックス、ウィンター・マイヤー、そしてペレグリンが入ってきた。

「引っ張り出して、申しわけない」アレンは言った。

「いや、かまいません。暗礁に乗り上げてしまったんです。上演を続けるべきか、やめるべきか、とね。彼は——あの役にピッタリだったんですから」

「判断が難しいね」

「ええ。この劇を彼なしでやるのは想像もできない。今のところ何も想像できません」とペレグリンは言った。

「俳優たちはどう感じるだろうか？」

「上演を続けることについて？ うれしくはないでしょうが、やりますよ」

「配役はどうなる？」

「それが問題なんです」ペレグリンは言った。「サイモン・モートンがマクベスの代役俳優で、ロスがサイモンの代役です。殺陣《たて》はごく簡単なものを急いで作らなければ。新しいマクダフにはとても今の殺陣はこなせませんから。サイモンは大丈夫です。彼にはそこそこの演技が期待できますが、全体としては運任せになりますね」

「なるほど。ガストン・シアーズは俳優としてはどうですか？」

ペレグリンはまじまじと彼を見つめた。「ガストンですか？　ガストンを」

「彼は殺陣《たて》を知っている。彼が作ったんだから。彼は人目を惹く存在だ。突飛な考えだが、無理ではない」

「怖いようなアイデアです。彼の演技はあまり見ていませんが、予測はできないけれどいい俳優だと聞いています。彼自身は予測可能な人物です。ちょっと変わっていると考える人もいますが。それなら――それなら確かにいい解決法です。新しいシートンを探さなければならないが、彼はセリフに関する限り端役ですしね。堂々として見えればいいんです。しかし何という！　確かに考えられないことでは――いや、いや、だめです」彼は繰り返して言った。それから、「損切りをして、別な劇を稽古しようと判断するかもしれません。たぶん一番いい解決法でしょう」

「そうだな。念のために言っておきますが、明々白々なのは犯人が――まだ誰か見当もつきませんが――おたくの俳優か、でなければ舞台担当者であるということです。もし舞台担当者なら上演を続けることも可能だろうが、俳優だったら――困ったことになります」

「もうとっくに困ってますよ」

「話は変わるが、マクベスの迷信について教えてほしい。そしてなぜ小道具方とサイモン・モートンが迷信について尋ねられて妙な態度をとったのかを」

「もうかまいません。私が頼んだんです。仲間内や他の人に話さないように――こうした出来事について。全体の空気を考えなければなりませんから」

そして彼は偽首とランギの買物袋に入っていたネズミの頭について、控えめに話した。

「いたずらをしたのは誰か見当がつきますか？」

「いえ、まったく。こうした出来事が、殺人と関係があるかどうかもわからない」

「小学生の男の子の不愉快ないたずらのように聞こえるが」

「ウィリアムの仕業じゃありません」ペレグリンはすばやく言った。「酒宴のテーブルに現れた首に震え上がっていましたから。彼はいい子です」

「子供時代のゴリアテ（ダビデに殺されたペリシテ人の巨人）並みの力がなければ、クレイドヘムモアを二インチ以上持ち上げられないでしょうな」

「そのとおりです」

「彼は今どこに？」

「ボブ・マスターズが家に帰しました。あれからすぐに。あれを見せたくなかったので。ガストンは首が刺さったクレイドヘムモアを舞台に落としたんです。ウィリアムはカーテンコールを待っていました。問題が起きたのでカーテンコールは取りやめ。早く服を着替えて、早めのバスに乗って帰るようにとボブが言ったんです」

「なるほど。ウィリアム・スミスだ、フォックス、話を聞く必要ができたら。電話番号はわかりますか？」

「ええ」とペレグリンは言った、「わかります。持ってきましょうか？」

「いや今晩は必要ないと思う。ガストン・シアーズが舞台の袖でウィリアムと一緒にいたか、王と小道具方に尋ねよう。それからマクダフがまっすぐ入ってきたかどうかも。もしそうなら、マクダフは完全にシロだ。もちろんガストンも」

「そうですね」ペレグリンは言った。

「さて」とアレンは続けた、「決闘シーンとその後、俳優たちが舞台裏のどこにいたか教えてほしい」

「決闘の間、マルコムと老シーワードはロス、ケースネスと一緒に上手《かみて》の上段袖に集まって、最後の登場を待ってました。あとの兵隊の待ち位置は下手《しもて》です。『死んだ』登場人物――ダンカン王、バンクォー、マクダフ夫人と息子――はカーテンコールに応えるために、やはり下手《しもて》で待っていました。魔女たちだけは、舞台後方です」

「マクベスは決闘前から決闘の最中まで生きて話していたんですね？」とアレンは尋ねた。

「ええ」

「したがって彼は自分とマクダフが戦いながら退場したときから、マクダフとガストンの再登場までの間に首を刎ねられたに違いない」

「そうです」とペレグリンは疲れたように言った。「長くとも三分半です」

「さて、一座の全員を呼んで、互いにその間のアリバイを証明できるかどうか尋ねてみよう」

「皆を呼びますか？」

「ここへお願いしたい。まだ舞台上にはいてほしくないからな。皆も同じだろうと思う。ジェイ、よろしく。すし詰めになるが、しかたがない」

ペレグリンは出ていった。黙ったままドア口に立っていたウィンター・マイヤーがアレンのテーブルに来て、たたんだ紙を置いた。

「これをご覧になったほうがいいでしょう」彼は言った。「ペレグリンもそう思ってます」

アレンは紙を開いた。

スピーカーが鳴った「皆さんグリーンルームへ来てください。業務連絡です。皆、グリーンルームへ」

アレンはタイプされたメッセージを読んだ、「殺人者の子供が一座にいる」

「いつこれを手に入れた？　どうやって？」ウィンティは話した。

「これは事実ですか？」

「そのとおりです」ウィンティは無念そうに言った。

「他に知っている者は？」

「バラベルが知っているのではないかとペリーは考えてます。バンクォーです」

「執念深い人物か？」

「はい」

「マクダフの息子役のウィリアム・スミスを指しているのは間違いない。この事件は私が担当したんだ」アレンは言った。「当時あの子は六歳のチビだったが、この劇を二回見て誰かわかった。彼の顔には特徴がある。あの子は捜査では呼び出さなかった。被害者のひとりはバラベルという名だった。銀行員だ。彼女は首を切られた」アレンは言った。「さあ俳優たちが来たぞ」

Ⅳ

練り上げられた方式を使って、警察は必要な情報を妥当な時間内に何とか得ることができた。

ガストン・シアーズ、小道具方、マクダフのアリバイは証明された。アレンはプログラムを見て俳優の名を読み上げ、各人が舞台袖で待っていた俳優たちの中にいたと記憶されていた。王とニーナ・ゲイソーンはガストンに何かささやいていた。彼女の服はもつれていた。

「次の質問には確かであることを確認して答えてほしい。マクダフが舞台袖に入った後で、誰かが下手《しもて》の隅に滑り込んだかもしれないと思える動きに気づいた人はいませんか？」

「私たちのいたところは舞台後方で、遠すぎて見えませんでした」とバラベルは言った。「私たち全部です」

「マクベスが袖に入ってこなかったことに気づいた人は？」

ちょっと間があってニーナ・ゲイソーンが言った。「ウィリアムが『サー・ドゥーガルはどこ？まだあそこにいるよ』とかなんとか言ってましたが、誰も注意を払いませんでした。カーテンコールのきっかけが近づいていて、皆位置につこうとしていたんです」

「なるほど」アレンは言った。「さて、皆さん自分の楽屋へ行って、呼び出されたら、思い出せる限り正確に、今晩演じたときの順序で来てください。最後の決闘シーンから終わりまでは、あなた方がしたことを正確に再現するよう皆さんにお願いする。わかりましたか？」

「あまり愉快じゃないね」とバラベルが言った。

「殺人とそのあとに起きることは、まず愉快ではありません。シアーズさん、マクベスのセリフを読んでくれますか？」

「もちろん、いいですよ。記憶していると思います」

「それは結構。ですが、台本を見てもらったほうがいい。タイミングが正確でなければなりませんから」

「わかりました」

「動きはわかりますか?」

「もちろんです」彼はおおように言った、「私は決闘もわかってます」

「よろしい。準備はいいか? 楽屋にいた人は、そちらへ行ってください」

彼らはぞろぞろと出て行った。アレンはペレグリンに言った、「きっかけの合図を出してくれるか? 『風も吹け! 破滅も来い! せめて甲冑《よろい》を身に着けて死のう』からだ。舞台へ行こう。もう片付いているんだろうな」

「だといいですが」ペレグリンは本気になって言った。

「では行こう。フォックス、君は舞台を見ていてくれ。とくに下手《しもて》側をだ」

「了解です」

「舞台効果技術者はいるか? いるね。アシスタントたちも? 生の声が機械的効果にかぶさると思うが。よし。全部上演のときと同じタイミングでやる。いいか? できるね?」

彼らは楽屋の通路を歩いていったが、劇の開幕を楽屋で待つ俳優たちの存在で劇場は突然生き返った。トンプソンとベイリーの片付けは上首尾だった。彼らは包みが置かれていた部分を防水布で覆い、重しで押さえておいた。下手《しもて》の隅では、死体があった場所にチョークで印をつけてあった。その横には〝血〟の入ったバケツがあった。

「ようし」と観客席の前に移動していたアレンは言った。

ペレグリンは俳優を呼び出した、「マクベス、マクダフ、小シーワード。登場です。マルコム、老シーワード、兵隊。舞台袖で待機」舞台の陰で人が動く音がした。

ガストンが登場してセリフを言った。疲れは取れていて、見事だった。

『せめて甲冑《よろい》を身に着けて死のう』彼はセリフを終えて下手《しもて》へ行き、そこを通って舞台袖へ出た。

俳優たちは戦闘シーンを演じ、マクベスが下手《しもて》上段から登場し、マクダフが上手《かみて》の隅から登場するところへきた。

『やい、地獄の番犬め、戻れ、戻れ！』

決闘。ガストンは完璧だった。マクダフは疲れ切っているように見え、決闘を形だけで済ませようとしていたが、力いっぱい応戦せざるを得なかった。

ふたり退場。マクベスの悲鳴と突然の中断。マクダフはまっすぐ走り抜ける。アレンはストップウォッチをスタートさせた。勝者の長い登場と老シーワードとの最後のシーン。マクダフが下手《しもて》隅から再登場する。シートンに戻ったガストンがクレイドへムモアを持たずに彼に続く。彼は地声で高らかに言った。「むろん私のクレイドへムモアは見つかりません。警察に押収されたと思われます。この機会に警告しますが」と彼は大声を観客席に響かせて続けた、「押収には危険が伴います。あの武器には魔力があるのです」

「クレイドへムモアはわれわれが安全に保管している」アレンは言った。彼はストップウォッチを止めていた。三分。

「確かに安全ではありましょう。恐れ慄《おのの》くべきなのは警察です」

俳優たちに話しかける前に、アレンはフォックス警部と自分自身が恐怖で頭のてっぺんから足先まで震える様子を想像してみた。

「皆さん、ありがとう」アレンは言った。「最後のシーンを再現するのは皆さん全員への無理なお願いだったが、大変役に立ったと言える。同じことをもう一回、『女に生み落とされたやつが振り回すのなら』から『さ、御入城なさい』までやってもらえれば、帰宅してもらえると思う。間はマクダフの独白だ。皆さんには定まった場所にいてほしい。舞台外の動きと雑音も含めて。ジェイ、頼む」

ペレグリンは言った。「マクダフの兵士の一群が舞台を横切って上段へ行くところだ。いいね？　サイモン？」

「いやはや、まったく。いいよ。オーケーだ」。疲れ果てたサイモンが言った。

「皆、用意。『女に生み落とされたやつが振り回すのなら』」

マクダフのセリフは袖への入場、行き来、警報などでときおり中断された。アレンは時間を計った。三分。マクベスが下手《しもて》の壇から登場した。

「よし。ありがとう、モートンさん。それからシアーズさん。マクベスの役を演じてもらったので、私たちはあなた自身の動きを把握していない。この間あなたはどこにいたか教えてもらえますか？」

「もちろん。下手《しもて》側ですが、暗い隅にではありません。私はずっとそこにいました。混乱して出入りする兵士たちの邪魔にならぬように離れて。こうした動きの彼らはまことに軍人らしくなかった。しかし私は相談されていなかったので、意見を言うのはさし控えました。この間、私は何人かの俳優仲間と話したと思います。カーテンコールに呼び出されていた人たちです。ゲイソーンさんがニンニクは凶運防止になるとか何とか驚くべきたわ言を口にしていたことを覚えております。ダンカンとバンクォーもいました。呼び出されるのが早すぎたと文句を言っていたものです」

ダンカンとバンクォーはこれを裏付けた。別の何人かの俳優も決闘が始まった頃そこにガストンがいたことを憶えていた。

「どうもありがとう」アレンは言った。「これで終わりです、皆さん。帰ってもかまいません。楽屋の鍵を私どもに預けるように。電話に出られるところにいてもらえればありがたいです。おやすみなさい」

彼らはおやすみを言って三々五々帰っていった。ガストンは黒のマントを着て、胸の上でいかにも俳優らしく握っていた。彼はアレンにお辞儀をして言った。「おやすみなさい」

「おやすみ、シアーズさん。決闘はきつかったようですな。まだ息が切れてます。あそこまで熱心にやらなくてもよかったのに」

「いやいや。軽い喘息です。何でもない」彼は手を振って出ていった。

舞台担当者たちは全員一度に立ち去った。最後に残ったのはニーナ・ゲイソーンと青ざめた顔に赤っぽい毛で身なりはよくないが、きれいな声をした男性だった。

「おやすみなさい、警視」彼は言った。

「おやすみなさい、バラベルさん」とアレンは応えてノートに注意を戻した。

「言わせていただければ、大変興味深い取り扱いでした」

「ありがとう」

「こう言っては何ですが、マクベスの退場から彼の首が出てくるまでよりも前のシーンを再現する必要はなかったですよ。マクベスの首が切られた可能性があるのはその後の約四分です」

「そのとおりです」

「ですから変に思ったんですよ」

「そうですか？」

「気がおかしいガストンもかわいそうに」美しい声が言った、「あの決闘を苦労してやらなければならなかったなんて。なぜですか？」

アレンはフォックスに言った。「全部の楽屋に鍵がかかっていることを確認してくれ」

「いいですよ」フォックスが言った。彼はバラベルがそこにいないかのように彼を無視して通り過ぎ、姿を消した。

「古いタイプですね」とバラベルは言った。「最近はあまり見ないですよね？」

アレンはノートから顔を上げた。「私はとても忙しいんだ」彼は言った。

「もちろんそうでしょう。マクダフの息子がいませんでしたね」

「ああ、家へ帰らせたんだ。おやすみ」

「彼が誰か知っていますね」

「もちろん」

「そうですか？　まあともかく、おやすみなさい」バラベルは言った。彼は顔を上げ、つらそうな笑顔を浮かべて歩き去った。ニーナは彼と一緒に行った。

「フォックス君」警部が帰ってくるとアレンは言った。「考えてみよう。殺人が決闘の後で行われた可能性はあるだろうか？」

「可能性はあります。少しは。でも実際はそうでした」

「やってみようか？　私が犯人役をやる。君がマクベスだ。隅へ走り込んで、悲鳴を上げて、倒れる。ちょっと待ってくれ」彼は下手《しもて》の暗い隅へ行った。「マクダフの動きは頭の中で考えよう。彼は君を追ってまっすぐ行き、走り去る。用意はいいか？　ストップウォッチで計ってみる。三、二、一、ゼロ、始め！」
　フォックス警部は驚くほど敏捷だった。彼は決闘の真似をし、後ろ向きに舞台の袖に入り、悲鳴を上げてアレンの足元に倒れた。アレンは架空の偽首を架空のクレイドヘムモアから外しておいた。彼はクレイドヘムモアを肩の上まで振り上げた。剣は大きな弧を描いて振り下ろされた。アレンは剣を放し、屈み込んで架空の生首をつかんだ。彼は生首をクレイモアの先にあて、差し込んだ。彼はそれをクレイモア用の隅に立てかけ、首なし死体を暗い隅に引きずっていき（フォックス警部は体重が八十九キロあった）、それを架空のマントに包み、偽首をその横にさっと置いた。そしてストップウォッチを見た。

「四分二十秒だ」と彼は息を切らして言った。「それを三分でやった。不可能だ」

「思ったほど落胆していないようですな」フォックスは言った。

「していない？　私は――よくわからん。ボケているのかな」アレンはつぶやいた。「ボケているんだ。可能性のある犯人を考えてみよう。ナンバーワンは誰だ？」

「マクダフかな？　われわれがそう思わせるように、彼はマクベスを殺した。決闘。彼を舞台袖に追い込んで殺した。生首を武器に刺して、それを捧げ持つシートンを従えて登場する。単純に聞こえますな」

「だがそうじゃない。マクベスは何をしていたんだ？　マクダフは彼を舞台袖に追い込んで身をかわし、クレイドヘムモアから偽首を外し、それを持ち上げてから、残虐な行為をしなければならなかった」

「そうですな」

「マクベスはそこに横になって彼がそうするに任せていたのか?」アレンは尋ねた。「それに時間はどうだ。僕が三分でできなければ、誰にもできないはずだ」

「そうです。そのとおり」

「次は誰だ?」

「バンクォーですかな」フォックスは言った。

「彼にはできたはずだ。呼び出されてからあのあたりをうろついていたんだから。隅へ行って偽首をクレイドヘムモアから外せた。それから決闘。首を刎ねてクレイドヘムモアにつける。カーテンコールまで十分余裕を持って立ち去る。彼は血まみれのマントを着ていたから、新しい染みの言い訳にもなる。次は?」

「ダンカンと息子のひとりか、そのいずれか。ウーム」フォックスは弁解がましく言った。「馬鹿げているのはわかってますが、彼らにはできた。誰もいないときに出てくることも可能だった。事がこれほどひどくなければ滑稽なくらいです。王が袖まくりして王冠をしっかりかぶり、猛然と殺しにかかる。ついでに言えば、犯人がふたりいれば時間の問題はなくなります。王がマクベスの首を切って死体を引きずっていき、偽首を置いている間に、息子が本物の首を武器の先につけ、隅に置く。ただし」フォックス警部は言った、「馬鹿げてますよ。魔女のひとり、というのはどうです。男のほうです」

「ランギか? マオリ人の血が入っている。彼はすばらしかった。あの歪めた顔と踊り。だが君も気づいているとおり、問題の時間中、彼はずっとふたりの魔女と一緒にいた」

「わかりました。もうひとり明白な人間、ガストンはどうです?」とフォックスはむっつりして言った。

「なぜ明白なんだ？　少し変わっているが――だがそれでは不十分だ。それとも違うかな？　それから時間の問題がある。現実を直視しなければならんよ、フォックス。皆そうだ、王と息子、バンクォー、魔女たちを除けば、時間が問題なんだ。ランギは魔女のひとりを引き込んでクレイドへムモアに頭をつけさせて、約一分時間を稼いだかもしれない。熱狂的なガストンと誰かが共謀すると考えるのは不可能だ」

「いずれにしても」とフォックスは言った、「現実を直視しなければ。彼らは皆戦いやら何やかやで忙しすぎた」

「だが全部おおよそとしか言いようがない。誰であろうと被告側の弁護人はそんな論述をコテンパンに論破することだろうよ」

「彼らは決闘中にセリフを言ってます。ほら」フォックスは劇のペンギンブックス版を平らに開いた。「楽屋にあったんです」と彼は言った。「ここです。見てください。マクベスが最後のセリフを言う。『戦い半ばに「待て！」と呼び掛けた者は』とフォックスは眼鏡をかけて苦労して読み、引用した『地獄へ落ちるぞ』それからまた戦う。続く三分の間に彼の首は肩から離れ、剣の先へ移動します」

「この事件を要約すれば、そういうことだ、フォックス警部」

「そうです」

「さて、もしよければ、証拠の補強になるかならないかわからない事柄を検証しよう。ペレグリン・ジェイはどこだ？　他の人間と一緒に帰ったか？」

「いや」とペレグリンが言った、「ずっとここにいました」彼は中央通路を通って照明の中に入った。

「さあ来ましたよ」彼は言った。「残念ながら頭の回転が速いとは言えませんがね」

「座って。僕が言ったことを聞いたか？」

「聞いた。言ってくれてありがとう。自分のルールを破って、あなたがほのめかした証拠の補強になるかもしれないことをもっと詳しく話しましょう」

「喜んで聞こう」

ペレグリンは話した。マクベスの劇は縁起が悪いという迷信が俳優を動揺させていたこと、そして自分がそれを無視するよう一座に厳しく命じたことを説明した。「ニーナ・ゲイソーンのように迷信を信じ切っている人たちは従わなかったが、全体としては従ってくれたと思う。少なくとも当座のところは。ところが始まってしまった。王の寝室にあったバンクォーの仮面から」

彼は事情を説明した。「途方もないことだった。つまり、効果的でした。あそこの影の中でにらみつけていたんですから。ガストンの作ったものは皆そうですが、非常に気味が悪い。魔女のシーンに出てくるバンクォーの子孫たちの行列を憶えていますよね」

「もちろん憶えている」

「突然あれを見せられたんで、僕はあれがあることを警告されていたんだが、それでも——背筋が凍った」

「なるほど」

「私は仮面を調べたが、紐が組み合わされて灰色のマントにつながっていました。頭自体はハンガーに固定されていて、マントがそこから下がっていました。紐の長いほうの端は舞台に届いてました。頭の上には控え柱があって、紐はその上を通って下の舞台面に下がっていたんです。私が思ったのは、今でもそう思うが、もし私が正しければマントは仮面を隠すために引っ張り上げられて紐は下で固定されていた。見てみたら、書割の後ろ、まさにその位置に横木があった」

「マントは舞台面から下ろすことができたんだな？」

「そう。マクダフが入るまで頭が隠れているように。最初に見たのはマクダフでした。彼はマクベスに警告しようとした」

「それで君はどうした？」

「小道具方を呼んで頭をマントに包み、他のバンクォーの頭と一緒に小道具棚に置くように言いました」

「それから？」

「次に起きたのは、酒宴の席で召使が料理の皿覆いを取ったときに皿の上にまたバンクォーの頭が現れたことです。マクベスに向かって歯をむいて。あれはひどかった」

「それで君はどうした？」

「俳優たちに話をしました。皆にです。私は――まあ予想できるようなことを言いました。こんないたずらは不快だと。でも誰も自分がやったと言わなかったので、一番いいのは無視することだと思ったんです。こんなところかな」

「なるほど。君の仕事を妨害したことは確かだな」

「もちろん。でも克服しました。俳優は立ち直るのが早いですからね。何かあれば彼らは激しく反応して、徹底的に話しますが、それでもやっていく。誰もやめはしなかったけれど、いやな空気は残りました。最悪だったのはランギのネズミの頭かな」

「ランギのネズミの頭?」アレンは繰り返した。

「問題は頭です。彼の買物袋の中にあった。魔女が持つ袋をそう呼びます――一種のジョークですね――この中に呪《まじな》いに使うものをいれるんですよ。絞首台の死体から取ったものもあります。彼らが列挙するモノ（第四幕第一場。イモリの目の玉、蟇〔がま〕の指、蝙蝠〔こうもり〕の羽の毛、犬の舌、蜥蜴〔とかげ〕の足、梟〔ふくろう〕の翼などが挙げられている）が本物だって知ってました?」

「知らなかったな」

「そうなんです。『大わずらいの呪《まじな》いに』です。ネズミの頭には触れていませんがね」

「いたずらの犯人が誰か。君は気づいているかね?」

「ええ、気づいてます。でもしっかりした証拠があるわけではない。裏付けのない疑いに過ぎません。漠然とした、個人的な嫌悪から来てるんです」

「それを教えてくれないか? あまり重視しないようにするよ。約束する」

ペレグリンはためらった。フォックス警部はノート書きを済ませ、手帳の上に大きな手を広げて、好意的なまなざしで彼を見た。

「バラベルとは話しましたか? バンクォーです」

「いや、あんまり」アレンは言った。「名前と住所を聞いて、他の人々がいた位置について少し尋ねただけだ」

「彼は一風変わってます。声は美しく、コントロールできてますが。人を中傷するんです。レッド・フェローシップとかいう過激な団体に属してます。他の俳優についてこそこそした陰険なジョークを言うのが好きなんです。彼のことを〝理屈屋の水夫〟だと考えてるくらいだ。劇の〝所作〟についていつでも文句を言うので、私にはもちろん好きになれません」

「だろうね」

「ウィリアムについて知ってるんじゃないかと思います」

アレンはポケットから折りたたんだ紙を取り出し、広げてペレグリンに見せた。

「これがウィンター・マイヤーのオフィスにあって、そこのタイプライターで書かれたんだな？」

ペレグリンは紙を見た。「そうです」彼は言った。「ウィンティが話してくれました」

「誰がやったか見当がついたかね？」

「ええ、そう思います。バラベルです。推測に過ぎませんが、彼はそのあたりにいました。その頃、劇場に。いかにも彼がやりそうなことだと思いました」

「マイヤーにそう言ったかね？」

「言いました。ウィンティはトイレに行っていたそうです。八分ぐらい。ロビーへの窓がありますから、誰でものぞいて部屋が空だとみれば——タイプすることができたはずです」

「ハーコート・スミス事件の被害者のひとりはバラベルという名だった。ミュリエル・バラベル。銀行員だ。首を切られて死んだ」

「ことによったら——」

「調べてみなければなるまい」アレンは言った。「だがそうだとしても、彼にはマクベスを殺す動機がない」

「それに、われわれが知っている限り哀れなサー・ドゥーガルとのつながりもまったくありません」

「そうだな」

「だがサイモン・モートンとなら」ペレグリンは言い淀んだ。

「モートンとなら？」

「何でもありません。これでは私が何か隠してるみたいだな。言おうとしたのは、サイモンがカッとなりやすく、ドゥーガルがマクベス夫人に言い寄っているのではないかと疑っていたということです。そんなことはないと彼女は彼を説得しましたが」

「彼にはあれをやる機会がない。彼は自分のなまくら剣を振り上げてマクベスを舞台袖に追い込んだに違いない。彼は自分の剣を偽首を外しておいたクレイドへムモアと取り換える必要があった。その間被害者はポカンと見ていて何もせず、ご親切にも前かがみになって首を切られたことになる」

「それでガストンは？」

「まず時間だ。自分でだんまり芝居をやってみたが、どうやって見ても時間オーバーだ。もっと納得がいくのはガストンがダンカン王、ニーナ・ゲイソーン、それからカーテンコールに出る人たちに目撃されていることだ。彼は何人かと実際に話している。殺人が起きている最中に。彼はマクダフがやって来る直前に下手《しもて》隅へ行ってクレイドへムモアを手に取り、マクダフに続いて登場した」

ペレグリンは両腕を上げ、下ろした。「ガストン・シアーズ、退場」彼は言った。「彼がやったとは思っていなかったけれど、それが確認されたのはうれしい。残っているのは誰だ？」

「アリバイがない人か？　バラベル、舞台担当者たち、領主たち、マクベス夫人、その他大勢だ」

「オフィスの連中のところへ戻らなければ。どうするかまだ決められないんです」

アレンは腕時計を見た。「二時十分だ」彼は言った。「まだ決められないのなら、一晩じっくり考えたらどうだ。俳優たちは呼ばれているのか？」

「午後四時にね。かわいそうに」

「もちろん、いらぬ干渉かもしれないが、『マクベス』は続けないほうがいいと思う」

「そうだろうか？」

「事実が明らかになるのは時間の問題だ。それもかなり早く。君たちは恐怖の反応や病的な憶測に見舞われることになるし、この見事な演出に対する侮辱としか言いようがないマスコミの報道を浴びることになるだろう」

「なるほど」

「そう希望するが、裁判が行われることになる。君の俳優たちはマスコミに追い回される。ハーコート・スミス事件が蒸し返される可能性は大きいし、そうなればウィリアム君はニュース・オブ・ザ・ワールド誌などの記者に追い詰められて、彼の反応にひどいコメントがつくかもしれない。彼と母親は執拗に追いかけられる」

「それはわれわれが何をしようと同じことでしょう」ペレグリンはみじめに言った。

「もちろん。だがこの劇をやらないときとは、比べものにならない」

「確かにそのとおりだ」ペレグリンは立ち上がってドアに向かった。

「その線で皆と話してみよう」彼は言った。「おやすみ、アレン警部」

「おやすみ」

彼の後ろで舞台ドアが閉まった。

「フォックス警部、さあこれまでで何がわかった？」とアレンは尋ねた。

彼らは手帳を開けた。アレンはプログラムも広げた。

「端役はほとんど消していいな」と彼は言った。「彼らは皆動き回って、戦っていた。舞台の外に出ても叫んだり、互いに猛烈にたたき合ったりしていた」

「私は暗い隅に立っていましたが、誰も近くへ来なかったと誓って言います」フォックスは言った。

「そうだ。彼らはよく訓練されていて、ひとりが意図的に歩調を乱せば他の人間が気づいて黙っちゃいないだろう。混乱しているように見えても、一インチごとに練り上げられているんだ」

「じゃあ容疑者のリストから消していいでしょう」

「喜んで」と言ってアレンはそうした。「それで残ったのは？」彼は尋ねた。

「セリフのある役です。見たよりも楽ですよ。まずコチコチの老軍人タイプの男と彼の息子。まったく機会がない。殺人が行われたとき、息子は観客には見えないところで〝死んで〟ステージに倒れていたし、父親は口を引き結んで息子の死を讃えていた」

「シーワード父子については以上終わりだな。マルコムはステージにいてセリフを言っていた。さてもう一度言うよ。これが初めてではないし、最後でもない。ガストン・シアーズは問題の時間に舞台袖で王とゲイソーンさんにささやき声で話していた。ウィリアムが彼らと一緒にいた」

「魔女たちはカーテンコールのために呼び出されて、舞台後方の壇上にいた。さてマクダフは」とアレンは言った。「もう少し詳しくマクダフを見てみよう。彼は短気で、彼とマクベスとの間には何らかの確執があったということがわかった。彼はマクベスを舞台袖に追い込む形で決闘を終えた。彼が言うには、マクベスはいつものように悲鳴を上げて倒れ、彼はまっすぐに走り込んだが、それを何人かの俳優が見ている。これらの俳優に確認されているんだ。その頃までにマクベスは死んでいた。フォックス警部、君と一緒にやってみたが私には四分二十秒かかった。ガストンにマクベスをやらせてこのシーンをやってみると三分だった。しかも、モートン――マクダフだが――は偽首をクレイドへムモアから外してからマクベスを殺さなければならなかったし、マクベスは――もううんざりするほど言ったが――立ってか横になってかは知らないが首を落とされるのを待っていたことになる。これはどう考えてもおかしいよ、フォックス警部。さらに、マクダフ自身が指摘しているように、マクベスに対してリジー・ボーデン（一八九二年に父親と継母を斧で殺害したとして起訴された米国の女性。証拠不十分で無罪となった）のまねごとをするなら、決闘の最中にやって、後でどうしてあんなことになったのかわからないと言ったほうが、はるかに楽だ」

「彼の武器は古いブーツ並みに刃が鈍かったですよ」

「マクベスの頭をぶったたいて殺すだけの重さは十分あったよ」

「確かに。でもそうしなかった」

「そうだな。次へ行こう。バンクォーだ。バンクォーは変な男だということがわかった。バンクォーはつかみどころがなくて、しかもこの間彼はずっと『死んで』いて二回目のカーテンコールまでは自由に動けた。下手《しもて》の隅へ行って暗闇の中で待ち、舞台係に偽首をつけてもらうためにガストンが置いたクレイドへムモアを持って待っていることも可能だった。舞台係は確かにクレイドへムモアに偽首をつけた。バンクォーは偽首を取り外して、事に及んだ。動機は考えつかないが、彼には可能だった」

「バンクォーが偽首を使ったいたずらの犯人だというんですか？　タイプされたメッセージも？」

「どちらかと言えば、そう思うね。もちろんこの考えに満足はしていないが」

「フーム」とフォックスは言った。

「今夜はこのあたりで切り上げよう」。彼は暗い劇場の中をながめた。「すばらしい舞台だったんだよ、フォックス」彼は言った。「僕がこれまで観た中で、最高のマクベスだった。上々すぎるほど。残念このうえないが、続けるのは無理だろう」

「代わりに何をやると思います？」

「誰が知るか。全然違うものだろう。『ガーティのガーター騒ぎ』（一九二一年初演のスラップスティック・コメディ）とか」とアレンは怒りを含んで言った。

7　若者たち

Ⅰ

ペレグリンが自宅に帰り、一杯やったのは三時十五分だった。強いウィスキーとサンドイッチを腹に収めて、そっと二階のベッドに向かった。

「お帰り」とエミリーが言った。「こそこそ歩かなくてもいいのよ。あなたが玄関のドアを開けたとき、目が覚めたわ」

彼はベッドサイドのライトをつけた。

「何が起きたの？」彼の顔を見て彼女は言った。

「キップが言わなかった？」

「事故があった、ということだけ。彼はこっそりと、ロビンにははっきりわからなかった、と言ったわ。彼自身、わかったのかどうか自信がないとも言った」

「ロビンは動転していたかい？」

「あの子がどんなか知ってているでしょ」

「黙り込んだんだね？」

「ええ」

「君には話しておいたほうがいい」とペレグリンは言い、話した。

「まあペリー」彼女はささやいた、「なんて恐ろしい」

「そうだろ？」

「これからどうするの？　上演を続ける？」

「たぶんしない。まだ決まっていないんだ。続けたらどうなるか、アレンが指摘してくれた」

「あのときのアレンさんなの」彼女は声を上げた。

「そうだ。同一人物だよ。昨晩は最前席にいたんだ。今は首席警視で、堂々たる人物だ」

「親切？」

「そのとおり。まだ誰も逮捕されてなんかいないしね。坊主たちの様子を見てこようか？」

「一時間前にはもう眠っていたわ。見てらっしゃいよ」

ペレグリンは二階の廊下に沿ってそっと歩き、息子たちの部屋のドアを開けた。どちらの部屋からもすやすやと規則正しい寝息が聞こえた。

彼は妻のところへ戻り、ベッドにもぐり込んだ。

「ぐっすり寝てるよ」

「よかった」

「やれやれ、くたびれた」彼は言い、彼女にキスして眠りに落ちた。

マギー・マナリングはナニーと一緒にハイヤーで帰宅した。彼女は混乱の極みにあった。キャストの皆がカーテンコールのために動き、いつもの拍手喝采、彼女とマクベスが最後にふたりでカーテンコールに応え、一座は前に動く――はずだった。彼女はガストンが悲鳴を上げるのを聞いた、「うわ！　なんてこった、ひゃあ！」そしてマスターズの声「待った！　動かないで」突然沈黙が降り、彼の声が聞こえた、「皆さん、残念ながら事故がありました――」

　そして観客が出ていく混乱した音、またマスターズの声「皆、どいて。舞台を降りて楽屋へ行ってください」何人もが急いでぶつかりながら彼女を追い越し、互いに尋ねていた。「何の事故だ？　何が起きたんだ？」マルコムと兵士たちの声「彼だ。見たか？　まったく何てことだ」

　大混乱の中をナニーは彼女を楽屋へ連れていき、彼女はメイクアップを落とし、ナニーが彼女に街着を着せた。

「ナニー、本当に何が起きたの？　サー・ドゥーガルなの？　何の事故？」

「心配しないで。話してもらえますよ。いずれ」

「外へ行って、ナニー。誰かに聞いてちょうだい。マスターズさんに聞いて。何が起きたか私が知りたがってるって言って」

　ナニーは出ていった。彼女は廊下で誰か――女性だ――に出会い、しどろもどろの声が聞こえた。甲高い、透きとおった泣き声が誰か、間違いようがなかった。

「ニーナ！」とマギーは叫んでいた。「入って、入ってよ」

　ニーナの服装は乱れていたが、街着に着替えており、スカーフをつけていた。スコットランドの房付き帽《タモシャンター》はきちんと整えられていなかった。彼女の目の下にはマスカラがにじんでいた。

「マギー！」彼女は叫んだ。「ああマギー、ひどいことじゃない？」

「何がひどいことなの？　さあ。座って、お願いだから落ち着いて話してよ。誰か死んだの？」

ニーナは何度もうなずいた。

「誰が？　ドゥーガルなの？　そうなのね？　後生だから落ち着いて。みんな頭がどうかしちゃったのかしら？」

ニーナがキンキン声で笑った。「いったいどうしたっていうの？」マギーは詰問した。

「彼がしちゃったのよ」ニーナが金切り声で言った。「ドゥーガルが」

「何をしたの？」

「頭を無くしちゃったの。本当よ。頭を切り落とされたの」

マギーがこの重大な行為の意味を受け入れる間、ニーナは怒濤のような非難を始めた。

「だから言ったじゃない。皆に言ったのに、誰も聞いてくれなかった。マクベスの呪いだって私は言ったのよ。それを馬鹿にしたら、逆襲される。ペリーが私の言うことを聞いていたら、こんなことは起きなかったはずよ。ブルーシー・バラベルに訊けば、話してくれるわ。彼はわかってる。首を使ったあのトリックを。あれは警告だったのよ。それで――何が起こったか見るといいわ」

マギーは自分の小ぶりな酒用戸棚へ行った。彼女はほとんど飲まなかったから、酒は訪問客用だったが、今は失神しないために何か欲しかった。部屋は揺れていた。彼女はブランディをグラスに二杯たっぷり注いで、ひとつをニーナに渡した。ふたりとも手がブルブルと震えていた。

彼女たちはすばやくひと口飲み、身震いし、また飲んだ。

ナニーが戻って来た。彼女はふたりを一瞥して言った。「ご存じですね」

「いくらか」とマギーは言った。「何が起きたかだけよ。どうやってとか、なぜとかは全然知らないわ」

「マスターズさんに会ってきました。最初に気づかれたのはシアーズさんが持っていた首でした。それが全部だとマスターズさんは言って、できるだけ早くあなたに会いにくると言ってました。私たちが話しているとき、際立って目を引く紳士が近づいてきて、警察だと言いました。私が知っているのはそれだけです」とナニーは言った。「ただマスターズさんが言うには、あなたの電話番号を警察に知らせればよくて、あの紳士はマスターズさんとひと言交わしてから、私はあなたを家に連れ帰ってもいいと言いました。さあ、家に帰りましょう」

「いいわ。あなたはどうする、ニーナ？　あなたも帰宅の許しを得れば、連れていってあげるわ」

「ブルースと一緒に帰ると言ったの。私は彼の家へ行く途中に住んでるから、私をおとしてくれるのよ。お酒は飲み終えたわ。ありがとう。少し気分がよくなった」

「よかった。私もよくなったような気がする」とマギーは言った、「ナニー、楽屋の鍵をかけてちょうだい。家に帰りましょう。警察が鍵を置いておくよう言うでしょうね」

彼女たちは鍵をフォックス警部に預けた。マスターズはアレンと真剣に話し込んでいたが、彼女を見て急いでやって来た。

「マナリングさん、申しわけない。今そちらへ行くところでした。ナニーが説明しましたか？　車は来てる？　本当に恐ろしいことでしたね？」

ふたりは逃げ出した。彼らの車は待っており、小路にはまだ小規模な群衆がいた。マギーは襟を立てたが、見つかってしまった。

「マーガレット・マナリングだ」と男が叫んだ。「何が起きたんです？　どんな事故だったんですか？　ねえ、ちょっと！」

「わかりません」彼女は言った。ナニーは彼女の前に出、運転手はクラクションを鳴らした。

車は小路をバックし始めた。貪欲な顔がいくつもウィンドウをのぞき込んだ。厚かましい顔。興味津々で、にやにや笑っている顔。クラクションを何度も鳴らして、彼女たちはやっとウォーフィンガーズ・レーンに出て、スピードを上げた。

「ひどい人たち」と彼女は言った。「なのに、私はあの人たちが大好きだと思ってたわ」彼女はなすすべもなく泣き始めた。


ガストン・シアーズは家の玄関への小径を歩き、鍵を開けて入った。彼は夜型で孤独な人間だった。優しい小柄な女性がお帰りなさいと言い、今日は、いや、今晩はどうだったと聞いてくれるのは、うれしいことだろうか？　それに答えるのは自然で結構なことなのだろうか？　彼は作業室へ行って照明のスイッチを入れた。武装した日本の武士が獰猛に顔を歪めて飛び上がり、彼を脅かしたが、彼は平気だった。予想どおり、中国人のハウスキーパーが置いていってくれた夕飯があった。カニのサラダと良質な白ワインがひと瓶だ。

彼はヒーターをつけて、その前に座った。

彼は空腹だったが、同時に懸念していた。彼のクレイドへムモアはどんな扱いを受けるだろうか。細心の注意を払って取り扱う、とあの卓越した警官は請け合った。しかしたとえ正しい名前で呼んだとしても彼は理解しない、いや理解できないだろう。結局のところ自分自身完全には理解していないのだ。事がこう展開したことで、クレイドヘムモアは本来の役割を果たしたが、本望を遂げたのかどうか知るべくもない。

警察官の前でマクベスを演じるのは楽しかった。彼は驚異的な記憶力を持っており、何年か前にこの役の代役俳優を務めたことがあったのだ。だからもちろん、一度憶えたことは決して忘れない。初めてではないが、上演を続けることに決めたなら、劇場は自分にこの役をするよう頼むのではないかという考えが浮かんだ。君ならうまくやれるだろう、と。

そうとも！　と彼は考えた。劇場は私にこの役をオファーするに違いない。いい解決策だ。衣装は私自身のベーシックなマクベスの服を着ればいい。ちょっとした品のいい品物はシートン役にやる。それに殺陣《たて》はわしが作ったものだから、朝飯前だ。再現はうまくいった。わしは成功するだろう。しかし、わしが代わるのは趣味がいいとは言えない。趣味が悪いとわしは劇場に言ってやる。

彼はカニのサラダをむしゃむしゃやり始め、ウォーターフォードグラスの縁までワインを注いだ。

サイモン・モートンはチェルシーにほど近いフラムに住んでいた。彼はセントジェイムジズまで歩き、ウェストミンスターまで行って、そのあたりでタクシーを拾うつもりだった。

彼は頭の中で決闘を再現してみた。ガストンは全力をあげて決闘シーンを演じ、後ろ向きに下手《しもて》に入った。彼は叫び声を上げてドサッと倒れた。僕にやれたはずはない、とサイモンは考えた。あの時間の内では。クレイド何とやらを探し出す。作り物の首を外す。それを死体の横に置く。柄頭を両手で握って振り上げる。その間彼は何してるんだ？　ガストンは立ち去った。彼は立ち去って、彼がニーナ・ゲイソーンと王、そしてウィリアムと一緒に立っているのを見つける。彼は再登場を待つ。

ガストンがやって来て、彼に従う。

殺陣《たて》をもう一度やらせて、警察はノートを検討し、小声で相談してから、もう帰ってもいいと言った。

ある意味ではサイモンは本当に残念に思った。筋の通った考え方をする時間がなかったのだ。彼はマギーの楽屋へ行ったが、彼女は帰った後だった。彼が自分の楽屋へ行くとバラベルがいて、陰気なコートを着ていた。

「警察が自分たちのやってることがわかってると期待するしかないな」と彼は言った。「僕は疑わしいと思うがね」

サイモンは自分のコートを取って着込んだ。彼は茶色のマフラーをポケットから引っ張り出し、首に巻いて端を襟に突っ込んだ。

「われらがシアーズ氏は見事な決闘をやってのけたな」

「すばらしかったと思うよ」

「そう、見事だった。君がそんな気分ならね」

「もちろん。おやすみ」

「おやすみ、モートン」とバラベルは言い、サイモンは立ち去った。

彼は死ぬほど疲れていた。新鮮な空気を吸えば元気が出るだろうと考えたのだが、もうその段階を超えていた。彼は早く歩いたが、足は棒のようで一歩ごとにとてつもない気力が必要だった。近くには誰もおらずセントジェイムズ宮殿は何千キロも先に感じられた。ビッグベンが三時を打った。テームズ川がエンバンクメントに打ち寄せた。タクシーが脇道から現れた。

「タクシー！　タクシー！」

タクシーは止まらなかった。「タクシー！」とサイモンは必死になって叫んだ。

彼は無理をして走った。タクシーが歩道の縁石に沿って止まった。

「やれ、ありがたい」と彼は言った。彼は乗り込み、住所を告げた。「僕は完璧にしらふだよ」彼は言った。「だが、いやはや、へとへとなんだ」


ブルース・バラベルはひどいコートの前を留め、黒いベレー帽を被った。彼は家に帰る途中でニーナを降ろしてやるつもりだった。彼女は次の日曜日にレッドフェローシップの会合に来ることになっていて、たぶん会員になるだろう。大した獲物ではないが、ドルフィン一座の人間が仲間になるのはちょっとしたものだと考えた。彼女が例の哀れな迷信のおしゃべりを始めないように気をつけなければ。

彼はたばこに火をつけてドゥーガル・マクドゥーガル殺しのことを考えた。このアレンとかいう警官、どれだけ腕が立つのかな？　もちろん古いネクタイ制服時代の遺物だろうが、彼なりのやり方で有能なのかもしれない。

いずれわかるさ、とバラベルは考え、ニーナの楽屋へ向かった。

Ⅱ

日は高く、川面に反射していた。

「どうしているかしら」とエミリーは言った、「スミスさんたちは」

「スミスさんたち?」クリスピンは尋ねた。「どのスミスさん? ああ、ウィリアムとお母さんか」

彼は言って本に戻った。

「そうよ。何が起こったかわかってすぐ、ウィリアムは家に帰されたの。事故があったってことだけ知らされたと思うわ。サー・ドゥーガルに、とも知らされたかもしれない。日曜の新聞で読んだでしょうね。ひどいショックだと思う」

「いくつなの?」窓腰掛に仰向けに寝て何となく足で空を蹴っていたロビンが尋ねた。

「誰が? ウィリアム?」

「うん」

「九歳よ」

「僕と同い年だね」

「そうね」

「つまらなかったり、湿ってたりしていない?」

「彼は絶対につまらなくないし、『湿ってる』ってどういう意味かわからないわ」

「耳の後ろさ。赤ん坊みたいに」

「全然違うわ。彼は闘えるの。空手を稽古してるし、いい体操選手よ」

「彼は罵り言葉を使うかな？」

「聞いたことはないけれど、たぶん使うでしょうね」

「たぶん」とロビンは熱心に自転車こぎをして言った、「彼は日曜日はうんと忙しいんだろうな」

「さあ、わからないわ。お昼を食べに来るように言いましょうか？　彼が住んでるランベスまでタクシーで迎えにいって、連れてくればいいわ。どうかしら」

「それがいいよ。そうしよう。ねえ、しよう」ロビンは叫んでぴょんと立ち上がった「彼に聞いてよ、お願い」彼は付け加えた。「三回お願い、二回でも。一つはお母さん、三つは僕。お願いだよ」

「わかったわ」

エミリーはペレグリンが電話の横に貼っておいたキャストのリストを調べて、番号をダイヤルした。

「スミスさん？　エミリー・ジェイです。うちの息子がふたり中間休暇で家に帰ってるんですが、ひょっとしてウィリアムが今日うちへ来られないかと思いまして。ウィリアムと同い年のロビンがお宅へ迎えにいって昼食に来てもらい、夕方早くに軽い夕食をとってからウィリアムをお返しすることをお約束します。ええ、そうしてください」

彼女はスミス夫人の美しい声が招待を繰り返すのを聞いた。「行きたいでしょ」と彼女は付け加え、ウィリアムの声が聞こえた。「いいね。うん、ありがとう」

「ええ、ウィリアムは行きたいそうです。本当にありがとう」

「タクシーにもよりますが、ロビンがあと三十分ぐらいでお宅に着きます。すてきだわ。そうそうスミスさん、昨晩劇場で何が起きたか、ウィリアムが話したと思いますが？　そうですか――大変なことになっているでしょうね。サー・ドゥーガルなんです。彼は死にました――ええ、私たち全員にとって大変な打撃です――さあ知りません。劇場は今日の午後四時に決定をキャストに知らせるそうです。ウィリアムは行く必要はないでしょう。彼はここにいますから、私たちが彼に伝えます。悲劇でした。信じられませんよね？――ええ。さようなら」

彼女は電話を切ってロビンに言った、「さあ、用意して」。そしてクリスピンに向かって、「キップ、あなたも行きたい？　どちらでもいいけれど」

「僕も行くよ」

「ほんと？」

「おチビが行儀よくしているか見ていられるだろ？」

ロビンがドア口でせせら笑うような声を立て、部屋を出ていった、

「いつもああなんだから」と母親は言った。「ひとつだけ聞きたいの、キップ。昨日の晩、何が起こったかわかってる？　サー・ドゥーガルが亡くなった――それは確か。でもどうやって？　何が起きた？　あなたは見た？　どう思った？」

「はっきりとはわからない。僕はあれを見た――首だよ。頭全部だけど、ほんの一瞬だった」

「それで？」

「たくさんの観客があれを見て、よくできた作り物の首だと考えたと思うけど、そうは思わなかった人もいた。あっという間だったから」

「ロビンは気がついた？」

「わからない。どちらかはっきりとはわからなかったんじゃないかな。あいつは言わないから」

「大事なのはウィリアムが何も見なかったということなのよ。彼は舞台の袖で待っていたの。あの子が知っているのはサー・ドゥーガルが死んだということだけ。だから動揺させるようなことを言わないでね。できればこの話にいっさい触れないで。わかった？」

「わかった」

「よかったわ。ほらロビンが来た」

クリスピンは廊下へ出ていき、エミリーは考えた。彼はいい子よ。年より大人びているけれど、それもいい。彼女は以前子供部屋だった部屋へ行き、ダイヤモンドゲーム、モノポリー、そしてメモパッドを二、三、探し出した。

そして彼女は下に降りて窓の外を見た。息子たちが見えなかったので、タクシーを拾って行ったに違いない。彼女はキッチンへ行ってパートタイム料理人がホースラディッシュソースを作っているのを見た。ローストビーフのいい匂いが漂っていた。

「リチャードは友だちと一緒に出ているけれど、小さな男の子がひとり来るのよ」

「問題ないですよ」と万事大まかなアニーは言った。

「テーブルをセットするわね」

「ご主人は食事に来るんですか？」

「もしできればね。待たないことにするわ」

「わっかりましたぁ」とアニーは言った。「万事オーケーです」

エミリーは何も落ち着いてできなかった。彼女は一階をうろつき回り、居間へ行った。川の向こう側にはドルフィン劇場が川岸のスラムの中からそびえ立ち、輝いていた。ペレグリンは今あそこにいる。ドルフィン劇場の主だった人々と一緒に。これからどうするかを決めるために。

マクベス上演を続けないことに決めるといいけれど、と彼女は考えた。もし上演を続けることになったら、ひどいことになるわ。それに、ガストンはいいというようなことを言ったペレグリンのあまり気のない言葉を思い出して考えた。それに前と同じじゃない、と。続けないでほしい。

彼女は前にやった劇の復活上演を考えた。ペレグリンが自作した、ダーク・レディ（シェイクスピアのソネット集にうたわれた、髪が黒く、肌も浅黒い謎の女性）と繊細で小さなハムネット（シェイクスピアの唯一の息子。十一歳で夭逝した）と彼の手袋の劇である。オリジナルの手袋は今ヴィクトリア・アルバート博物館にある。前にもこの復活上演を論じたことがあり、目的にピッタリだと思われる。初演で演じた子役は、彼女が憶えている限り、鼻持ちならない怪物だった。ウィリアムならハムネットをうまく演じられるだろう。彼女は自分は除いて今の一座から配役を考え始めた。楽しくなってきて、鉛筆と紙を取り出して書き留め始めた。

日曜日だったせいで、この地区では交通量が少なかった。男の子ふたりは表通りまで歩くことにした。表通りに出たとたん、流しのタクシーがやって来た。クリスピンは父親がいつもやるように人差し指を立て、ロビンはぴょんぴょん飛び跳ねて、両手を振り、カモメの鳴き声をまねた。

クリスピンは運転手に住所を告げ、ロビンはタクシーに飛び乗った。

「腕白小僧ホームに連れて行くんかね」運転手は尋ねた。「それともこの子はロンドン大司教かい？」

クリスピンは笑い、ロビンはおとなしくなり、黙って考え込んだ。車は迷路のような小路を通って、やっとランベスに入った。ロビンは沈黙を破って、宮殿はどのあたりかと議論を始め、ストランゲイト通りから少し入った狭い通りにある、こぎれいな家の前に車が止まって、面食らった。

「ここで待っていただけますか」とクリスピンは運転手に言った。

「ロビンは車で待っておいで」

クリスピンは車から降りて、玄関への石段三段を上った。呼び鈴を鳴らす前にドアが開き、ウィリアムが出てきた。

「僕はクリスピン・ジェイ」クリスピンは言った「あそこで車から身体を乗り出してるのがロビンだよ」

「僕はウィリアム・スミス、こんにちは。やあこんにちは、ロビン」

「こんにちは」とロビンは口ごもった。

「さあ、車に乗って、ウィリアム」クリスピンは言った。運転手には「バンクサイドに戻ってください」

彼らは出発した。ロビンはバンクサイドまでの通りを全部知ってると賭けた。クリスピンは知ってるはずがないと言い、賭けに勝った。ウィリアムはつられて笑い出し、始めに通ったいくつかの通りの名を言い当てた。「僕は学校へ行くのに毎日通ってるからね」と彼は言った。「だからフェアじゃない」

「僕はブルーキャップ校へ行ってる」とロビンは言った「入れる年になって、入試に受かったらウィンチェスター校へ行くんだ」

「僕も六歳のときブルーキャップに行っていたけれど、一学期だけだったよ。僕は俳優になりたかったから、奨学金を取ってロイヤル・サザーク演劇学校に移ったんだ。俳優養成専門の特別な学校だよ」

「気に入ってる?」

「入ってる」とウィリアム。「大好きだ」

「舞台に立つのは好きかい？」

「ああ、もちろんだよ」

タクシーが急な右折をした。クリスピンは機会をとらえて弟を蹴飛ばし、弟は言った、「あ痛！大足の置き場所に気をつけろよ。おっと、ごめん」

「テームズ川まで来たよ」クリスピンは言った。「もうすぐ家だ」

「ああ、腹がへった。君も腹へってる、ウィリアム？」ロビンは尋ねた。

「もちろん」ウィリアムは言った。

車が止まった。

小さな男の子ふたりは車から転がり出て、家の石段を上った。クリスピンはタクシーの料金を払い、運転手に一五パーセントのチップを与えた。

「どうもありがとう、若旦那」運転手は言った。

「うちの車がある」クリスピンが言った。「父さんが帰ってるんだ。これはいい」

エミリーがドアを開けると三人は中に入った。ロビンはお昼はまだなの、ウィリアムと僕は腹ペコだよと大声で言いながら。ウィリアムは握手したが、あまり話はしなかった。ペレグリンが廊下に出てきて、ウィリアムの髪をくしゃくしゃにした。「やあ君、こんにちは」彼は言った。「会えてうれしいよ」

「こんにちは」

「君には気になるかもしれない知らせがある。昨晩、サー・ドゥーガルが突然死んだのは知っているね？」

「はい」

「それでわれわれはどう対処するか決めようとしている。配役を変えて続けるか、それとも一週間劇場を閉じて以前の劇を稽古して再上演するかとね。後者にしようとほぼ決まっているんだが、劇を選ばなければならない。洗練されたロマンティック・ドラマがまた人気を吹き返しているようだ。クリストファー・フライ（二十世紀に活躍した英国の詩人、劇作家）とかね。君がこれからどうなるかはもちろん今晩の私たちの選択で決まる。何年も前にこの劇場のこけら落としで上演された劇をやってはどうかという話があるんだ。キャストは少なくて、そのうちひとりは男の子なんだ。僕の自作だよ。この劇で決まったら、この役を読んでもらいたい。第一幕の終わりで死ぬんだが、生きている間は非常に重要な役なんだ」

ウィリアムは言った、「やらせてもらえますか？」

「できると思う。もちろんオーディションは受けなければならないが。君に合っていないかもしれないから」

「もちろんです」

「役はハムネット・シェイクスピア、シェイクスピアの息子だ。われわれが何を考えているか君に知らせておこうと思ってね。君は分別のある子だから」

「さあ」とウィリアムは疑わしそうに言った。「そうだといいですけれど」

「お昼よ」とエミリーが叫んだ。

ペレグリンはテーブルの自分の席に紙が一枚置いてあって、そこにペレグリン・ジェイ作『手袋』の新キャストが彼女の手で書かれているのを見つけた。「驚いたな」と彼は言った。「『ふたつの心が思うところはただひとつ』（一九六一年生まれの英国の小説家・ジャスパー・フォードからの引用）とか何とかだな。ありがとう」

「このアイデア、気に入った？　それともこの劇はもう卒業？」

「状況が状況だけに、自分が何を考えてるかもわからんよ。これはまた読んでいるが、今でもとても気に入っている」

「この劇が何年も前にドルフィン劇場で、あの厄介な事件が起きたときに上演されていたってことは問題じゃないわよね？」

「それを知ってるのは君と僕、ジェレミー、そしてウィンティだけだ。あれはロングランだったし、今表方が考えているのはそれだけだよ」

「そうね」

ペレグリンは彼女のメモを見た。「マギーがダークレディ、そのとおりだ。シェイクスピア――サイモン・モートン？　そう思うかい？」

「ええ、思うわ。とても神経質なマナーをしてるし、短気で、ユーモアのセンスがある。それにシェイクスピアのかつらを被せたら、彼、すばらしいわよ」

「バラベルよりもいい？」

「そう思うわ、というのは私はバラベルが好きじゃないの。あまりよく知らないけれど」

「彼は『美しい声のスター』になる誘惑に負けるだろうな。バンクォーなら大丈夫だが、シェイクスピア自身となったら誘惑が大きすぎるだろう。歌い始めるんじゃないだろうか」

「彼は意地悪よ」

「確かに」

「謎かけを思いついたよ」とロビンが大声で言った。

「謎かけは得意じゃないんだ」ウィリアムが自信なさそうに言った。

「ねえ――」とクリスピンが言い始めた。

「お黙り、キップ。お母さんと僕が話してるんだ。静かにして。もっとビーフが欲しい人は？　誰かいるか？　よし、じゃあお皿を片付けて、アニーのおいしいデザートが食べたいと彼女に言おう」

「アニー、デザートだ！」ロビンが怒鳴った。

「その言い方は失礼よ」エミリーが言った。「クリスピン、キッチンへ行って丁寧に頼んでらっしゃい。もしお鍋を投げつけられなかったら、アニーのマナーが私たちの誰よりもいいからよ。ほんと、ペリー、いったいこの子たちをどこから引っ張ってきたのか、ときどきわからなくなるわ」

「ウィリアム、僕が今日劇場に行く前に、この役に目を通して、僕に読んでみてくれないか？」

「わかりました」

「僕の書斎で読むといい。男の子たちは立ち入り禁止なんだ」

そこでランチの後一時間ほど、ウィリアムは第一幕を読んだ。理解できない部分や、言葉はよくわかるが通常の意味とは別の含意があるように思われる部分があった。しかしハムネット少年はよく理解できた。彼は病気で、孤独で、母親は自分の不満に心を奪われていて彼の世話は冷淡にしかできず、父親はスターのようなすばらしい存在で、家を出入りしたり、人々から崇拝されたり中傷されたりしていた。

彼はハムネットのセリフを声に出して読み始めた。あれこれと声を試し、ちょうどいいか、それに近いと思える声が出せるまで。

ペレグリンはウィリアムが気づかないほど静かに部屋に入ってきた。彼は座ってウィリアムの高い声を聴いた。間もなく彼は自分の台本を広げて、セリフを読み始めた。ウィリアムは彼を見上げ、自分のセリフに戻り、ふたりは一緒に第一幕を読み終えた。

「うん」とペレグリンは言った、「スタートとしては上々だ。もう三時だよ。子供部屋に行って他の連中が何をしてるか見よう」

ふたりは子供部屋へ行くと、エミリーとロビンがロビンの列車模型で遊び、クリスピンは騒音にもかかわらず本に没頭していた。

「この劇を続けるつもりじゃないんでしょう」

「ああ」と父親は言った。「気はそそられるが、やらないと思う」

「そそられるって、どうして？」

「ガストンのマクベスには興奮させられるからね」

「そうなの？」

「だがリスクが大きすぎる」

「なるほど」

電話が鳴った。

「僕が出てもいい、お母さん？」ロビンが言った。

「礼儀正しくすればね」

「もちろんだよ」。彼はドアを開けたまま部屋を飛び出した。彼が何というか、皆耳をそばだてた。

「もしもし」とボーイソプラノが言った、「こちらペレグリン・ジェイの家です……はい……ちょっと待っていただければ、お話しできるかどうか見てきます。お待ちください。ありがとうございます」

彼が戻って来た。「ガストン・シアーズさんだよ、お父さん」彼は言った。「アホポンチンに聞こえた」

「僕が出よう」とペレグリンは言い、電話のほうへ行ってドアを閉めた。

クリスピンは言った、「アホポンチンってどういう意味だと思ってるだろうね。家族だけで通じる言葉で、『舞い上がって』いて、ちょっと人の考えを気にすることを言うんだ」

「ふーん」

チビたちは列車遊びに戻った。エミリーとクリスピンは待った。帰ってきたペレグリンは困っているように見えた。

「ガストンもわれらと同じことを考えていた」と彼は言った。「もしマクベスを続けると決めたら、自分はタイトルロールにぴったりだろうが、心遣いから辞退せざるを得ないと彼は考えているんだ。承知するのは良識に欠けると言うのさ。私は思いやりのない人間だと皆に思われていることは知っているが、そうじゃない、とね。こう決めたことを劇場にすぐ伝えるべきだと考えた、と言うんだ」

「彼は――まあ大変！　配役が彼に行くことは当然だと考えていたのね」

「そうだ。確かにそのとおりだよ。配役は彼に行ったことだろう」

「あなたは何て言ったの？」

「諸々の条件から、われわれは上演を続けないとほぼ決定したこと、これらの理由がなければ、言われるとおりだと答えた。彼がこの役にいいと私は考えていたし、経営陣もそう思っていた。諸条件については触れなかった」

「それで彼は受け入れたの？」

「『それならそれでよろしい』ともったいぶって言って、電話を切った。哀れだな。彼は役にピッタリだが、それでも厄介者であることに変わりはない」

「あなたの言うとおりだと思うわ、ペリー」

「シュッ、シュッ」とウィリアムが叫んだ。「線路を開けて。夜行列車が直進します」

エミリーは彼に目をやり、そしてペレグリンを見ると、彼は親指を立てて合格のしぐさをした。

「申し分なしだ」と彼は言った。

「本当？　それは大したものね」

「ご乗車をお急ぎください。ご乗車ください」とロビンは言った、「全席お願いします」

彼はブリキの笛で甲高い音を出した。ウィリアムはごく小さな駅ベルを鳴らし、ボタンを押した。おもちゃの列車に電気がつき、駅を出ていった。

「クルー駅までは僕がやろう」とロビンが言った。彼とウィリアムは場所を取り換えた。列車は速度を増した。ウィリアムがおもちゃの電話に答えた。

「夜行列車から緊急電話。いいですか？」彼は息を切らして喘ぐように言った。「ガストン・シアーズの話です」彼は喘いで言った。「列車をクルー駅で止めてください。彼は怪我をしていますが、七時までに劇場に行かなければなりません」

「シューッ。ガタン、ゴトン。クルー駅に入ります。線路を開けてください」

ウィリアムは赤十字のついた白い有蓋車《バン》を取り出して側線に置いた。「シアーズ氏を乗せられます」

「シアーズ氏はどこ？」

ウィリアムは陸軍、海軍、スコットランド高地人、十字軍などの兵士が入ったおもちゃの兵隊の箱の中身を空けた。彼は喜びの声を上げて、巨大な剣を持ち、フルフェースの兜を被り、黒いマントを身につけた、ボロボロの十字軍兵士を取り出した。「見て！　ぴったりだ」彼は叫んだ、「細かいところまで」

「やったー。彼をバンに乗せて」ロビンは言った。

ゲームは子どもの想像力特有の混乱したロジックと筋の変更を伴って進んでいった。列車は都合よくウォータールー駅に止まり、「ガストン・シアーズ」は「何とか回復した」と言いながらオンボロ車に押し込まれ、ドルフィン劇場に連れていかれた。ゲーム終わり。

「面白かったねえ」とロビンは言った、「ほんとに」。

「ああ」と父親は同意した。「どうしてガストン・シアーズをゲームに入れたんだ」

「いいじゃないの」とロビンは肩をすくめて言った。彼は興味を失って出ていった。

「彼が息を切らしてたから？」とウィリアムがそれとなくあいまいに言った。「彼は喘息だと言ったけれど、また俳優になったからもう喘息じゃないふりをしてるんだと言っていたよ」

「わかった」とペレグリンは嘘をついた。「おもちゃのシアーズを見せてくれ」

ウィリアムは古ぼけたフィギュアを車から出した。過去の競技遊びで受けたと思《おぼ》しき鋭い一打でマントの十字架は無くなっていた。曲がってはいたが完全な剣が籠手《こて》を帯びた腕で兜に覆われた頭の上に振り上げられていた。フィギュアは完全な黒でみすぼらしかったが悪意に満ちていた。

「ありがとう」ペレグリンは言ってフィギュアをポケットに入れた。

「もう電車ごっこはおしまい？」エミリーが尋ねた。

「またあとでやるかもしれない」とロビンがすばやく言った。

「もうやらないでしょ。あと十五分でテレビの『ザ・デューク』が始まるし、その後はお茶の時間よ」

「やだよ、お母さんったら！」

列車は丁寧にしまわれ、おもちゃの兵隊は箱の中に乱雑に放り込まれた。ペレグリンのポケットの中の「シアーズ氏」を除いては。そのとき彼は腕時計を見て、外出の用意を始めた。

「もう行かなければ」と彼は言った。「何時に帰れるかわからないが。キップは僕と一緒に行って、歩いて帰ってくるそうだから、ウィリアムを家まで送っていくのは君に頼むよ。いいかい？　さようなら、ウィリアム。近いうちにまたおいで。君が来てくれて楽しかった」

「ありがとうございます」とウィリアムは握手しながら言った。「とても楽しい一日でした。これまでで最高に」

「よかった。キップ！　用意はできたか？」

「今行くよ」

ふたりは玄関ドアをバタンと閉め、石段を走り降りて車に向かった。

「父さん」とクリスピンは出発してから言った、「昨日の晩買ってくれたあの本、マクベスについてだけど」

「それが？」

「すごくいい本なんだ。迷信のこともたくさん出てくる。もし気にしないなら聞きたいんだけれど、父さんは劇のこの側面を完全に無視する？」

「僕が思うに」とペレグリンは慎重に言った、「迷信を信じる人たちは原因と結果を取り違えている。ある劇を『縁起が悪い』と言って、リハーサル中や上演中、舞台上や楽屋やオフィスでちょっとした事故が起きると、皆すぐに『ほうら見ろ。縁起が悪い劇なんだ』と言い出すんだ。もし同じようなトラブルが別の劇で起きても、誰も指摘しないし、何も言わない。ただ、新しい舞台で他の劇よりもいくらかたくさんの災難に見舞われる劇があれば、あの頭にくるニーナみたいな連中が『これ、縁起が悪い劇なのよ』と言い出して、そのレッテルが貼られてしまうかもしれない」

「うん、それはわかる。でもこの場合――つまりあの偽首の出現のことだけど、ちょっと度が過ぎていない？」

「ほうら、原因と結果の取り違えだ。縁起が悪い劇という話を僕らに信じさせるために仕込まれたのかもしれないじゃないか」

「もちろん、父さんが言いたいことはわかる。でもそれが最後の悲劇にも当てはまるとは言えないよ。まともな人間なら縁起の悪い劇という説を裏付けるために罪のない俳優の首を切ったりはしない――それが実際に起きたことだろ？」

「そのとおりだ。そんなことはしない。だがちょっとまともじゃないといえる人間は、ニーナを除けばあのガストンだけで、彼は殺人が行われたときには、ダンカン王やウィリアム、ニーナの他数人とおしゃべりしていたんだよ」

長い沈黙があった。「そうだね」クリスピンがとうとう言った。

「君には――してほしくないんだ」

「関わり合いになってほしくない？」

「そうだ」

「うん、関わり合いにはならないよ。でも知りたいと思うのはやめられない」とクリスピンは言った、「あんたは僕の父さんだし、読んでる本のことを考えると」

「だろうね」

「マクベスを続けるつもりなの？」

「たぶんしない。自作の再演をすることになると思う」

「『手袋』を？」

「そうだ」

「それは楽しいな。ウィリアムでやるんだろ？」

「見事な読みっぷりを聞かせてくれたよ」

「天才児なんだね」

彼らはブラックフライアーズ橋でテームズ川を横切り、左へ左へと曲がってウォーフィンガーズ・レーンへ出た。前には三台の車が走っていた。

「ウィンティの車と理事の車が二台だ。いつものように何時に帰れるかわからないな。さよなら、坊主」

「さよなら、父さん」

ペレグリンは彼がウォーフィンガー・レーンの坂を上っていくのを見つめた。彼は楽屋口から劇場に入った。

キャストのほとんどはすでに来ており、三人、四人とグループを作っていた。舞台はきれいに洗い落とされて、いつもと同じように見えた。この舞台はこれからどうなるのかと彼は考え込んだ。死骸が絞首台からぶら下がり、隙間風に揺れていた。ボブ・マスターズとチャーリーが彼に挨拶し、多くの俳優も挨拶した。彼らはペレグリンの周りに集まった。

彼はすぐに話した、「はっきりしたニュースはまだないが、間もなく出てくると思う。報道陣が正面入り口に集まっている。僕が思うに、マクベスの上演はお終《しま》いだ。新しい劇が今夜発表されると思う。今言いたいのは、この劇のキャストはずっと少なくなるということで、これは君たちの多くにとってはロングランの見通しが突然終わるということを意味する。君たちの努力に心の底からお礼を言いたい、そしてこれからの年月に何が起ころうとも、君たちは――どんな端役でも――劇評を引用すれば『完璧なマクベス』に出ていたことで知られるはずだ」

「完璧な演出のもとでね、ペリー」とマギーは言い、賛成のざわめきの後で拍手がパラパラと起こって空っぽのドルフィン劇場に響き、消えていった。咳払いが聞こえ、ガストンが一歩前に出た。

誰かが言った、「うわ、勘弁してくれ」

「この劇の上演スタイルを称賛する言葉を発するのに、私はふさわしい人間ではないかもしれないが」とガストンはうぬぼれを隠しきれない調子で高らかに言った。「しかしながら誰も進み出ようとしないので、私がすることにしたい」彼は足を広げて服の襟をつかんだ。「私は喜んで上演の手助けをし、マクベスとマクダフが使った武器のレプリカを提供した。この私が製作したものだ」彼は控えめに咳をして言った。「しかし、本物の伝統的クレイドヘムモアが殺人に使われたことは遺憾に思わざるを得ない。私以外の手がクレイドヘムモアに触ることはないのだから、神聖さが穢されることはないとそのときは考えた。私は完全に誤っていたことをここに認めよう。クレイドヘムモアは力を持っている。その力というのは――」

「頼むから、誰かヤツを黙らせてくれ」とサイモンがつぶやいた。

「――クレイドヘムモアは自らが定めるやり方で動く――」

特別席の後ろのドアが開いてアレンが観客席に現れ、中央通路を歩いてきた。

ガストンは口を開けたまま黙り込んだ。ペレグリンは言った。「失礼、ガストン。アレンさんが私に話があるようだ」俳優たちはやれやれとばかりざわめいた。

「劇場での作業がほぼ終わったことをお伝えしようと思いまして」とアレンは言った、「楽屋はもう使えます。皆さんには現在の住所に留まるか、もし住所を変える方がいれば、私どもに知らせるようお願いしなければなりません。都合の悪い方がいれば、お詫びします。それほど長いことではないと思います」

彼はペレグリンのほうを向いた。「経営陣があなたと話したいそうです」と彼は言った。

ブルース・バラベルがもったいぶって言った。「私はこの一座の俳優組合代表です。この状況について組合の判断を仰ぐ必要があります」

「そうでしょう」とアレンは丁重に言った。「組合は喜んで勧告してくれるはずです。上手《かみて》の隅に電話がありますよ」そして一同に向かって言った。「フォックス警部が楽屋の鍵を持っていて、グリーンルームにいます」

「たぶん警察は」とバラベルが言った。「よく言う目のうんと細かい櫛《くし》を使ってわれわれの個人所有物を徹底的に調べたんでしょうね」

「目の細かい櫛というのが何を意味するか定かではありませんが、あなたの言うとおりだと思います」

「そして高潔なベッドに戻って正義の眠りについたわけだ」

「私は昨晩寝ていないんです」とアレンは穏やかに言った。彼はキャストの面々を見回した。「皆さんの供述をタイプで打った文書が用意してあります」彼は言った。「帰る前に読んでいただいて、正しければ署名してくだされればありがたいです。よろしくお願いします」

理事室でペレグリンは同僚の理事とウィンター・マイヤーと向き合っていた。書記を務めていたのはエイブラムズ夫人である。

「この困難な状況下で」とペレグリンは言った。「差し迫った問題はわれわれがどういう方策をとるかです。二十四時間以内に決めなければなりません。その一。劇場を閉鎖して前売り券のお金はボックスオフィスで払い戻すと公表する。その二。上演を続ける。サイモン・モートンが主役を演じ、彼の代役俳優がマクダフを務める。最後の決闘はずっと簡単なものにします。または異例ではありますが、ガストン・シアーズに主役を務めてもらうという手もあります。彼はセリフを完璧に覚えているそうですし、もちろん決闘もできますが、彼は辞退せざるを得ないと付け加えています」

「その三。二週間休みを取って、過去に成功を収めた劇の復活上演で再開する。『手袋』が一案です。私の作ですので、劇についての賛否は言えません。しかし私はウィリアム・スミスが重要な役であるハムネット・シェイクスピアのセリフを読むのを聞きましたが、非常に有望です。キャストは現在の一座から選べます。マギーはダーク・レディとして最高ですし、サイモンをシェイクスピアに、ニーナをアンにするのに魅力を感じます」

彼は一、二秒沈黙し、そして言った、「これは恐ろしい出来事でした。われわれのサー・ドゥーガルには敵はいなかったと思われます――私はいまだに直面できませんし、皆さんにもできないと思います。ただひとつだけ確信が持てるのは、彼はドルフィン劇場にとって最善のことを私たちにしてもらいたいと考えたであろうことです」

彼は着席した。

しばらくの間、誰も何も言わなかった。そして禿頭で恰幅のよい理事がもうひとりの理事に何かささやき、頷《うなず》いたり、ものものしいしかめっ面をしたりといったパントマイムがテーブルの周りで演じられた。瘦せていて穏やかな上級理事が立ち上がった。

「私は提案します」と彼は言った。「この決定をペレグリン・ジェイ氏の手に委ね、彼の決定に完全な信頼を置いて従うことを」

「賛成です」ともうひとりの理事が言った。

「他に賛成者は？　全会一致です」と理事長が言った。

8　新展開

I

「誇りと感謝の念でいっぱいになってるべきなんだろうな」とペレグリンは言った、「でもそんな気になれないんだ。理事は皆いい人たちだが、責任転嫁を称賛のように見せかける名人だ」

「完全なフリーハンドを与えてどうしようもない失敗に終わったら、理事たちは皆あのときの決定は間違ってると感じたんだと婉曲に言って、君は孤立するわけだ」とアレンは述べた。

「そのとおり」

「慰めになるなら――実はならんけど――そういう戦術は私にはおなじみだよ」

「彼らに決定を任せたらどうだろう？　この状況ではドルフィン劇場にあまり密接に関係していない人に次の劇をプロデュースしてもらったほうがいいと私は思うと言ったらどうかな？　実際本当なんだから」

「そうかな？」

「しかし彼らを裏切ったような気がしただろうな」彼はポケットをまさぐった。「彼らが好きなんだよ。われわれは一緒に旅をして黄金の砂浜にやって来た。マクベスを発見したんだ。すばらしい気持ちだよ。いや、だったというべきか。君の捜査は進展してるかい？」

「少しはね。だが不十分だ。逮捕なんてとても考えられないくらい不十分だ」

ペレグリンの指はポケットの中の何かをいじっていた。指はそれをつかみ、引っ張り出した。曲がった剣を振り上げている真っ黒なよれよれの小さなフィギュアだった。

「そんなもの、どこで見つけたんだ？」

「うちの息子のおもちゃの兵隊だよ——十字軍兵士だ。ウィリアムが見つけたんだ」

「ウィリアム？」

「スミスさ。彼はその一日をうちで過ごしたんだ。あの子はうちのロビンと同い年だ。電気列車で遊んで、すっかり意気投合したのさ。それはクルー駅で乗せた乗客だよ。彼は怪我をしているが七時にドルフィン劇場に着かなければならないと彼は言った。僕はショックを受けたよ——全身真っ黒でクレイモアみたいなものを持ってる——サー・ドゥーガルみたいだったから。しかしあの子たちは兵士をシアーズと呼んだ。子供たちの振る舞いには驚かされるよな？　ウィリアムは劇場で何が起きたか知らない、サー・ドゥーガルが死んだということ以外は。首切りがあったことをロビンは知らないか、確信が持てないかどちらかだが、あの子はあれが起きたとき、とても動揺していた。僕はそれに気づいたが、彼は何も尋ねなかったのに、こんどはそれをゲームにしてるんだから」

「驚くね」アレンは言った。「そのおもちゃを貸してくれないか？　十字軍兵士だ。注意して扱うよ」

「どうぞ」ペレグリンは言って兵士を手渡した。「サー・ドゥーガルかも、バラベルかも、シアーズかもしれないし、誰でもないかもしれない」「サイモン・モートンにしちゃ背が低いみたいだな。面をつけているよ、もちろん」

「彼は面をつけていなかった。いずれにしても――」

「確かに。いずれにしてもごっちゃで偶然なんだ。ウィリアムは使い古しのおもちゃの箱からこれを取り出したのさ」

「それを――シアーズと呼んだのかい？」

「正確にはそうじゃない。つまりシアーズになったんだ。それをクルー駅で乗せた。その前にウィリアムは駅に電話して緊急停止を頼んだ――そのときシアーズの名を使ったよ。彼が言うには――何と言ったかな？　彼は怪我をしていたが、ドルフィンに七時までに行かなきゃならないと言ったんだ。そのときにウィリアムはこれを箱から取り出して、列車に乗せた。混乱しっぱなしだ。ふたりは警笛や笛を鳴らし、叫び声を上げて話の筋を変えた。ウィリアムはゼイゼイハアハアいっていたよ」

「ハアハア？　走っていたみたいに？」アレンは尋ねた。

「ああ、そんな感じだ、ハアハアいわないようにしてる、とか何とか言ったような気がするな。はっきりしないが。シアーズは喘息持ちだが、俳優だから黙っていると彼は言った。だが確かなことがひとつある」

「何だい？」

「実際に起きたことに対する気持ちを、ゲームにしてしまうことで忘れたということさ」

「うまい心理作戦のような気がするな」とアレンは言った。「だが僕は心理学者じゃない。でもロビンがなぜこれをシアーズと呼んだかわかるよ」

「なぜだ？」

「彼はここにいたんだろ？　劇場に。彼は本物のシアーズが首を捧げ持っているのを見たんだ。イメージの連想だよ」

「言ってることはわかるような気がする」ペレグリンは自信なさそうに言った。「さて、オフィスに行って僕の決定を皆に知らせて、オーディションの知らせをタイプしてもらわなければ。君は？」

「僕は仕事を終えて皆を送り出すよ」

「うまくいくように願うよ」とペレグリンは言った。彼はオーケストラ・ピットに飛び降り、中央通路を歩いて去った。ドアが開き、彼の後ろでドアが閉まった。

アレンは自分の手帳の覚書に目を通した。

「関係があるんだろうか、それともないのか」彼は自問自答した。「悪質ないたずらをやった人間は、無害なスター俳優の首切りと何か関係があるのか？　それとも自分の気まぐれな線に沿ってやっていただけなのか？　いったいそれは誰なのか？　ブルース・バラベル？　どうして俳優仲間――それからペレグリン・ジェイも――やったのは彼だと確信してるのか？　彼のことが嫌いで、あんな怪しげなことをするのは彼しかいないと思ってるからか？　だがなぜそんなことをするのか？　手当たり次第に当たってみて、明らかにしたほうがよさそうだ」彼はメモを見た。「レッド・フェローシップか。馬鹿げた団体だがブラックリストに載っているし、彼もだ。さあ、始めよう」

彼は楽屋の廊下を歩き、バラベルとモートンが共同で使っている楽屋へ来た。彼は立ち止まり、耳を傾けた。まったく音はしなかった。彼がノックすると見事な声が「どうぞ」と言った。役者は「お入り」を抜かして芝居がかった調子を出すのだ、とアレンは考えた。

ブルース・バラベルは自分の鏡の前に座っていた。ライトがついていて、生気のない部屋を無駄に照らしていた。メイクの道具は古い葉巻の箱の中に並べられて、輪ゴム二本で止められていた。ロシア語のラベルが貼られた古いスーツケースの隣には、汚れたメイク落としの布が巻き上げられて紙袋の中に入っていた。持ち物の上にはプログラム、劇評のページが何枚か、そしてお祝いカードや電報が少し乗っていた。くしゃくしゃになったティッシュが化粧台の上に散らばっていた。

サイモン・モートンの持ち物は、ラベルがたくさん付いたスーツケースにパックされており、閉じられてドア近くの床に置かれていた。ドーランのなんとも言えない匂いがまだ部屋の中に漂っており、部屋は荒涼としていた。

「ああ、アレンさん!」バラベルはくったくなく言った。「こんばんは。何かお助けできますか?ご覧のように部屋を片付けていたんです」彼は陰気な部屋に手を振った。「お座りください」と彼は招いた。

「ありがとう」アレンは言った。彼はもうひとつの椅子に座りファイルを開けた。「皆さんの供述書をチェックしているんです」彼は言った。

「なるほど。僕のはちゃんとしているといいのですが?」

「そう望みます」アレンは言った。彼はゆっくりと書類をめくり、バラベル氏の供述書へ来た。彼がバラベルの方を見ると、ふたりの男が見えた。『天にも家政の切り回しがあると見えて、ろうそくが全部消えてしまった』と見事なセリフ回しで言う、銀の声のバンクォーと、薄い色の目をした、不自然なほど青白く、震える手でたばこに火ををつけている俳優が。

「失礼。吸いますか?」

「いや、ありがとう。私は吸わないので。リハーサルの期間中にあったいたずらについてですが、私たちが尋ねたときあなたは〝小学生の悪ふざけ〟と呼んでいますね」

「そうでしたっけ？　憶えていません。でもそうだったんじゃないですか？」

「本物そっくりの切り首がふたつですか？　ずいぶん神経の図太い小学生ですな。誰か念頭にありましたか？」

「いや、とんでもない」

「たとえばウィンター・マイヤー氏へのメモにあった『一座』とか？」

沈黙があった。バラベルの唇が動いて、その言葉を繰り返したが、声は出てこなかった。彼はわずかに首を振った。「ハーコート－スミス事件の被害者に」アレンは続けた、「ミュリエル・バラベルという名の銀行員がいました」彼は待った。楽屋の廊下のどこかでドアが閉まる音がして、男の声が聞こえた、「じゃあ、グリーンルームでね」

「彼女はあなたの妹だったんですか？」

沈黙。

「あなたの奥さん？」

「ノー・コメント」

「あの男の子が一座をクビになることを望んだんですか？」

「ノー・コメント」

「彼がこうしたいたずらをしたはずだと思わせた。どれも切り首が絡んでる。彼の父親が犯した犯罪のように。ネズミの首までそろえて。あの男の子は狂ってると思わせたかった。父親のように。彼を追い出せ、父親と同じで彼は狂ってる。遺伝なんだ、と」

また長い沈黙があった。

「彼女は僕の妻でした」とバラベルは言った。「あれが起きたときは何も知りませんでした。警察の手紙が届かなかったんです。彼は別の女性の殺人で告訴されました。現行犯でした。僕は左派俳優協会と一緒に長いツアーでロシアに行っていました。帰ってきたときは何もかも終わっていました。彼女は考えられないくらい美しかった。それなのにあいつは彼女にあれをしたんです。私は警察に話させました。やつらは話したがらなかったけれど、しつこく言って話させたんです」

「そしてその怒りを完全に正気な小さな男の子にぶちまけたんですか？」

「あの子が完全に正気だって、どうしてわかります？　私はこの役が欲しかった。ドルフィンで働きたかったんです。でも殺人犯のガキがキャストにいたら、それができると想像できますか？　とてもできないでしょう」とバラベルは言い、無理に笑ってみせた。

「そこであなたは危機に陥ったわけですね。ウィリアムに罪を着せようとする入り組んだ策は失敗に終わった。そして突然、不可解にもサー・ドゥーガルの首が切られるという恐るべき実際の犯罪が起きた。これをどう説明しますか？」

「しませんよ」と彼はすぐに言った。「僕はそれについて何も知りません。何もです。うぬぼれとサーという馬鹿げた称号を受けたことを除いては、ドゥーガルは無害な男でした。典型的なブルジョワの英雄だったからこそ、彼はマクベスとして抜きんでていたんでしょうね」

「あなたはこの劇をブルジョワの生活様式の反英雄的な暴露だと理解してるんですか？　それだけ？　それだけなんですか？」

「もちろんです。もしそう表現したければ。これがマクベスの動機ですよ。彼らの最後のあがきです。

そして両方とも重圧に耐えられずにくじけてしまう」

「本当にそう信じてるんですね？」

「もちろんです」と彼は繰り返した。「当然のことながら私たちの解釈はいつものように馬鹿げてました。たとえば最後の『スコットランド国王、万歳！』ですが、言い換えると『昔ながらの基準、古い褒賞、金と称号の分配、万歳』です。もちろんこの部分はカットですが。そしてマクベスの血まみれの首が若いマルコムの顔をにらみつけた。そこで幕です」とバラベルは言った。

「レッド・フェローシップの政治仲間とこの劇について議論したことがありますか？」

「ええ。あまり詳しくはないですが。ジョークとしてね」

「ジョーク」アレンは声を上げた、「ジョークと言いましたか？」

「ちょっと気味が悪いが、そのとおりです。毎週日曜日の午前中に会合があるんです。来てみるといい。僕の顔で入れますよ」

「この殺人について話しましたか？」

「ええ、話しました。推理話《フーダニット》としてね」

「誰がやったんでしょうか？」

「私に訊かないでください。知らないんですから」

アレンは考えた。彼はもう怯えていない、無遠慮になっているだけだ、と。

「これからのことについて考えていますか、バラベルさん？　何をしようと思っています？」

「まだ考えていません。左派俳優協会のツアーの話もあったんですが、私はもちろんここでロングランだと思ってましたのでね」

「そうでしょう。この供述書を読んで間違いなければ、署名してもらえませんか？　とくにここに注意してください」

人差し指がタイプ文書を指さした。

「ここでマクベスの最後のセリフと息子の死を悼む老シーワードの言葉までの間、どこにいましたか、と尋ねています。答えは『楽屋、下手《しもて》中央でカーテンコール待ち』です。もう少し具体的に話してもらえますか？」アレンは尋ねた。

「どう言えばいいのかわかりません」

「いつ楽屋を出ましたか？」

「ああ、スピーカーで呼ばれました。時間を教えてくれるんです。僕は幻影の頭をつけ、マントをつけて楽屋を出ました」

「通路で誰かに会いましたか？」

「誰かに会ったかって？　会ったわけではないが、老王とマクダフ母子の後ろについて行ったことを憶えてます。僕の後ろに誰かいたかどうかはわかりません。いたとすれば劇中で〝死んだ〟人たちです」

「楽屋ではひとりでしたか？」

「はい、首席警視殿。完全にひとりでした」

「ありがとう」アレンは供述書に追加を書き込んで、ペンを渡した。「これを読んで署名してくれますか？　ここです」

バラベルは読んだ。アレンが追記したのは「裏付けとなる証拠なし」だった。

彼は署名した。

「ありがとう」とアレンは言って立ち去った。

廊下で彼はランギに出会った。「やあ」彼は言った。「供述書に署名をもらっているところです。あなたの署名を今もらえますか？」

「もちろんいいですよ」

「あなたの部屋はどちら？」

「すぐ近くです」

彼は先に立って案内し、右に曲がって大きい部屋が並んでいるところへ来た。

「僕はロスとレノックス、アンガスと一緒です」ランギは言った。彼は自分たちの部屋に着き、ドアを開けた。「今誰もいません。ちょっと散らかってますが」彼は言った。

「ご心配なく。あなたの荷造りは済んでますね」

彼はアレンのために椅子ひとつの上を片付け、自分も座った。

「あなたの演技はすばらしかった」とアレン。「あのニュージーランド先住民の身体の構えを使うというのは最高の判断でした。身体全体が邪悪さを表現していて」

「やってよかったのか考え込んでいるんです。われわれの長老たちが——厳格派ですが——何と言うか。この劇には合っていると思ったのです。シアーズさんは賛成してくれました。無意味だと言われるかと思ったんですが、世界中の秘教的信仰には強い結びつきがあると彼は言いました。彼が言うには、まじないに使う材料は皆、少なくともほとんどは原理に合っているそうです」

「あなたは正しいと思いますよ」アレンは言った。ランギの首には亜麻の紐についた軟玉《なんぎょく》の像——人間の胎児――が下がっているのにアレンは気がついた。「それはお守りですか?」とアレンは尋ねた。

「僕の家族に代々伝わっているものです」褐色の指が像を撫でた。

「本当ですか? あなたはクリスチャンですよね。すみません、ちょっと混乱します――」

「確かにね。ええ、私はクリスチャンだと思います。モルモン教徒です。モルモン教は私たちの民族の間では人気があります。ただあまり『モルモン化』せず、妻は一度にひとりだけです。モルモン教は私たちの古くからの信仰をあまり気にしません。私は日常生活ではマオリというより白人に近いです。しかし今度のこと、ここで起きたことは、まるで太平洋のように大波になってどっと打ち寄せてきて、私は正真正銘のマオリになっています」

「それは理解できます。さて、お願いしたいのはこの供述書に署名してもらうことです。あなたにはあまり質問しませんでしたが、この一点について助けてもらえませんか。実際の殺人は決闘中のマクベスの退場からマルコムの登場までの間に行われました。舞台にいなかった人たちは楽屋から出てきました。あなた方三人の魔女たち、死んだマクダフ母子、ダンカン王、それから幻影のマスクとマントをつけたバンクォーです。これでいいですか?」

ランギは大きな目を閉じた。「はい」彼は言った、「間違いありません。それからシアーズさんもです。彼は私たちと一緒にいたのですが、出のきっかけが近づいたので離れて下手《しもて》のマクダフのところに行き、最後の登場を待ちました」

「あなたの後に誰か続いていましたか?」

「ふたりの魔女です。私たちは一団でしたから」

「誰か他には?」

「いなかったと思います」

「確かに?」

「はい」とランギは断固として言った、「確かです。私たちが最後でした」

彼は供述書を注意深く読み、署名した。供述書をアレンに返しながらランギは言った、「こういうことと関わり合いにならないほうがいい。スズメバチの巣と同じで、放っておいたほうがいいんです」

「殺人事件を放っておくわけにはいかないのでね」

「そうでしょうね。犯人はタプ、つまり禁じられた事柄を笑いものにしてるんだ。僕のひい祖父さんはこれに対処する方法を知ってました」

「そう?」

「彼はそやつの頭を切り落として」とランギは愉快そうに言った、「それを食べたんです」

続く沈黙をスピーカーが破った。「経営陣からの発表があります。一座のメンバーはグリーンルームに集まってください」

Ⅱ

アレンはフォックスがグリーンルームにいるのを見た。「済みましたか?」と彼は尋ねた。「供述書は全部集まった。もちろん、君が集めた分以外だが。とりわけ役に立つ情報はなかったな。ひとつダンカン王が気づいたことがあった。彼が言うには——ちょっと待ってくれ——ここだ。彼らと一緒に最後の登場を待つ間、シアーズがゼイゼイいっていたというんだ。彼はそれについて何か言うと、シアーズは自分の胸をたたいて顔をしかめたという。彼はもったいぶって眉をひそめた。『喘息だよ、喘息。大丈夫だ』彼がそうしているところ、想像できますか？」

「できるね。ヴィンセント・クラムルズ（チャールズ・ディケンズの小説『ニコラス・ニクルビー』に登場する旅芸人一座の支配人。大げさなしぐさが特徴）みたいなもんだ。巨大なクレイドへムモアを持ち歩くのが負担になったんだろう」

「私もそう思った。気の毒に。経営陣がやって来たぞ。彼らに引き継ごう」

彼らは供述書をブリーフケースに入れ、目立たないように部屋の後ろに座を占めた。

経営陣は観客席を通り、プロンプトボックスから舞台に上り、そこからグリーンルームに入った。彼らは異様なほど厳粛に見えた。上級理事が真ん中におり、ウィンター・マイヤーは一番端にいた。彼らはテーブルに着き、一座の皆がぞろぞろと入ってくるのをながめた。

「残念ながら椅子の数が十分ではありませんが」と上級理事が言った、「適当に座ってください。ああ、もっと来ました」

裏方が楽屋から椅子を運んできた。皆礼儀正しかった。三人の女性はソファに座った。サイモン・モートンはマギーの後ろに立った。彼女は振り返って彼に話しかけた。彼は彼女の肩に手をかけ、わがもの顔に屈み込んだ。ガストン・シアーズは離れて立ち、腕を組み、青白い顔をし、黒っぽいスーツを身に着けていて、このときのために正装した嘘っぽい座頭《ざがしら》（一座の首席役者）のようだった。ブルース・バラベルは安楽椅子に座っていた。ランギ他魔女たちは戸口の近くに固まっていた。

部屋の後ろにはアレンとフォックスが並んで静かに座っていたが、ふたりは遅かれ早かれ一座の主演俳優の首を切って殺した犯人として、一座のひとりを逮捕しなければならないのだ。

上級理事が告知事項を述べた。あまり長く皆さんを引き留めはしない。われわれは皆、とてつもないショックを受けた。経営陣の決定をできる限り早く皆さんにお知らせすべきだろう。代役俳優が主演俳優に代わるいつもの手順は、今回はとらない。この劇を続けて上演することは、俳優にとっても観客にとってもストレスが大きすぎると思われる。この舞台が大成功だったことを考えると、これは難しい決断だった。しかしながら不安を感じながら検討した結果、『手袋』を再演することに決定した。主だったキャストはすでに決まっている。掲示板を見ていただければ、俳優の名前がわかる。キャストが決まっていないよい役があと四つあるので、希望する人がいればジェイ氏が喜んでオーディションをする。リハーサルは来週開始される。明日の午前中にオフィスに来てもらえれば、マイヤー氏が『マクベス』の給料を支払う。彼は辛抱して聞いてくれたことに感謝し、皆立ってサー・ドゥーガル・マクドゥーガルのために一分間の黙禱を捧げようと言った。

皆は立った。ウィンター・マイヤーが腕時計を見た。一分間は果てしなく長く感じられた。妙な音――ため息、くぐもったコツンという音、電話の鳴る音、声とシッとたしなめる声――が混ざって聞こえ、誰もそれほどサー・ドゥーガルのことを考えてはいなかった。涙をこらえていたマギー以外は。

ウィンター・マイヤーが合図をし、黙禱は終わった。

「すみません、議長。解散する前にひとつ」

ブルース・バラベルだった。

「俳優組合の一座代表としてお悔やみの言葉を申し上げたい。そして私はこの異常な状況において取るべき行動は何かについて劇場に代わって適切な調査を行うとお伝えする」

「ありがとう、バラベルさん」と上級理事は当惑して答えた。

彼と同僚たちは控えめな行列を作って楽屋口から出ていった。

Ⅲ

『マクベス』

全スタッフ宛告知

予期せぬ悲劇的な事態により、この劇は打ち切りとします。変わって上演されるのは、ペレグリン・ジェイ作の『手袋』です。主要な役四役は現在の一座からキャストされており、残りはオーディションによって決められます。

劇場経営者は、マクベスの傑出した成功を一座に謝し、打ち切らざるを得なかったことを心から残念に思います。

サミュエル・グッドボディ、理事長

ドルフィン・エンタープライズ社

そして、いくらかのスペースをあけて、二つ目の告知

現行上演

『手袋』オーディション日程――今日および引き続き二日間
午前十一時――午後一時、午後二時――午後五時

シェイクスピア　サイモン・モートン
アン・シェイクスピア　ニーナ・ゲイソーン
ハムネット シェイクスピア　ウィリアム・スミス
ダーク・レディ　マーガレット・マナリング
ホール医師
ジョーン・ハート
W・H氏
バーベッジ

劇の台本は事務所で入手できます。

ペレグリンは入ってきて、告知を読んだ。そして彼は椅子を舞台に上げ、シェイクスピアの応接間への出入り口を示すよう背中合わせに置き、六脚を小道具として置いた。彼はまだ絞首門からぶら下がって揺れている骸骨をかすり、舞台外にそれを押しやった。そして彼は最前列の座席に行き、座った。

気を静めなきゃならない、と彼は考えた。いつものように働いて、自分が書いた劇に対する情熱をどこからか掻き立てなければならない。

ボブ・マスターズが舞台にやって来て、観客席をのぞいた。

「ボブ」ペレグリンは言った。「皆がやってきたら、ここでいつものようにオーディションをやろう。そうだ、その骸骨をどこかへ持って行ってくれ」

「わかった」とボブ。「やるよ。連中は三十分もしたらここへやって来る——ウィンティが給料の計算をしてるんだ」

「オーケー」

影の中からふたりの姿が現れて、舞台にやって来た。ウィリアムと母親だった。母親は濃いグレーのスーツに白いブラウスというきちんとした格好をし、ウィリアムもやはり濃いグレーの半ズボンのスーツに白いシャツ、紺のネクタイといういでたちだった。彼は掲示板に近寄って告知を読み、母親のほうを向いた。彼女は彼のところへきて手を彼の肩に回した。「よくわからない」と彼ははっきり言った。「僕はオーディションを受けなくてもいいのかな」

「やあ、ウィリアム」ペレグリンが呼びかけた。「受けなくてもいいんだよ。君に賭けているんだ。台本は持っているね。給料をもらってから、ここへ帰っておいで。どんなふうに仕上がっているか、見てみよう。いいかい？」

「はい、ありがとうございます」

「戻ってきたら外で待っているわね」と母親は言った。彼女が何をしようとしているかペレグリンが気づいたときは、彼女は楽屋口から立ち去っていた。

ウィリアムは観客席を通ってオフィスへ行き、わずかな時間、ペレグリンはひとりになった。彼は最前列に座って、ニーナのような連中がドルフィンは縁起の良くない劇場だと言い始めているだろうなど考えた。すると突然、時間が過去に飛んで彼の劇の初演が始まったばかりになった。まるで俳優たちの声が聞こえるようだった……。

ウィリアムが戻ってきた。彼は冒頭の何シーンかを読み、ペレグリンは考えた、思ったとおりだ。この子は俳優だ。

「上出来だ」彼は言った。「家へ帰ってセリフを覚えて、一週間後のリハーサルに出ておいで」

「ありがとうございます」ウィリアムは言って楽屋口から出ていった。

「イエス、サー。ノー・サー。袋が三つ（良く知られた童謡の一節のもじり）、と」間違えようのない声が言った。後ろにいたのはブルース・バラベルだった。

ペレグリンは彼の顔をのぞき込んだ。「バラベルか？」彼は言った。「オーディションを受けるのかい？」

「そのつもりだ。バーベッジ（シェイクスピア作品の初演時に主役を多数演じた俳優）のね」

彼は第二幕まで登場しない、とペレグリンは考えた。彼は適役だ。だがペレグリンは突然、バラベルに対する強烈な嫌悪感を覚えた。彼をキャストに入れたくない、と彼は考えた。彼を入れるのは嫌だ。オーディションを受けるのも聞きたくない。彼とは話もしたくない。彼はアレンが昨晩話してくれたことを考えた。バラベルの告白を――もしそれが告白と呼べるならば。

バーベッジの役は多忙な実務家で、エリザベス王朝時代の名優でもあった。弁舌さわやかで――ちくしょうめ、とペレグリンは考えた。彼はもちろん理想的なバーベッジだ。くそっ、いまいましい。

俳優たちがオフィスからぽつぽつオーディションにやって来るざわめきが聞こえ、エイブラムズ夫人がメモを取り「ありがとう。結果はお知らせします」と言うためにやって来た。ロスはホール医師のオーディションを受けた。彼の読みは確かで、この時代の医者と彼がハムネットに与えた危険な治療を正確に認識していた。侍女が受けたオーディションはジョーン・ハート、シェイクスピアに最も近かった妹である。これは初演時にはエミリーの役だったが、ペレグリンはこれにあまり影響されぬよう気をつけた。もしエミリーにもう一度やってみたらどうだといったら、もう年を取りすぎたわ、と彼女は言うだろう。

彼らはコツコツとオーディションを続けていった。

Ⅳ

警視庁では、アレンが供述書を読み続けていた。彼は自分と、いわば無名のフォックス警部の前にお決まりの結論を提示していた。

「もし合理的な説明のすべてが不可能であれば、捜査はどれほど奇怪であっても矛盾しない説明を考えなければならない、だな？」

「ではこの事件で、奇怪千万だが矛盾しない説明とは何でしょうね？」

「決闘の終わりからクレイドへムモアの先端にマクベスの生首が現れるまでに殺人が行われる時間がないのだから、殺人は決闘の前に行われたに違いない。しかしマクベスは決闘中にセリフをしゃべっている。確かに彼の声はかすれていて、息を切らしてはいたが」

アレンは手で頭を抱えて、一生懸命過去に聴いた声を思い出そうとした。『――逃げるがいい。俺の霊魂《たましい》は、もうすでに、きさまの一族の血をありあまるほど浴びているのだ』サー・ドゥーガルの声にはわずかだが間違えようのないスコットランド訛りがあった。『血をありあまるほど浴びている』のように少し間があった。悲嘆のうめきだ。声は記憶の中を流れていったが、彼の回想の声には個性がなかった。打ち負かされ、息を切らした闘士なら誰でもいい、打ちひしがれた絶望感だった。

アレンは殺人が犯された可能性がある、劇の他の時間を見つけなければならない。小シーワードと闘って殺したのはサー・ドゥーガルだった。彼は面頬《めんぽお》を上げており、彼の顔ははっきり見えた。彼のセリフは意味のあいまいな魔女たちの言葉を絶望的に回想して終わる。

『――剣も武器も取るに足らん。女に生み落とされた奴が振り回すのなら』そこで突然、アレンの記憶の中に俳優が立っていた。籠手《こて》を着けた腕が上がり、面頬が下りた。彼は下手《しもて》の袖に入った――そこで殺されたか？　マクダフが出てくる。彼には独白があるが、小競り合いや、彼の決然たるマクベス探しで切れ切れだ。戦いがあちらこちらで巻き起こる。マクベス一族は皆同じような服装をしている。黒で籠手を着け、面を着けている者も、いない者もいる。悪夢のような効果だった。もしマクダフがマクベスのような格好をしているが、マクベスではない男に出会ったとしたらどうか？　バグパイプの音。マルコムと何人かの兵士たちがやってくる。老シーワードが彼を迎え入城を促す。彼はバグパイプと太鼓の音とともに儀礼的に城に入る。中で歓声が起きる。面を着けた「マクベス」が登場する。マクダフがやって来て、彼を見、挑戦し、ふたりは決闘する。

「そうだ」とアレンは言った。「可能だ。確かに可能だが、われわれの推測とアリバイをめちゃくちゃにしないか？　〝死んだ〟俳優はまだ誰もカーテンコールの位置についていない。マクダフ、つまりサイモン・モートンならぎりぎりやれたかもしれないが、死んだはずの男が自分との決闘に出てきたら、とんでもないショックを受けたに違いない。ただ、マクベスの代役俳優だから決闘はできるはずだ。しかし彼はすでにこの決闘の当事者だ。クソッ。ではバラベルか？　ガストン？　小道具方？それともランギか？　全員可能性はある。しかし待てよ、ひとりを除いて不可能だ。決闘ができる共犯者という考えを受け入れない限り。ちょっと待ってくれ。とにかく誰かひとり取り上げてどうなるか考えてみよう。ランギだ」

「ランギねえ」とフォックスは気がなさそうに言った。

「彼は推定時刻よりも早い時間にマクベスを殺す。そしてぎりぎりまで待ってからガストンのところへ走って『サー・ドゥーガルが失神したから、君、ガストンがマクダフと決闘するしかない』という。ここまではいいか？」

「いいですよ」とフォックスは言った。「あなたが考える限り。しかし動機は？」

「そう、動機か。彼のひい祖父《じい》さんはこうした下らんナンセンスに対処する方法を知っていたんだ。彼は実に朗らかに話してくれたよ。ひい祖父さんは相手の男の首を切って、男を食べたんだそうだ」

「ほんとに！」フォックスはしかつめらしく言った。「気持ちが悪い。しかし彼はひい祖父《じい》さんの心境になって、マクベスを殺したのかもしれませんな。何と言うか、石器時代への先祖返りかな」

「他の誰でも同じことができたはずだ」

「まさか、いくら何でも――」

「首切り斧と大鍋のことじゃない。くだらんことを考えないでくれ。つまり誰でも土壇場になってガストンのところへ行って決闘をやってくれと言えた、ということだ。ただ難点は、これが後でその俳優に対する決定的証拠になってしまうことだな」

「そのとおり」とフォックス警部は言った。「それが誰であろうと、彼は殺しはやっていないですよ」

「それはわかっている。どん詰まりから抜け出す方法を考えていただけだよ、フォックス。消去法で犯人でない人間をを除外していたんだ。除外に成功したよ」

「なるほど、アレン警視。犯人がわかったんですな。いつ告発しますか？」

「容疑が固まっているとはまだ思えないんだ」

「まだですか？」

「何から何まで、気に入らん」アレンは言った。彼は立ち上がって部屋の中を歩き回った。「彼らが今何をしてるか知ってるか？　たった今だ。代わりの劇のオーディションをやってるんだよ。シェイクスピアの小さな息子の死とダーク・レディの登場を中心にした、ジェイ作のいい劇だ。今までのところ、彼らは殺人犯をキャストしていないが、しないという保証はない。おまけにこの劇場が復活したときに上演していいて大成功を収めていた劇なんだ。あのときのゴタゴタを憶えているだろう？」

「憶えてますよ」とフォックス。「とんでもない展開でしたな」

「しかもあの男の子は怪物だった。今度の話は全然違う。ウィリアムが誰か知ってるか？」

「いや。知ってるはずなんですか？　私たちの分野には関係ないんだと思いますが」

「そうだな――いやそうとも言い切れない。彼は気持ちのいい、よく躾けられたおチビさんだが、ハムステッドの首切り男の息子なんだ。彼はそれを知らないし、ずっと知らないでいればいいと思うよ、フォックス」

「ハーコート－スミス事件でしたっけ？」

「そうだ。母親が名字からハーコートを抜いた。彼は父親が精神病院に入っていることを知っているが、なぜかは知らない」

「ブロードモアですか？」

「そう。終身刑だ」

「今になってねえ」フォックスは首を振りながら言った。

「父親にやられた被害者のひとりはバラベル夫人というんだ」

「まさか、いくらなんでも——」

「そのとおりなんだ。妻だよ。あの悪ふざけをやったのはバラベルだ。男の子の仕業だとオフィスが考えて彼を首にすることを期待したんだ」

「彼がそう言ったんですか？　バラベルですが」

「そうはっきり言ったわけではないが、言ったも同然だった」

「彼は何かイカれた急進派のメンバーでしたな？」

「そう、レッド・フェローシップだ」

「グループについてわかっていることは？」

「ごく普通だ。週一回、日曜日の午前中に会合を開く。外交下のレベルで起きている途方もない、非常に複雑な内部抗争を本当には理解していない。ちょっと滑稽だ。彼や彼の仲間はありとあらゆる問題をいくつかの原理に整理して、そこに収まらないものは無視する。ブルース・バラベルにとって恐ろしい現実は彼の妻が狂人に首を切られたということなんだ。彼はあの子が父親の狂気を受け継いでいて、いずれ表面化し、そのときはすでに手遅れだと信じているか、信じようとしているかどちらかだと思う」

「彼がそう信じているとして、サー・ドゥーガルがどう関係してくるのかわかりませんな」

「私にもわからん。ただサー・ドゥーガルは人を笑わせることにかけては繊細とはほど遠かったから、ブルースはかなりからかわれたろう。ドゥーガルは左派っぽいグループなんかをいつも中傷していたからな」

「ブルースが彼の首を切る理由としては不十分もいいところです」

「普通の人間を相手にしていればだ。この事件は何から何まで異常だと僕は考え始めたよ、フォックス。まるで俳優たちがこの劇に突き動かされているように。そこで『マクベス』ほど強迫観念にとらわれた劇はないという説につながるが、これは馬鹿げている」

「なるほど。給料に見合う働きをするために、われわれは何をしたらいいのかな」

「殺しが行われたのは『女に生み落とされた奴が振り回すのなら』のセリフのすぐ後だという決定的な理由を見つけることだ。そのときにアリバイがあるかどうか一座の皆をチェックして、ない人間を探し出し、その事実を突きつける。もちろんうまくいけばだ。アリバイを調べて、現実的にそれができるかどうかやってみよう。兵隊とエキストラ、それから二役をやっている俳優は皆すでに戦いの真っ最中だ。領主たち全員、マクベスの兵士に化けた医師、マルコム、シーワード、マクダフも除外だ。残るのはランギ、ガストン、バンクォー。それから王と小道具方だ」

「小道具方は舞台下手《しもて》の袖を行ったり来たりして、クレイドへムモアの用意をしていた。それだけです」フォックスは言った。

「王も除外していいだろうな」

「なぜ？」

「馬鹿げているからさ」とアレンは言った。「それに年を取りすぎている」

「なるほど。キングはアウトと。では小道具方は？　そもそも動機がありますか？」

「何か出てこない限り、ないね。だが彼が犯人だというのは気をそそられる考えだ。彼が下手《しもて》の隅に出たり入ったりしても誰も注意を払わない。マクベスが袖に入ってきたとき、何もついていないクレイドヘムモアで待ち受け、殺して生首をつけることができたはずだ」

「ガストンに偽の伝言をしなければならないが、説得力はありますな」フォックスは言った。「ガストンがあたりをうろついているのをつかまえて言えばいい、『大変《てえへん》だ。マクベスが失神しやした。あとはセリフがひとつと決闘だけでさ。あんたにはわかってる。あんたならできやす』とね。あとで死体が発見されたら、暗くて倒れているのが見えただけだった、あと数分でマクベスの登場と決闘だと気づいて飛び出し、ガストンを見つけて彼に代わりを務めるよう頼んだ、と言えばいい。つじつまは合ってます。ただし——」

「動機がない？　くそっ」アレンは叫んだ。「勘が鈍って、めちゃくちゃだ。マクベスが失神したと誰かがガストンに言ったというのは無理だ。言ったのが誰であっても筋が通らない。ガストンはわれわれにそう言ったはずだからだ。もちろん。振りだしに逆戻りだ」

長い沈黙があった。

「いや」アレンはとうとう言った。「答えはひとつしかない」

「そうですな」フォックスが重々しく言った。

V

オーディションはほとんど終わり、代わりの劇のキャストはほぼ全員が現在の一座から選ばれた。オフィスは記者会見の電話をかけるのに忙しく、ペレグリンは気が晴れた。結末がどうなろうと、誰が逮捕されようと、自分たちは自身の仕事をやっているのだ。自分たちの劇場で。自分たちのやるべきこと――新しい劇に取りかかること――をやっている。

不協和音を発しているのは、言うまでもなくガストンだった。彼はもちろんオーディションを受けてはいなかったが、劇場に顔を出していた。ひとりのオーディションが終わるたびに彼は始めるのだ。誰彼かまわず、彼はうんざり顔の俳優をつかまえてはくどくどと話していたが、話のタネはただひとつ、クレイドへムモアだった。返してほしい、と彼は言った。今すぐに。皆彼を黙らせようとしたが、彼はまるで循環小数のごとく同じことを繰り返し、クレイドへムモアを手にした人間に起きたことの責任を自分に取らせることはできない、と轟くような声で苦情を言った。

アレンに会わせてくれと彼は言ったが、アレンとフォックスは劇場にはいないという答えが返ってきた。どこへ行ったのか？　誰も知らなかった。

ペレグリンはとうとうランギのオーディションを中断し、仕事中はガストンに観客席への立ち入り禁止を言い渡した。いったい何が目的なんだ？

「わしのクレイドへムモアだ！」と彼はわめいた。「いったい何度言ったらわかるんだ！　それが冒瀆的な者の手にかかると何を引き起こすが十分すぎるほどの証拠があるというのに、君は馬鹿か？

私の過ちだった」と彼は叫んだ。「クレイドヘムモアをこの血なまぐさい劇に持ち込んだのは。私がその力を解き放ってしまったのだ。クレイドヘムモアの歴史を研究しさえすればわかるように――」

「ガストン！　やめてくれ！　われわれは忙しい。それにわれわれの知ったことではない。君の悪口雑言を聞いている暇はないし、剣を返してくれというのは僕がすることじゃない。いずれにしても、僕は受け取るつもりはない。頼むから静かにしてくれ。あの武器は警察が保管していて安全だし、いずれは戻ってくる」

「安全だって！」彼は脅かすように腕を振り回しながら言った、「安全とはな！　わしの気を狂わせる気か」

「そんなに遠いことじゃない」と後ろの席で見事な声が言った。

「胸糞の悪いことを言ったのは誰だ？」

「僕だよ」とバラベルが言った。「僕の見るところ、君は精神病院行きだ。もしまともな状態なら――」

「ふたりとも黙ってくれ」ペレグリンは叫んだ。「まったく、もう！　これ以上我慢できない！。もし静かにできないのなら、ふたりともわれわれに聞こえないところへ行って、庭ででもやりあってくれ」

「今の言葉を俳優組合に伝えるぞ。この劇場で侮辱されるのはこれが初めてじゃない――」

「わしのクレイドヘムモア。頼むから考慮してくれ――」

「ガストン！　答えてくれ。君はオーディションを受けに来ているのか？　イエスかノーか」

「わしが来ているのは――いやノーだ」

「バラベル、オーディションを受けるのか？」

「そのつもりだったが、無駄のようだ」

「だったら君たちふたりにはここにいる権利はない。出ていってくれと頼むしかなかろう。頼むから出ていけ、ふたりとも」

ロビーへのドアが開いた。ウィンティ・マイヤーの声が言った、「おっと申しわけない。気がつかなくて――」

「マイヤーさん、待ってくれ！　あんたと話したい。わしのクレイドへムモアだ！　マイヤーさん、頼む！」

ガストンは通路を急いで歩き、ロビーへ出た。彼の後ろでドアが閉まり、彼の声は遠くなった。

ペレグリンは言った「ランギ、まったく申しわけない。この馬鹿げた騒ぎが収まってから続きをやろう。さて、ブルース」

彼はブルースの肘を取って横へ連れて行った。「ねえ、君」と彼は自分が感じてもいない温かみを声に込めて言った。「アレンが君の悲劇を話してくれた。本当に気の毒に思う。だがこれだけは聞きたい。ウィリアムが同じ一座にいたら、君は居心地の悪さを感じないか？　僕は感じる。僕は――」

バラベルは真っ青になった。彼はペレグリンをにらみつけた。

「このくそったれめが」と彼は言った。彼は踵を返して劇場から出ていった。

「やれやれ！」ペレグリンは言った。「よし、ランギ。オーディションをやろう」

9　完

I

劇場にはもはや『マクベス』の影はほとんどなかった。観客には堅牢に見え、回り舞台で様々なシーンを見せていた大道具はバラバラにされ、壁に沿って積み上げられていた。

舞台は隅から隅までこすり洗いされ、消毒液の臭いがしていた。劇場の正面では新しい劇の広告が『マクベス』のポスターと置き換わっており、ロビーの巨大な写真額は空っぽになっていた。サー・ドゥーガルの等身大の写真は巻かれて厚紙の筒に収められ、地下室にしまい込まれた。書籍・写真売場はそのほとんどが取り去られて段ボール箱に入れられ、プログラムはごみ袋に詰め込まれて収集を待っていた。

片付けが済めば終わりだ、とウィンター・マイヤーは物思いにふけった。あんなにすばらしい舞台だったのに。

楽屋はどれも空で、洗い掃除が済んでいた。主演俳優の楽屋以外は。サー・ドゥーガル・マクドゥーガルが最後に出て以来、この楽屋には鍵がかけられ、警察以外は誰も入れなかった。彼の事務弁護士は彼の私物を撤収するため人を送ると通知していた。彼の名はドアから取り去られていた。

ニーナは自分の小さなアパートで『マクベス』の不吉な影響力は満たされたと自分に言い聞かせていた。もう劇場内でこの話はしないと厳粛に誓った。彼女はもちろん悲嘆していたし、誰が殺人犯なのかしきりに考えていたが、それでも自分が言っていたことが正しかったことに満足し、興奮さえしていた。

彼らは皆間違っていたわ、と彼女は意気揚々と考えた。

サイモン・モートンはマギー・マナリングに電話して、ウィッグ&ビッグレット亭でランチを食べないか、と誘った。彼女は賛成し、ふたりだけでじっくり話せるよう、早めに迎えに来てほしいと頼んだ。彼は正午に現れた。

「マギー」と彼は彼女の手を取って言った、「昨日の晩誘おうと思っていたんだが、君はずっとよそよそしかったんで、たぶん――君がどう感じているのかわからなかったから――その、つまりことによったら僕を疑ってるんじゃないかと思ったんだ。そうなのかどうか知りたいと考えて――それで来たんだよ」

マギーは驚いて彼を見つめた。「つまり、こういうこと?」彼女は言った、「あなたがドゥーガルの首を切ったんじゃないかと私が疑ってると考えていたの?」

「いや――馬鹿げてると思うけれど――うん、そうなんだ。頼むから笑わないでくれ、マギー。ずっと地獄に堕ちたような気分だった」

「笑わないようにするわ」彼女は言った、「そんな気分だったたってこともわかる。でもどうして? なぜあなたがやったたって私が考えるわけ? あなたにどんな動機があるの?」

「ひどく妬《や》いていたんだ」彼は浅黒い顔を真っ赤にしてつぶやいた。「彼とセックスをほのめかすシーンを君はすごくうまくやっていた。君を見てセリフを聞いているだけで——僕は——その、ごめんよ」

「ねえ聞いて、サイモン」マギーは断固として言った。「私たちはふたりとも『手袋』の劇に出てるのよ。劇の中であなたは私に責めさいなまれるけれど、現実の感情とごっちゃにしてはダメなの。すべてがおかしくなってしまう。劇の中の現実に別の現実が侵入していることを観客は感じて、落ち着かなくなるでしょう?」

「俳優がつける仮面について君がどう感じているかわかってるよ」と彼は言った。

「ええ、そのとおりよ。絶対に仮面を外してはダメ」

「わかった」

「約束する?　握手しましょう」彼女は手を差し伸べて言った。

「了解。握手しよう」彼は手を取って言った。

「さあこれでやましさを感じないでランチを楽しめるわ」彼女は言った。「さあ行きましょ。これが始まって以来初めて、神経が高ぶってる。シェイクスピアの恋について話しましょうよ」

彼らはウィッグ&ピッグレット亭へ行った。

皆ホッとしたことに、ガストンは自分が不可解にも受けた傷をいやすためと思《おぼ》しく、自分の屋敷に引きこもった。しかし彼はスコットランド・ヤードへの攻撃を再開した。フォックス警部はアレンの部屋に回された電話に出た。「もしもし」と彼は言った。

「そもそもだ」と乱暴な男はわめいた。「私はアレン首席警視と話したいと遠回しに言ったんだ。あんたの声はアレン首席警視の声には聞こえない」

「ここは彼の部屋ですが、私は首席警視ではありません。警視は今電話に出られないので、私が代わりに話す権限を与えられています。お困りと思われる点は何でしょうか」

「困ると思われるものは何もない。実際に困っているんだ。私は要求する――繰り返す、要求する――私のクレイドへムモアが武装警察隊によって私の住所へ直ちに返却されることを。今日。今すぐにだ」

「ちょっとお待ちください。仰せの連絡事項を紙に書いて、彼の机のはっきり見えるところへ置いておきます」

　フォックスは大きな手で受話器を覆って言った、「シアーズです」

「そうだと思った」

「お待たせしました。メッセージをどうぞ」

「ふざけるんじゃない――」

「何とおっしゃいましたか?」

　悪口雑言、というか悪口雑言と聞こえた音がひとくさり流れた後、不気味な沈黙が続き、次いで女性の甲高い声が聞こえた。

「ご主人様おかげんよくありません。ありがとございました。さよなら」電話は切れた。

　ジェイ家の男の子たちは学校に帰って行くところだった。クリスピンは堂々たる態度で同じ年頃の仲間、そして騒々しい小さな子たち、青白い顔の新顔たちと一緒に列車に乗り込んでいた。ロビンとリチャードはこうしたときに一家が予期するようになった振る舞いを見せていた。彼らはしょっちゅう日曜日に帰って来て、腹いっぱい食べていたのだが。ペレグリンは彼らにさよならを言いにやって来た。小遣いをやろうとポケットをまさぐっていて、アレンが返してくれたおもちゃの十字軍士を見つけた。

「君のことを忘れていた」彼は言ってポケットから取り出し、少しの間見つめた。

「ねえ、返してもらえる？」とロビンが尋ねた。彼はおもちゃを手にして電話のほうへ行った。

「誰に電話するんだい？」とペレグリンは尋ねた。

「男の子さ」

彼は電話帳を見て、番号を回した。「やあ、こんちは」彼は言った、「今僕が何を持ってると思う？三回で当ててごらん。違う……それも違う……当たり、お見事。今何やってるの？……ああ父さんの劇だね？　僕らは今日学校へ戻るんで、これから腹ペコで暮らすことになるって教えようと思って。じゃ、さよなら」

彼は電話を切り、またすぐダイヤルした。

「また僕だよ」彼は言った、「言うのを忘れてた。決闘してたのはマクベスじゃないって初めからわかってたことを。誰だったか、三回で当ててみろよ。一回目、はずれ……二回目……はずれ……三回目。それもはずれだ。次の日曜まで、考えてごらん」彼は受話器を戻した。

「負うた子に教えられ、か」ペレグリンはつぶやいた。「ロビン！　おいで。教えてくれ。どうしてわかったんだ」

ロビンは父親を見て、本気だとわかった。彼は挑戦的な態度をとった。足を開き、両手を腰に当て、少し緊張した笑みを浮かべて。「三回であててごらん」と彼は誘った。

しかしペレグリンには一回で十分だった。

彼はスコットランド・ヤードのアレンに電話した。

Ⅱ

スワン亭にやって来るドルフィンの一座は少なくなっていたが、それでもランギ、ロス、レノックスは常連で、ここで会ってランチを食べた。ランギは静かで自分に引きこもっていた。黒い目と輝くばかりの歯が彼の顔を圧倒しており、ランギは前よりも「土着」に見えると他のふたりは感じた。しかし彼は新しい役、あらたまった服装をして片耳にイヤリングを着けた、イタリアから来た謎めいた紳士、W・H氏が気に入っていた。

「リハーサルが明日始まるぞ」ロスが言った。「ありがたいことに、言語を絶するシアーズもうんざりするバンクォーもいない。ドルフィンに関する限り、あの悲劇はもう全部お終《しま》いだ」彼は両手で退けるような身振りをした。

「終わりにはならないよ」とレノックスは言った、「誰かが捕まるまではね。自問してみるといい、そうじゃないか?」

「確かに」ランギが言った。「汚辱は残るね。残らざるを得ない」

「今日劇場をのぞいてみたんだ。ぴかぴかで、どこもかしこも消毒液の臭いがした」

「警官はいなかったか?」

「あのときはいなかったな。オフィスが賑やかにカタカタいっていただけだ。劇場の正面に大きなお知らせが貼ってあって、マクベスのチケットで新しい劇を見ることもできるし、ボックスオフィスで払い戻しを受けることもできると書いてあった。それから『手袋』の前回の上演をほめちぎっているボードも」

「マクベス中止の理由は書かれていたかい？」

「新聞に記事が載っていた。読んだろう？」

「僕は読んでいない」ランギが言う。

「土曜日にドゥーガルが劇場で急死したと書かれていただけだ。それからお定まりの死亡記事が半コラムに写真がいくつか。マクベスの写真はとくによかったな」ロスは言った。

「追悼のしるしとして劇場は三週間閉じられるとも書かれていた」ロスは言い足した。

「あの劇に出演できたのは光栄だった。いつまでも記憶されるだろう」とレノックスは言った。

「そうだな」とロス。

まるで言葉が身体から引きずり出されるかのようにランギが言った。「タプだ。僕らは皆タプで、殺人犯が見つかるまでずっとそうだろう。誰がハカマナするんだ？」

気まずい沈黙があった。

「どういう意味かわからないな」レノックスが言った。

「わからないほうがいいさ」とランギが言った。「君には理解できないだろうから」

「理解できないって、何が？」

「マオリタンガさ」

「マオリがどうしたって？」

「黙れよ、君」ロスは言ってテーブルの下でレノックスの脚を蹴った。

「なぜだい？」レノックスはランギを見、その表情から何かを読み取って急いで言った、「ごめん。詮索するつもりじゃなかったんだ」

「気にするな」とランギは言い、立ち上がった。「戻らなければ。遅くなった。じゃ失礼」

彼はカウンターへ行って勘定を払い、立ち去った。

「いったいやつは何でイライラしてるんだ？」とレノックス。

「さあね。この事件に関係した何かだろう。何だろうと、やつは乗り切るさ」

ちょっと沈黙して、レノックスはつぶやいた。「無礼なことを言ったりするつもりじゃなかったんだ。しなかったろ？　謝ったしさ」

「彼のマナを動揺させるようなことを言ったのかもしれんな」

「彼のマナなんてどうでもいい。いったいどこでそんな言葉を覚えたんだ？」

「彼と話していて覚えたのさ。いろんな意味があるが、主たる意味は誇りだ」

ふたりは沈黙したままランチを食べた。ランギは座席にステージ紙を置いていった。ロスはそれに目をやった。ページの一番下にあった小さなパラグラフが彼の目を引いた。「おい」と彼は言った。

「バラベルが興味を持ちそうなコラムだ。あいつが一緒に海外公演に行った一座だ。見てみろよ」

レノックスは前かがみになって読んだ。

「左派俳優クラブはかつて成功したソ連ツアーを再び行う。現代劇三点のリハーサルが間もなく開始される。オーディションを希望する人はクラブに電話すること」

「彼が前に一緒に行ったグループだよ」とロスは言った。

「行かせてもらえないだろうよ。誰も逮捕されないうちは」

「そうだろうな」

「彼はこの記事を見ただろうか」ロスは興味なさそうに言った。

ふたりはあまりしゃべることなくランチを終えた。

バラベルはすでにこの記事を見ていた。彼は注意深く記事を読み、手帳を見てクラブの電話番号をチェックした。

彼のワンルームの下宿には個性というものがまったくなかった。どちらかと言えば広く、きちんと整頓されていて清潔だった。ふたつの窓は小路をはさんでやはり個性のない建物の三階の鎧戸に面していた。

彼はクローゼットを開いて、ロシアの航空会社のラベルがいくつも付いた、使い古されたスーツケースを引き出した。開くと、きちんとたたまれた衣類——パジャマ、下着、そしてシャツ——が現れ、その下には新聞の切り抜きの包みと、美しく若い女性の光沢仕上げの写真があった。

新聞の切り抜きは主として出演した舞台のものだったが、ハーコート－スミス事件関係のものもあった。手錠をはめられ警官ふたりにはさまれた殺人犯が、うつろな目をしてオールドベイリー中央刑事裁判所に入っていく写真。二枚目はスウィザリング判事で、三枚目は道路で撮られたウィリアムと母親の写真だった。裁判に関する記事もあった。

バラベルは切り抜きを読み、写真をながめた。そして一枚ずつ火の気のない暖炉に入れ、燃やして灰にした。彼は自分の階にあるバスルームへ行き、手を洗った。そして劇評を全部スーツケースに戻し、「ミュリエル」の署名が書かれた光沢のある写真をじっとながめた。彼の手は震えていた。彼は写真を劇評の下に入れ、スーツケースを閉じて鍵をかけた。

そして彼は自分のステージ紙を見て、オーディションの問い合わせ先へ電話をかけた。

彼はすばやく計算して、下宿の女主人に支払わねばならない金額をはじき出し、お金をセロファンの窓がある封筒に入れた。表に彼女の名を書き、「急な仕事で退出することになりました。B・B」と書き添えた。

低く口笛を吹きながら、彼はまたスーツケースを開き、部屋の中にある自分の持ち物を全部詰め込んだ。引き出しや棚をひとつひとつ念を入れてチェックし、パスポートを上着の胸ポケットに入れ、最後にもう一度見回してからスーツケースを持ち上げ、部屋を出た。女主人の事務室には鍵がかかっていた。彼は封筒をドアの下に押し込んで、立ち去った。

彼は目的地へまっすぐ行くつもりで、バス停でスーツケースを下ろし、目当てのバスが来るのを待った。バスが来ると彼は乗り込み乗車口の近くに座り、スーツケースを脚の後ろに押し込んで運賃を支払った。

バス停の列で彼の後ろにいた男は、彼が行き先を告げるのを聞き、同じ行き先を言った。

ほどなくアレンのところへ連絡がきた。

「容疑者は古いロシア語のラベルがついたスーツケースを持って下宿を出ました。本人が言った住所まで尾行し、まだそこにいます」

アレンは答えた、「張り込みを続けて。逮捕はしないが、見失わないように」

Ⅲ

「まったく別のことなんだ」とアレンは言った、「警官が頭の中で事件を解決して、今の私のように責任者として絶対に確かだと考えることと、陪審員にそれを納得してもらうこととは。もつれた事件だから、被告の弁護人が言っているのが聞こえるようじゃないか？　『陪審の皆さん、あなた方は今まことに厚かましいたわ言を辛抱強くお聞きになりましたが――』うんぬんかんぬん、とね。何か決定打が欲しいんだ――本人の自白とか――だが何もない――何もだ」

フォックスは同情するように長く低いうなり声をあげた。

「初めから何度も何度も事件記録を読んで、私には目の前の鼻のように自明なんだが、フォックス君、だが他の人間にもそう思えるかと言ったら、とんでもない。シンプルな短い言葉で表せるものとはほど遠いが、そこにあることは確かなんだ。私にはわからん。君には逮捕状がある。踏み込んで襟首をつかむか、それともやめておくか？」

「やらなければ、何も見つからんでしょう」

「確かにそうだ」

電話が鳴った。ペレグリンだった。

アレンが耳を傾け、メモを取るにつれて、彼の表情は明るくなった。

「ありがとう」と彼は言った、「そう思うよ。僕は気づかなかったと正直に認める……重要な点だろう……わかった。ありがとう、ペレグリン」彼はお礼を繰り返してメモをフォックスに押しやった。

フォックスは眼鏡をかけて待機していた。「これは役に立つ」とアレンは言った。

「確かに」とフォックスは頷《うなず》いた。

「私は気づかなかった」とアレン。

「殺人が起きるとは知らなかったからでしょう」

「知らなかった。とはいっても——ロビンのチビだって知らなかったんだ。車と警官を二、三人手配してくれるか、フォックス?」

彼はデスクの引き出しから手錠を取り出した。

「抵抗すると思いますか?」

「わからん。するかもしれん。さあ行こう」

彼らはエレベータで降りた。

暖かな初夏の宵だった。車が待っており、アレンは運転手に住所を告げた。彼とフォックスは前部座席に座り、制服警官ふたりは後部座席に座った。

「逮捕だ」とアレンは言った。「あまり面倒は起きないと思うが、何とも言えない。例のマクベス殺人事件だ」

車の波が光の世界を流れていき、数えきれないほどの急ぎの人々が、夜のロンドンの暖かさと興奮を高らかに示していた。郊外では通行量が減り、やがて彼らの車は速度を落とし、停止した。家の正面には明かりがついておらず、入り口は暗かった。ひとりの男が彼らを待っており、車のところへやって来た。

「やあ」とアレンは言った、「動きはないか?」

「家からは出ていません。裏口にもうひとり警官がいます」

「よし。準備はいいか？」

「はい」三人の警官は彼の後ろに広がって立った。

アレンはベルを押した。足音。ガラスパネルの向こうの薄暗い明かり、そして俳優として訓練された見事な声が呼びかけた、「今行きます」

足音がして、チェーンの鳴る音、鍵が回る音が聞こえた。

ドアが開いた。長身の姿が薄暗い廊下の明かりを背にシルエットとなって浮かび上がった。

「待っておりました」と男は言った。「お入りください」

アレンは入り、フォックスが後に続いた。ふたりの警官が続いて入った。ひとりがドアの鍵をかけ、キーをポケットに入れた。

「ガストン・シアーズさん」アレンは言った、「あなたをドゥーガル・マクドゥーガルの殺人のかどで告発します。何か言いたいことはありますか？　なければ話す義務はありませんが、あなたの話すことは記録されて証拠として提出されることがあります」

「ありがとう。言いたいことはたくさんある」

フォックスは手帳を取り出しペンのキャップを取った。アレンは言った。「始める前に、よろしければ身体検査をします」

ガストンは回れ右をして両手を壁に当てた。

彼は黒いマントを着ていた。どのポケットにも手紙や様々な書類が入っていた。アレンはこれをフォックスに渡し、フォックスはその中身を記録してひとつに束ねた。ほとんどが昔の武器、とりわけクレイドヘムモアに関するもののようだった。

「なくさないでくれよ」ガストンは言った。「非常に貴重なものだ」

「危険はまったくありませんよ」

「保証されて安心した。わしのクレイドヘムモアはどこにある？」

「スコットランド・ヤードで鍵をかけて保管されています」

「鍵をかけて？　鍵をかけて保管されている？　何を言ってるかわかっているのか？　この世の誰よりもクレイドヘムモアの潜在的な力を知っているこの私が、その力を呼び起こして大変な災難を招いてしまい、その凶暴性のおかげでこの窮状に陥ったことにお気づきか？　ご存じか、つまり――」

際立って見事な声が延々と続いた。古い文書、鍔《つば》のルーン文字、流血の歴史、正式な処刑、戦闘の首切り、十六世紀の泥棒に起きた出来事（斬首）、クレイドヘムモアを手にした人々に与えた影響（狂気）。「わしは自分のプライド、傲慢さから、こうした災厄を免れていると思っていた。そこへあの馬鹿者、マクドゥーガルが現れて、たわ言を口にし始めた。わしはクレイドヘムモアが手の中で膨れ上がるのを感じたのだ」

「それに、あのたちの悪いいたずら者に切り首という考えを吹き込んだのは何だと思う？　切り首が現れたのをどう説明するのか？　説明でききん。私もバラベルの妻がハムステッドの首切り男と言われる人間の手で首を切られたと知るまではできなかった。クレイドヘムモアが出てくると首切りが関わってくる。そしてわしはクレイドヘムモアの狂った手先として、自分のうぬぼれから――」

ガストンは言い淀み、額の汗をぬぐって、暑いな、水が欲しいといった。中国人の家政婦が水を持ってきた。

「『わしはクレイドヘムモアの狂った手先として、自分のうぬぼれから』と。何を言おうとしていたのですか?」

「話を続ける前に」アレンは言った、「あなたは今言いましたね」――彼は手帳をみた――「『わしはクレイドヘムモアの狂った手先として、自分のうぬぼれから』と。何を言おうとしていたのですか?」

「ちょっと考えさせてくれ。『狂った手先』とわしは言ったか? 『自分のうぬぼれから』と? はっきりしているではないか。剣はわしの手の中で息を吹き返したのだ。わしは選ばれた人間だった」

「あなたがドゥーガル・マクドゥーガルを殺したというのですか?」

「もちろんだ。クレイドヘムモアを手に持つことが『殺し』を意味するならば。わしはやつを殺した」彼は背筋を伸ばした。彼は授業を始めようとしているエキセントリックな教授のようだった。彼はマントの襟をつかんで、顎を上げ、声は演説調になった。

「小道具方がわしのクレイドヘムモアに偽首をつけた後だった。彼はそれを決まった場所に置いていなくなった。わしはそこへ行って、偽首を取り外し、床へ置いた。そしてベルトを外した。わしはクレイドヘムモアを手にしたが、それは息づいており、熱く、血に飢えていた」

「わしは影の中に立っていた。身じろぎもせずに。わしはドゥーガルのセリフを聞いた。『……剣も武器も取るに足らん。女に生み落とされたやつが振り回すのなら』彼が舞台を横切るのが聞こえた。わしはクレイドヘムモアを振り上げた。彼は薄暗さに慣らすかのように目を覆って舞台袖に入ってきた。『そこにいるのは誰だ?』と彼は言った。わしは言った。『サー・ドゥーガル、左足の革紐が緩んでるぞ。躓《つまず》きそうだ』そして彼は言った、『君か。ありがとう』彼がしゃがみ込むと、クレイドヘムモアがわしの手の中で跳ね上がり、彼の首を切った。わしは首を剣に刺し、隅に置いた。マクベスの冠が落ちていたのでそれを被った。マクダフの独白と、彼がマクベスと間違えた兵士たちとの出会いが聞こえて、準備が完了した。老シーワードが『さ、御入城なさい』と言うのが聞こえたので、わしは面頬を下ろしてマントを整え、舞台に出て決闘をし、マクダフはわしを袖に追い込んで駆け抜けた。わしはベルトを着け直した。そういうわけだ。わしは復讐者だった。魔王のように勝ち誇っていた」

Ⅳ

晴れわたった五月の日曜日、ロンドン塔への観光船がテームズ川を行き来していた。ジェイ夫婦とアレンは家の外のテラスで昼食後のコーヒーを飲んでいた。川の向こう側では、外壁を洗ったばかりのドルフィン劇場が太陽に光り輝いていた。日曜日の訪問がお決まりになったウィリアムは、上階の子供部屋でロビンとリチャードと賑やかに遊んでいた。

「ガストンが自白してくれて、われわれは手間が省けた」とアレンが言った、「しかし彼の自白の仕方は不適当としか言いようがない。彼は自分の話に固執していて、その申し立てが完全に真実かどうか納得がいく判断できないんだ。幸いなことに僕が判断する必要はないんだがね。彼が受け入れれば、弁護側は有罪だが心神喪失だったと申し立てるだろう。彼の経歴が裏付けとなるが、彼は徹底抗戦するに違いない。彼はずるがしこかった。殺しの時間を前にずらすことで、自分のアリバイを成立させたんだから。殺人が起きたとされる時間に、彼は劇中の「死者」の一群とおしゃべりしており、ゼイゼイいっていたのは喘息のせいだと言っていたんだ。俳優だから黙っていたとね。彼は牡牛並みに強靭で呼吸能力はふいごのようだ。殺しが計画性のない衝動的なものだったことは間違いない。それにしても――」

「それにしても？」エミリーが言った。

「評決がどう出ても、彼は他の人間のように動揺しないと思う。彼は本を書くに違いない。それに裁判が大いに気に入るだろう」

「バラベルはどうだい？」

「卑劣な小心者だな。切り首のいたずらに意地悪な態度、匿名の手紙のね。彼をロシアに行かせるわけにはいかん。証言してもらわなければならんからな。彼のことをこんなふうに話すべきではないんだろうな。確かにひどい経験をしてるんだが、あんなにいい俳優なのに不愉快なやつだというのはフェアじゃない。ある意味で、彼はこの事件全体の鍵なんだ。彼は切り首騒ぎを始めて、ガストンに首切りとクレイドへムモアのアイデアを吹き込んだ。ガストンの奔放な想像力に火をつけたのは彼だったとしても驚かんね。ところで君の劇はどうなってる？　リハーサルは始まっているんだろう？」

「ああ、まあまあだ。予測するのはまだ早い。ウィリアムのチビさんは俳優だよ。マギーもいい線をいっている。それから――おっと、忘れていた。そもそもなぜ君をランチに呼んだかを。ちょっと待ってくれ」

　彼は家に入っていった。賑やかな歓声が上から聞こえ、三人の男の子が階段を駆け降りてきた。三人はひと固まりになって転がり落ち、ほぐれて家の周りを駆け回り、ウィリアムは『悪魔にでも取っ憑かれて真っ黒にでもなれ。クリーム面のろくでなしめ！』（『マクベス』第五幕第三場）と叫んでいた。

　アレンは呼び声を上げた、「ロビン、ちょっと邪魔をしてもいいかい？」

「はい。何ですか？」ロビンは用心深く言った。

「決闘をしていたのはマクベスじゃないってどうしてわかった？」

「当てられましたか?」ロビンは元気を取り戻して言った。

「君がヒントをくれたからだよ。マクベスと部下は皆羊皮の中着を着ていたよな?」

「そうです」

「そしてシートンはクレイドヘムモアを支えるためのがっしりしたベルトをしていたね?」

「そのとおりです」

「それでベルトを外したら、羊皮の中着は擦り切れてへたっていたんだね?」

「はい、でもマントみたいな上着は動いたときにしか見えませんでした」

「私も気づくべきだったんだが、気づかなかった。君のおかげだよ」

「わーい。僕は証言するんですか?」

「いや、お礼を言いたかっただけだ」

「あのときには気づかなくても、後で考えて気づいたと思いますよ」ロビンは丁寧に言った。

「だといいがね」とアレンは穏やかに言った。

「おーい、ウィリアム!」ロビンは叫んで家の周りを駆け出した。

ペレグリンが再び現れた。彼は茶色の紙に注意深く包まれた長い包みを持っていた。「中身は何だと思う?」と彼は尋ねた。

アレンは包みを手に取って、表面をすっと撫で、重さを確かめた。

「剣のダミーか」彼は聞いた。

「そのとおり。ガストンが鉄製の剣を仕上げるまで、決闘の稽古に使われた木製の剣だよ。いかにもガストンの手製らしく、必要のない模様がついていて、見事に仕上がっている。そこでだ、これを読んでほしい」

彼はアレンに封をしていない『ウィリアム・スミス君』宛の封筒を渡した。「読んでみてくれ」

アレンは手紙を取り出した。

ウィリアム・スミス君
　申しわけないことに、最近多忙だったため劇の上演が始まる前に君とした約束を忘れていた。償いとして、剣を両方とも差し上げる。細心の注意と敬意を払って取り扱ってくれたまえ。残念ながら私は使い方を教えることができないが、サイモン・モートンが喜んで教えてくれるはずだ。君はいい俳優になるに違いない。
敬具
ガストン・シアーズ

「あの子に渡すべきかな？　それから手紙も？」

しばらく黙りこくってからアレンは言った、「僕はウィリアムをよく知らないが、彼が聡明で、演劇の小道具に敬意を払う子なら――そう、渡すべきだと思うよ」

訳者あとがき

ナイオ・マーシュはニュージーランド出身の推理小説作家（一八九五―一九八二）。ファーストネームのナイオ（Ngaio）はニュージーランド先住民族のマオリ語で、同国に産する花木の名に由来する。マーシュはミステリの黄金期一九二〇年代～一九三〇年代にアガサ・クリスティ、ドロシー・L・セイヤーズ、マージェリー・アリンガムと並び称された〝ミステリの女王〟だが、日本ではやや影が薄い。今後の紹介が待たれる作家である。彼女は雅趣に富む文体、巧みな人物描写、そしてリアルな事件背景を組み合わせて、それまで単なる軽い娯楽小説とみなされてきたミステリを本格的な文学のレベルにまで高めた

マーシュの際立った特徴はその幅広いキャリアだろう。ロデリック・アレンを探偵役とする長編ミステリを三十二冊世に出した作家であるとともに、彼女はシェイクスピア劇を中心とする演出家であり、劇作家、美術家でもあった。

『闇が迫る』*Light Thickens* はその経歴をフルに生かした彼女の演劇ミステリのひとつであり、シェイクスピアの戯曲『マクベス』のリハーサルと上演を背景とした珠玉の作品である。『マクベス』に詳しい人なら舞台面が眼に浮かぶほど鮮やかなステージの描写、斬新な演出、そしてリハーサルがも

たらす劇の深化が細部にまで書き込まれていて興味をそそられる。マーシュは当初この小説はミステリファンよりも演劇ファンにアピールするのではないかと考えていたようだが、予想に反してミステリ愛読者の間でも大ヒットした。

本書はリハーサルが始まって総稽古と初日に至る第一部と、事件が起き、おなじみのロデリック・アレン警視（今や首席警視）が登場して謎ときに挑む第二部に分かれている。四週間を超えるリハーサルは本書の半ば近くを占めており、第一部ではリハーサルの進行に絡み合うように、各俳優の性格や背景が主役級はもちろん脇役に至るまで明らかにされていく。この劇は縁起が悪いという、『マクベス』にまとわりつく迷信、俳優間の軋轢、主人公の演出家ペレグリン・ジェイが見舞われるアクシデントや小道具を使った嫌がらせなどの謎が興趣を盛り上げていき、殺人が一向に起きないのも気にならない。第一部の終わりに劇は初日を迎え、大好評を博す。

殺人が起きるのは、何と第二部に入って『マクベス』のロングランは確実と思われるようになってからである。劇のクライマックスで従者が槍先に突き刺して舞台に現れる作り物のマクベスの生首が、何と本物の首にすり替わっていたのだ。容疑者はキャストと劇場関係者のみ。アレン警部はいつものように容疑者の動機とアリバイ、犯行の機会を理詰めで解きほぐしていく。

本のタイトル *Light Thickens*（「暗くなってきた」）は『マクベス』第三幕第一場で、バンクォー殺害を命じた後、第二場でマクベスが夫人に向ってつぶやく言葉である。夫人にそそのかされて王を殺害してからは、狂ったように殺人を繰り返すマクベスの心の闇を表現している。

謎の解明に重要な役割を果たす演出家ペレグリン、そして彼の息子たちと、『マクベス』に出演する天才的な子役とのつきあい（事件の解決に大きなヒントを与える）も楽しい。ペレグリン・ジェイと妻エミリーは本書の前日譚 *Death at the Dolphin*（一九六六）にも登場する。未訳だが、こちらもいずれ読者に楽しんでいただきたいと思う

見逃せないのは、背景になっている春のロンドンの美しさだ。夜のリハーサルが始まる前、街灯の光に煌めくロンドン、リハーサル中の春雷と大雨、雨が上がった後の星が輝くさわやかな夜、テームズ川沿いに位置するペレグリン宅から眺めるうららかなテームズとドルフィン劇場など、母国ニュージーランドのクライストチャーチとロンドンを半々に過ごしていたマーシュならではの描写である。

この劇になじみのない人にも楽しめるよう、簡単なあらすじをつけた。

まずは『マクベス』に詳しい人もそうでない人も、演劇とミステリとの相性の良さを堪能してほしい。そして機会があったらぜひ劇場に足を運んでみてほしい。シェイクスピア劇でも、現代劇でも、歌舞伎でも。ミステリのタネがいくらでも発見できるに違いない。

丸山敬子

〈あのスコットランドの劇〉と妖剣の物語

横井　司（ミステリ評論家）

1

本書『闇が迫る――マクベス殺人事件』は、ナイオ・マーシュが最後に書き上げた三十二冊目の長編として、一九八二年七月にアメリカのリトル・ブラウン社から、同年九月にイギリスのコリンズ社から（コリンズ・クライム・クラブ叢書の一冊として）刊行された。マーシュ自身は同年の二月十八日に亡くなっており、まさに遺作として公刊されたことになる。

マーシュは前年からこの作品に取り組んでおり、執筆中は友人の手紙に「長い間もてあそんだ挙句、最後にはいつも怖気ついてしまうアイデア」と格闘していると書き送り、執筆後も「この作品を書くのはとても難しくて、何とかこじつけながら劇の上演までを織り込み、まさにフーガのような形をしている……書くのは地獄だった」と別の友人に語ったという。コリンズ社の担当編集者には「満足できないようでしたら破棄してもいいかもしれない」と書き添えているし、アメリカのエージェントは、最初は受け取るのをやめようかと思ったほどだったという。

完成したタイプ原稿をニュージーランドから投函したのは一九八二年の一月七日だったそうで、アメリカのエージェントにはマーシュが死ぬ前に届いたようだが、イギリスのコリンズ社に届いたのは死んだ当日だったらしい。したがってマーシュ自身がゲラに目を通して充分に加筆修正することはできなかったわけである。元の原稿には『マクベス』の演出に関するエッセイ的な記述が含まれており、探偵小説としての興味を削がない範囲でカットする必要があるとコリンズ社の担当編集者は考え、修正版を作成した上で、リトルブラウン社にも送ったという経緯が伝わっている。マーシュが書き上げた後で、探偵小説ファンよりも演劇関係者にアピールするかもしれないと考えていたのは、右のようなテキストのありようを考えれば、腑に落ちるし、現在わたしたちが目にすることができるテキストは、必ずしもマーシュの意図が十全に反映されたものとはいえないわけだ。当時もこのことが一般読者に知られていたのかどうかは分からない。だが、イギリスでは好評をもって受け入れられ、記録的な売り上げを示したそうである。

ナイオ・マーシュが一九三〇年代にデビューし、アガサ・クリスティー、ドロシー・L・セイヤーズ、マージェリー・アリンガムと並んで、英国ミステリ界の四大女性作家の一人に数えあげられる存在であったことは、海外ミステリファンには、つとに知られていることであろうかと思う。この四人のうち、一九三〇年代で探偵小説の筆を折ったセイヤーズは一九五七年に歿しており、そのほぼ十年後にアリンガムが鬼籍に入っている。さらにその十年後、クリスティーもまた亡くなり、その後はマーシュ一人がいわゆる黄金時代の作風を継ぐものとして健筆を奮っている状況だった。

もっとも英国ミステリ界には新しい流れが生まれており、マーシュが歿した頃にはピーター・ラヴゼイ『偽のデュー警部』（一九八二）、P・D・ジェイムズ『皮膚の下の頭蓋骨』（同）、アントニア・フレイザー『哀しみのカーテンコール』（同）、レジナルド・ヒル『薔薇は死を夢見る』（一九八三）、ルース・レンデル『マンダリンの囁き』（同）といった作品が上梓されていた。ネオ・ハードボイルドから私立探偵小説へという展開を見せていたアメリカに目を向ければトマス・ハリス『レッド・ドラゴン』（一九八一）、サラ・パレツキー『サマータイム・ブルース』（一九八二）といった作品が目にとまり、サイコ・スリラーや女性探偵ものが勃興し始めていた頃であることが分かる。これらの作品の陰となって、マーシュの遺作が日本で話題になることはなかったように思われる。

だが、マーシュの遺作は、同時代からかけ離れた、黄金時代由来の古風な本格ミステリであったかのように見えて、そうともいいきれないようなところも見られる。斯界に見られる新しい傾向の痕跡が、多かれ少なかれ存在しているようにも思えるのだ。それについては後述することにして、まずはマーシュの作風について、おさらいしておくことにしたい。

2

マーシュの作風については、論創海外ミステリ既刊『オールド・アンの囁き』の解説でも、浅羽莢子の文章を紹介して述べておいた。そちらで引用した文章をもう一度引いておくことにする。

作品の舞台は大きく分けて、英国のどこか、演劇の世界、マーシュの母国ニュージーランド、そして（海外とは限らないが）船旅の四タイプで、特に、ミステリを書く前は紀行文を新聞に発表していただけに、ニュージーランドや旅ものは全てといっていいほど魅力的である。（略）旅と演劇に次ぐマーシュの第三の趣味といえば絵画で、画家を志した時期もあったらしい。ここから生まれたのが、のちにシリーズの中で重要な役割を果たすことになる、アレンの妻で高名な肖像画家のアガサ・トロイだった。(「知られざる巨匠たち⑨ナイオ・マーシュ――楽しい舞台、趣味の味つけ――」『世界探偵小説全集月報9』一九九五・一一)

つまり演劇もの、旅行もの、絵画ものという三つの作品世界に分けられるわけだが、日本でこれまで紹介されてきたのは演劇もの・舞台ものが主であったことは、『オールド・アンの囁き』の解説でも詳述した通りである。ここにまた一冊、演劇の世界を描いた作品が加わることになったわけである。ところで、本作品については、浅羽自身の手になる『ランプリイ家の殺人』(国書刊行会・世界探偵小説全集17、一九九六・一〇)の「訳者あとがき」において、すでに言及されていた。

伝記(*Ngaio Marsh: A Life*)で見る限り、マーシュは小説についてはついに自信を確立することができなかったらしいが、こと舞台演出に関しては、常に揺るぎない確信に溢れていた。ずっと持ち続けていた夢の一つが、『マクベス』を独自の発想で演出するというもの。実際には二度、演出しているのだが、本当の理想は、商業演劇の枠にあてはまりにくいものだったのだろう。

死の六週間前まで書き続けられ、死後に出版された最後のアレンもの *Light Thickens*(タイトルは本書中に引用されている「夜が深まり《ナイト・シッケンズ》」のもじり)は、まさにそうした発想のもとに演出された『マクベス』の初日に、舞台で殺人が起きるという構成になっている。演出をするのは、やはりアレンものの一つ *Death at the Dolphin* に登場した人物。お遊びといえばそれまでだが、ある意味ではみごとに、マーシュは夢を叶えてのけたといえよう。

Ngaio Marsh: A Life は史上初のマーシュ伝で、マーガレット・ルイスによって一九九一年に発表された。マーシュが『マクベス』を演出したのは一九四六年と一九六二年のことで、『闇が迫る』の献辞は一九六二年の舞台でマクベスとマクベス夫人を演じた役者に宛てたものである。原題の Light Thickens は『マクベス』の第三幕・第二場に出てくるマクベスの台詞から採られており、『ランプリイ家の殺人』に出てくる言葉の方がそのもじりになっていることを付け加えておく。

ちなみに、*Death at the Dolphin* は一九六七年に刊行された英版のタイトルで、前年に刊行された米版のタイトルは *Killer Dolphin* という。同作品に登場して、ドルフィン劇場を復興したペレグリン・ジェイが約二十年ぶりに再登場したのが本作品ということになる（「大入り」の章でフォックスがアレンに「彼は二十年前もここにいましたな、前の事件のときに。あのときは若くて気持ちのいいやつだった」と言っているのは、それをふまえている）。シリーズを続けて読んできた英米の読者には懐かしく思われたことだろうが、日本では未訳なのが残念だ。同じ登場人物が出るのであれば、刊行順に訳してほしいと思うのが人情ながら、マーシュの邦訳作品の場合、こういう人物再登場の趣向が逆順となることは、よくあることだった。六興キャンドル・ミステリの第一冊目として刊行され、のちに新潮文庫に収められた『殺人者登場』（一九三五）で、ワトスン役を務めるバスゲイトが初登場する『アレン警部登場』（一九三四）が論創海外ミステリで訳されたのは、ほぼ五十年後のことであったし、ハヤカワ・ミステリの一冊として刊行された『ヴァルカン劇場の夜』（一九五一）に登場するランプリイ巡査が、まだ巡査になる前の事件を描いた『ランプリイ家の殺人』（一九四〇）が訳されたのも、約四十年後のことである。*Killer Dolphin* の翻訳が出るにしても、また何十年も待たされるようなことは避けてほしいものだ。
右に引いた浅羽の文章でもうかがい知れる通り、『闇が迫る』はマーシュの舞台人生とそこでの経験をつぎ込んだ作品であり、他の演劇ものとは違う、思い入れの深いテキストであると考えられる。『マクベス』の演出ノートがそのまま作中に含まれていたのも、そのためだろう。原題は、マーシュの生命の光 Light が濁る Thicken すなわち余生が少ないことを自覚していたことを示しているとも読め、シェイクスピアの言葉を引いたというだけにとどまらない含意を感じさせられもするあたり、何がしかの感慨にふけらずにはいられない。

3

本作品を楽しむには『マクベス』を読むに越したことはない。『マクベス』を読むと、たとえば三人の魔女が絞首刑の死体を漁っている場面など、シェイクスピアの原作にはないことが分かる。「第三週・Ⅱ」におけるペレグリンの「絞首台の死体から『殺人犯がたらした脂汗』の残りを片付けるのに忙しい」という言葉から、絞首刑の死体を漁っている場面が第四幕・第一場であることは明らかだし、「大入り・Ⅰ」では幕が上がった途端に「魔女たちが絞首台で汚らわしい仕事をしていた」とあるから、第一幕・第一場もまた絞首刑場であることは明らかだ。だが、シェイクスピアの原作ではいずれも場所の指定はなく、第一幕・第一場ではどことも知れない場所に登場するのであり、第四幕・第一場では魔女たちが大釜の周りにいるだけだ。なぜマーシュはそうした場面を加えたのか。また、三人の魔女の一人を、マオリ族の血を引くニュージーランド出身の男性俳優が演じるのは、なぜなのか。そうしたことは削除された演出ノートに書かれていたに違いないと想像される（あるいは整理され、たとえば冒頭――第一部第一章「第一週　Ⅰ」のように、演出家ペレグリンの言葉としてまとめられたり、要所要所に切り貼りされたりしているのかもしれない）。それだけにマーシュの関与抜きでテキストが整理修正されたのは、返す返すも残念だといわざるをえない。

マオリ族の男優を登場させたのは、自分の祖先の血に対するマーシュの想いの表れだと見る評者もいる。そうした、いわば野生の血筋と理性の文学を止揚させたのが、マーシュの文学であるという発想だ。そうかもしれないし、そうでないかもしれない。マーシュがマオリ族の文化に敬意を払っていたことは、『ヴィンテージ・マーダー』（一九三七）などを読んでもよく分かるとだけ、ここではいっておくにとどめたい。

『マクベス』に関してはもう一点、日本の読者にはあまり知られていないと思われることとして、イギリスの演劇関係者には不吉な劇として認識されており、稽古から上演に至る間、そして公演中も、『マクベス』というタイトルで呼ばないのが慣例となっていることをあげておこう。

マーシュの本作品から四年後に刊行されたサイモン・ブレットの『あの血まみれの男は誰だ？』（一九八七）でも、役者が「祟り」について言及する場面が描かれている。

「あのスコットランドの劇は」彼はもういちど同じ言葉をくりかえした。「うん、あのカレドニアの悲劇……あるいはハリー・ローダーのショー……呼び名はいろいろあるが、祟りがあることにちがいはない。これはけっしてただの迷信じゃない。あのスコットランドの劇を上演するときには、かならずなにか凶事がおこる。事故……発病……死……そして殺人さえも」だしぬけに、彼は勝ち誇ったように笑いだした。「さて、今回はどんな災いがふりかかることやら……?」(嵯峨静江訳。早川書房/ハヤカワ・ミステリ、一九八八・八)

「スコットランドの劇」という言い回しは、マーシュの作品にも出てくるので、これは古くから演劇関係者の間で使われていたものだろう。カレドニアは、おおよそ現在のスコットランドにあたるグレートブリテン島の北部を指して、ローマ帝国が呼んでいた名称。ハリー・ローダー Harry Lauder(一八七〇〜一九五〇)というのはスコットランドの歌手兼コメディアンで、ミュージックホールとボードビル劇場で人気を博し、成功を収めたという。「カレドニアの悲劇」も「ハリー・ローダーのショー」も、ブレットの洒落という可能性もあるが、正確なところは分からない。

それはともかく、ブレット作品では、祟りについて語った当の役者が殺されてしまい、シリーズ・キャラクターの売れない俳優チャールズ・パリスが自分にかかった疑いを晴らすために犯人を突き止める、という展開を見せる。ちなみに同作品においても、俳優の選出から始まり、読み合わせ、通し稽古というふうに、上演までのプロセスが丁寧に描かれていき、事件が発生するのは全体の半分近くになってからだという構成が、マーシュ作品とよく似ている。ただし、ブレット作品では実際に観客を入れた上演の様子は描かれず、学校見学で観劇させられる生徒たちのために劇の進行が無茶苦茶になる様子が描かれるにとどまる。これは、シリアスさよりもユーモアを主体とする作風の違いや、作者の資質の違いにも由来するだろうが、マーシュ作品に対するリスペクトの結果かもしれない。

ブレット作品では公演前にダンカンを演じる嫌われ者の役者が、劇場付きのバーの酒蔵で死んでいるのが発見されるのだが、マーシュ作品では、これまでの邦訳作品——それぞれ、商業演劇、素人芝居、民族パフォーマンスと異なるものの、『殺人者登場』、『死の序曲』（一九三九）、『道化の死』（一九五六）などでもお馴染みのとおり、公演中に殺人が勃発する。それも『道化の死』と同じく、頭部の切断という派手な展開を見せるのだが、マーシュ作品では *Artist in Crime*（1938）でも生首が転がるようで、お気に入りの趣向のひとつだったのかもしれない（本作品ではもう一件、過去の事件においても生首が転がっているから、徹底している）。

公演中に頭部が切断される以前から、祟りがあるという迷信の通り、稽古中に舞台で使用されるマクベスの生首のレプリカが、あちこちに出現するという悪戯騒ぎが起こっている。マーヴィン・S・ラックマンはこれをプラクティカル・ジョークと紹介しているが、言い得て妙というか、ニコラス・ブレイクの『ワンダーランドの悪意』（一九四〇）など、イギリス・ミステリにはこうしたプラクティカル・ジョークを通して不穏な空気を醸成する作品がしばしば見られる。そうした何者かによる不穏な行為が、ついに公演中の殺人という事態にまで発展するというわけである。この前半の部分は、祟りが発動するのかどうか、公演を無事むかえられるのかどうか、というサスペンスを醸成しており、殺人こそ起こらないものの、読み手を飽きさせない。

ちなみに『マクベス』第五幕・第七場で、マクベスとマクダフが剣を交わす場面では、十三世紀のスコットランド貴族が使っていた両刃の大剣クレイドヘムモアのレプリカが使用されることになっている。アドバイザーのガストン・シアーズが凝り性であるために実物そっくりで、重さまで同じであるため、マクベスとマクダフを演じる役者は汗みどろになって練習せざるを得なくなるという、ユーモアを感じさせなくもない稽古の様子が描かれる。このくだりを読んだときは、一九七六年に公開された英米合作映画《ロビンとマリアン》で、ロビン・フッドとノッティンガムの代官が大剣を手に一騎打ちをするシーンが思い出された。あのシーンでもロビン・フッドは両手で剣の柄を握り、振り回しており、高齢（といっても四十歳だが、当時であってみれば高齢）であるためと長時間にわたる戦いによって疲労がたまっていき、へとへとになりながら剣を振り回していた様子が印象に残っている。本作品におけるマクベスとマクダフの練習風景も似たようなものではなかったと考えるのも楽しい。

なお、大剣クレイドヘムモアは、コリンズ社から出た際、カバーアートとして描かれており、『世界探偵小説全集』第17巻『ランプリイ家の殺人』添付の月報12に掲載されていた森英俊「原書ジャケットで見る黄金時代（第12回）」で、そのモノクロ写真が掲げられていたことを思い出される読者も、いるかもしれない。現在では英語版Wikipedia の *Light Thickens* の項目に飛ぶと、鮮明なカラー写真を見ることができる。

4

以下、『闇が迫る』のプロットおよび犯人に言及しています。未読の方はご注意ください。

本作品を探偵小説として見た場合、「演劇的な演出をミステリに取り入れるという点では、マーシュ作品中でも随一だが、犯人が少々分かりやすく、動機が不自然であるため、最高傑作になり損ねた」というマーヴィン・S・ラックマンの評価が、ほぼ妥当であるといえよう。犯人が分かりやすいというのは、伏線がきちんと張られていることの表れでもあるわけだが、ペレグリンの息子が人物の入れ替わりに気づいたきっかけについては、筆者（横井）の読み落としでなければ、伏線が分かりやすく張られているとはいえないかもしれない。それよりもラックマンの評言で重要なのは動機が不自然であるかどうかということである。この点について少し述べておきたい。

実をいえば筆者も最初に目を通した時は、動機が不自然だと思ったクチである。舞台人であれば公演を成功させ、ロングランを願うのが自然であるはずなのに、公演が中止になりかねないような悪戯を仕掛けるのはなぜなのか、また初日の公演が成功し、ロングランが予想されたにも拘わらず、それを妨げるかのように殺人が実行されたのはなぜなのか。現代の本格ミステリの読者であれば、当然これらの疑問に自然で納得のいく答えが提示されることを期待するであろう。だがその期待は、本格ミステリという基準から考えると、見事に外されてしまうのである。多くの読者は狂人の論理を持ち込めば（通常の生活を送る一般人からすると理解できない考え方をする他者の論理を持ち込めば）なんでもありうるだろう、と思ってしまうに違いない。

ただ、そう考えるのは、本作品が都筑道夫流のモダーン・ディテクティヴ・ストーリーとして書かれたものだと無意識のうちに判断しているからである。本作品を本格ミステリであると紹介した時の「本格ミステリ」という言葉には、そのような判断を脊髄反射的にもたらす何かがあるのだろう。

真相に至る前にアレンはフォックスに対して次のように言う。

「もし合理的な説明のすべてが不可能であれば、捜査はどれほど奇怪であっても矛盾しない説明を考えなければならない、だな？」

相変わらずのシャーロック・ホームズ的方法論であるように見えるが、ホームズの場合、いくつかある説明（解釈）を消去法によって篩い落とすのに対して、アレンの場合は、合理性に基づいた複数の説明が消去されるのであれば、合理性に基づかないが矛盾しない説明を捻り出す必要がある、と言っているのである。ホームズ的な消去法の場合、最初から非合理的な説明が排除されており、非合理的な説明が入る余地はない、とでもいおうか。

いわゆるモダーン・ディテクティヴ・ストーリーは、非合理的な説明を排除して合理的な説明に専心せよ、という考え方だと、いささか乱暴ではあるが、いってもいいだろう。そこでは合理的な説明が成立する世界が前提とされている。江戸時代のような、必ずしも合理的とはいえない説明でも受け入れる心性の人々が住まう世界を背景とした物語であっても、読み手が合理的知性を備えた現代人であるなら、その現代人を納得させるような説明をすべきだというのが、そのポリシーであるといってもよい。そういうポリシーが共有されている読み手の間であれば、本作品は本格ミステリとしては評価が低くなるのも致し方ないかもしれない。だが、問題は、モダーン・ディテクティヴ・ストーリーが無条件に前提としてきた世界観が無条件に共有される、という状況が変容してきているのではないか、ということだ。世界観は無条件に受け入れられるものではなく、作品がはらむ世界観そのものが推理の対象となったり、見極める必要があったりするような本格ミステリが、特に日本において、書かれるようになってきたことも留意すべきだろう。そしてマーシュの本作品は、劇場という空間とそこで息づく人々や、古代の伝統を受け継ぎ、精神的に身を寄せることを選択した人々を描くことによって、世界観そのものが問題となるようなミステリを現出させているのではないか。

以上のような考察を踏まえ、ここでは、マーシュが作品中に、マオリ族の血を引く俳優や、古代の文化文物にこだわり、大剣クレイドヘムモアの持つ「呪術的な力」を信じる古物研究家（現代の日本であればオタクだと言われそうな存在）を登場させ、いわゆる舞台の魔術がそれと相まって、犯人の精神に影響を与えていること、さらにはその影響下にある心性が、殺人犯とは別の人間によるプラクティカル・ジョークによって刺激されたことで殺人事件へと発展していったことの二点を押さえておくことにしたい。

本作品における殺人事件は、稽古中に起きたプラクティカル・ジョークが影響を与えて起きたものであり、そのプラクティカル・ジョークは六年前のシリアル・キラーによる殺人事件が遠因となっていることを思えば、六年前の事件における犯人の狂気が伝染して、次々と影響を及ぼし、玉突き事故のようにして現在の殺人事件を引き起こしたのだとも考えられるのだ。冒頭で引いたマーシュの言葉に「フーガのような形をしている」とあるのは、こうしたプロットを踏まえたものだろう。

六年前の事件はもちろん、ヴィクトリア朝のイギリスを恐怖のどん底に落とし込んだジャック・ザ・リッパーを彷彿させるものだが、本解説で先にも述べた通り、当時はトマス・ハリスの『レッド・ドラゴン』が刊行されて、サイコ・スリラーというジャンルが新しい市場を開拓しつつあったころ（ローレンス・サンダーズが十年前にディレイニー署長を主人公に据えた〈大罪〉シリーズを書き始めた頃は、まだ機が熟していなかった）であることを思えば、マーシュの本作品はそうした時代の潮流を反映しているともいえるのである。

マオリ族の血を引く俳優が守り神のアイテムを身につけていることは、古代の精神が現在にも引き継がれ息づいていることを示唆しているのであろうし、そうしたマオリ族の古くからの精神と同様に、古代スコットランドから伝わる大剣が邪悪な意志を今日まで引き継ぎ、息づかせているという世界観は、マオリ族のアイテムを出すことで、作品世界中ではリアルなものとして認識されているのだと考えるべきではないか、ということだ。

作品中でペレグリンは息子に対して次のように言う。

「迷信を信じる人たちは原因と結果を取り違えている。ある劇を『縁起が悪い』と言って、リハーサル中や上演中、舞台上や楽屋やオフィスでちょっとした事故が起きると、皆すぐに『ほうら見ろ。縁起が悪い劇なんだ』と言い出すんだ。もし同じようなトラブルが別の劇で起きても、誰も指摘しないし、何も言わない。ただ、新しい舞台で他の劇よりもいくらかたくさんの災難に見舞われる劇があれば、あの頭にくるニーナみたいな連中が『これ、縁起が悪い劇なのよ』と言い出して、そのレッテルが貼られてしまうかもしれない」（若者たち・Ⅱ）

それでもペレグレンは稽古中に「両手の中指を人差し指の上に重ね」るという幸運のまじないをしてしまっていたのだが。

初めて小道具を用いた通し稽古の見学に訪れたペレグリンの妻エミリーは、準備する役者たちを観察しながら、次のような物思いにふける。

私ったら皆のことを劇の中の人物みたいに考えてるわ、とエミリーは静かに考えた。そして彼らは劇の中のように振る舞っている。いや、振る舞っているのではない。私っておかしいわ。でも皆、役柄のグループに集まっている。（第四週・Ⅰ）

役柄のグループに集まっているというのは、それぞれの親しい人間同士が寄り集まっているのではなく、すでに劇中の人間関係に即して関係性が構築されているということだろうか。いずれにせよ、エミリーの視線は、役柄が役者に影響を及ぼしていることを読者に伝えている。そこから次のようには考えられないだろうか。すなわち、『闇が迫る』という小説は、舞台という架空の世界で行なわれていることが現実世界に侵蝕してきて、影響を与えるということをモチーフのひとつとした作品なのである、というふうに。

マクベス夫人を演じたマーガレットが、マクベスを演じる役者（被害者）に対してセクシーに振舞う場面を見て嫉妬を覚えていたから、自分には犯行の動機があるということを告白するサイモンに対して、マーガレットが次のように言う場面がある。

「ねえ聞いて、サイモン」マギーは断固として言った。「私たちはふたりとも『手袋』の劇に出てるのよ。劇の中であなたは私に責めさいなまれるけれど、現実の感情とごっちゃにしてはダメなの。すべてがおかしくなってしまう。劇の中の現実に別の現実が侵入していることを観客は感じて、落ち着かなくなるでしょう?」

「俳優がつける仮面について君がどう感じているかわかってるよ」と彼は言った。

「ええ、そのとおりよ。絶対に仮面を外してはダメ」（完・Ｉ）

『手袋』とは、中止になった『マクベス』に替えて行なわれることになった公演名である。

「劇の中の現実に別の現実が侵入」した結果が、プロの俳優ではない役者を落ち着かなくさせ、殺人事件に至った。このように考えたとき、動機の不自然さは解消されるのではないか。

さらに付け加えておきたいことがある。

小林章夫は、安西徹雄訳『マクベス』(光文社古典新訳文庫、二〇〇八)の「解題」で次のように述べている。

それにしても、こうした惨劇をそもそも引き起こした原因、動機に関しては、大きな謎があるのも事実である。この王位簒奪のドラマの幕開きとなる出来事は、魔女の予言であり、その時点ではマクベスの胸中にそうした望みは存在しなかった。盟友バンクォーとともに魔女の予言を耳にしたマクベスは、それを信じるどころか、茫然自失の状態となる。だがその予言のうち二つは、あっという間に現実のものとなり、その結果、マクベスは「王冠を主題とする壮大な芝居の幕」が上がったことに戸惑いを覚えつつ、結局は運命に身を任せることになる。

このくだりを読んで、マクベスには王になろうという野望が存在しなかった、とも読み得る指摘に驚かされた。マクベスはそもそもから王になろうとする野望を抱いており、魔女の予言が彼の背中を押したものとばかり思っていたからだ。本作品中でも、魔女たちの予言を聞いて「隠されていた夢が突然現実味を帯びる」(「第二週・I」)というふうに説明されているし、福田恆存によれば、A・C・ブラッドレーが『シェイクスピアの悲劇』(一九〇四)で「魔女の言葉が主人公にとって致命的である所以は、ただ、彼の心中に、その言葉を聞くや否や明るみに飛び出す何ものかが存在するからである」と述べているそうだ。これらはいずれも、無意識裡に野心を抱いていたとしか読めないように思うのである。

現在のシェイクスピア学界ではどのような解釈が定説となっているのか、あるいは議論の的となっているのか、筆者（横井）の専門ではないため分からないのだが、魔女の予言がきっかけとなって、それまで胸中に存在しなかった野心が勃然と湧き上がったというマクベスのありようは、本作品における犯人の動機のありようとも共通するように思われる。犯人を逮捕した後でアレンが、「切り首騒ぎ」を始めたことが犯人に「首切りとクレイドへムモアのアイデアを吹き込んだ」、真犯人の「奔放な想像力に火をつけた」と述べていることは、『マクベス』と本作品とが双子のような関係にあることをよく示しているのではないだろうか。

本作品を通して考えるべきことは、マーシュにとって演劇というのは、そういう呪術的なパフォーマンスの意味合いも含む何ものかであったのではないか、ということだ。少なくともシェイクスピアの劇を取り上げたことで、特に現実世界に災いをもたらすものとして信じられている『マクベス』を取り上げたことにこだわるなら、それまでの演劇ものとは違う雰囲気を作品にもたらしていると思わずにはいられない。そしてそのように理解して楽しんだ方が、動機が不自然であり本格ミステリとしてプロットが弱いと非難して作品を否定しさるよりも、どれほどか読書を通して喜びを得られることだろう。

5

『闇が迫る――マクベス殺人事件』はマーシュの遺作として刊行されたわけだが、最近（二〇一八年）になって、残された小説の数章と創作メモを元に、ステラ・ダフィーによって補完され再構築された物語 *Money in the Morgue* が、コリンズ・クライム・クラブの一冊として刊行された。アメリカで出版されたペイパーバック版の内容紹介を見るに、第二次世界大戦中のニュージーランドの奥地にある病院が舞台で、嵐によって外部との連絡が取れなくなった中で殺人事件が起きる、いわゆるクローズド・サークルもののようである。内容からして、『闇が迫る』を書いていた時期に構想されていた次作というわけではなく、大戦中にニュージーランドの赤十字輸送隊に加わり、分隊長を務めていた時期に構想されたものから、再構築されたものだろうと想像される。出来ばえの程は未読なので分からないが、マーシュが完成させられなかった作品を完成させて公刊するというアイデアが実現するほどの支持を、マーシュという作家がいまだに持ち得ていることをよく示しているのは確かだろう。歿後四十年を迎えた作家の冥福を祈るとともに、日本での紹介が進むことを改めて期待したい。

●参考文献（本文であげたもの以外）
江戸川乱歩『江戸川乱歩推理文庫47／海外探偵小説作家と作品3』講談社、一九八九。

シェイクスピア『マクベス』福田恆存訳、新潮文庫、一九六九。

シェイクスピア『新訳 マクベス』河合祥一郎訳、角川文庫、二〇〇九。

＊

Marvin S. Lachman. "Ngaio Marsh". *Dictionary of Literary Biography, vol.77: British Mystery Writers, 1920-1939*. Detroit: Gale, 1989.

Joanne Drayton. *Ngaio Marsh: Her Life in Crime*. London: Harper, 2008.

Ngaio Marsh & Stella Duffy. *Money in the Morgue*. New York: Felony & Mayhem Press, 2018.

Bruce Harding. *Ngaio Marsh: A Companion to the Mystery Fiction*. London: McFarland, 2019.

〔著者〕
ナイオ・マーシュ
ニュージーランド、クライストチャーチ生まれ。ニュージーランド大学在学中に書いた戯曲“A Terrible Romantic Drama”が劇団主宰者の目に留まり、女優や演出家として活躍。1929年の渡英後、『アレン警部登場』(1934)で作家デビューし、演出家や脚本家としての仕事を続けながら小説の執筆も行った。62年にカンタベリー大学の名誉博士号を授与、67年には大英帝国勲章の称号を得ている。英国推理作家協会賞シルヴァー・ダガー賞に二回採られ、78年にはアメリカ探偵作家クラブ巨匠賞を受賞した。

〔訳者〕
丸山敬子（まるやま・けいこ）
立教大学法学部政治学科卒。翻訳家。共訳書に『テロの帝国アメリカ』、『表現の自由と検閲を知るための事典』(いずれも明石書店)、『アスペルガー症候群と思春期』(講談社)。

闇《やみ》が迫《せま》る――マクベス殺人事件《さつじんじけん》
――論創海外ミステリ 297

2023年5月1日 初版第1刷印刷
2023年5月10日 初版第1刷発行

著者 ナイオ・マーシュ
訳者 丸山敬子
装丁 奥定泰之
発行人 森下紀夫
発行所 論 創 社
〒101-0051 東京都千代田区神田神保町2-23 北井ビル
TEL:03-3264-5254 FAX:03-3264-5232 振替口座 00160-1-155266
WEB:https://www.ronso.co.jp

組版 加藤靖司
印刷・製本 中央精版印刷

ISBN978-4-8460-2262-4
落丁・乱丁本はお取り替えいたします。